贰十三

著

噩梦回响

天津出版传媒集团

天津人民出版社

图书在版编目（ＣＩＰ）数据

噩梦回响 / 贰十三著 . -- 天津 : 天津人民出版社，

2024. 9. -- ISBN 978-7-201-20523-6

Ⅰ . I247.5

中国国家版本馆 CIP 数据核字第 2024U2Y948 号

噩梦回响
EMENG HUIXIANG

出　　　版	天津人民出版社	
出 版 人	刘锦泉	
地　　　址	天津市和平区西康路 35 号康岳大厦	
邮政编码	300051	
邮购电话	（022）23332469	
电子邮箱	reader@tjrmcbs.com	

责任编辑	康悦怡
特约编辑	贾　磊
装帧设计	@Recns

印　　　刷	河北鹏润印刷有限公司
经　　　销	新华书店
开　　　本	880 毫米 × 1230 毫米　　1 /32
印　　　张	9.875
字　　　数	230 千字
版次印次	2024 年 9 月第 1 版　2024 年 9 月第 1 次印刷
定　　　价	49.80 元

你做过噩梦吗?

不是仅仅醒来时心有余悸, 但做几个深呼吸就可以平复的那种。

而是在很长的一段时间里, 不停地做同一个噩梦,

无论你用什么方法, 都摆脱不了。

民间有很多传说, 说这是被"东西"缠上了。

———

目 录
CONTENTS

|第一章|

一切的开始

〔01·奇怪病人〕

我在一个小城市的三甲医院上班，心理科。

上周末临近下班，来了一个病人，是个女生，看起来瘦瘦小小的，脸色很不好。

我从挂号信息上看到她只有十八岁，叫庞叮。我以为她是因为学业压力过大导致失眠，或者是轻度的抑郁症患者。这些情况在我们科室很常见。

于是我就照例询问她的情况，并顺手拿出抑郁自评量表，准备给她填写。

谁知小姑娘坐下只是一言不发，眼神有些飘忽。

我耐心地询问半晌，她依然不愿意开口。

我看后面也没有别的病人了，本着医者德为先，干脆也就不问了，给小姑娘倒了杯水。

能来心理科看病，对很多人来说，这里已经是最后的救命稻草了。但凡我给她的压力过大，影响诊断不说，甚至有可能把救命稻草变成压死病人的最后一根稻草。

小姑娘没喝水，手一直局促地放在腿上。

我们两个人就这么对视着。

我不由得观察她，虽然才十八岁，但她面相上显然更小一些，看起来比我女儿大不了几岁的样子。长得文文静静的，很符合她的名字。

我不由得有些感慨，也不知道是生活节奏变得太快了，还是人们开始更关注起自己的心理健康了。现在很多心理疾病都呈现年轻化的趋势。

正这么想着，小姑娘终于开口了，把我拉回了现实。

她似乎做了很久的心理准备，但即便如此，声音还是小到几乎听不清楚。等到她重复了一遍，我才听清。

她说："您相信这个世界上有鬼吗？"

我没敢回答这个问题。从经验上来看，很多有轻生念头的人，会幻想有来世，或者逃避现有的生活状态，所以他们是希望有鬼的。但同时也有另一些想要寻死的人，觉得生命难挨，这辈子痛苦够了，不希望还有下辈子再来受罪。

所以无论怎么回答，都不太稳妥。

于是我问她："那你相信吗？"

这个叫庞叮的小姑娘，立刻不假思索地答道："信！"

我说："你为什么相信？"

谁知道她的答案让我有些吃惊。

庞叮回答："我见过！"

"你怎么见到的？"

"在梦里。"

庞叮的话，倒是让我放心了一些。起码不是妄想症或者幻视。

于是我试着继续引导她，问她究竟是怎样的梦。

令我没想到的是，之后她的回答，让我有些毛骨悚然。

庞叮说，事情是在很久之前的一天突然开始的。她每天晚上都会做同一个噩梦。但严格说起来，梦并不是完全相同的，会略有差别。

梦的内容是，她一个人在漆黑的老旧楼道里慢慢向上走。她知道她的家就在上面，可楼道里太黑了。

她每一步都不得不走得很慢。

大概上了几级楼梯后，她就会在楼梯的转角处，看见一个人背对着她。

那个人一动不动地站着，没有任何反应。

但梦里的庞叮就不敢再向前了，只能愣愣地面对着那个人的背影。

过了很久，庞叮看见那个人缓缓转过头来——是一张庞叮从来没有见过的脸。在漆黑的环境中，庞叮也不知道是如何看清楚对方的长相的。

那个人盯着庞叮许久，会突然开口问她：这里是几楼？我要回家。

奇怪的是，梦中的庞叮知道自己走到了二楼。

然而没等庞叮回答，那个人就会突然说另一句话。庞叮每次都会被这句话吓醒。

可醒来后，完全不记得对方究竟说了什么。

她只能隐约感觉到，对方告诉了她一件非常恐怖的事情。

我刚听庞叮讲到这里的时候，事实上是有些没当回事的。

我担心只是这个孩子看多了恐怖电影，把记忆里的恐怖桥段映射到了梦中。

这在生活中非常常见，所谓日有所思，夜有所梦。

可我想得太简单了。

因为那只是庞叮第一次做那个梦。

之后，那个噩梦就像是缠住了庞叮一样。

每天晚上只要入睡，她就会立刻站在那个漆黑无比的楼道里。

更让人觉得诡异的是——

第二次做那个梦的时候，梦中的庞叮竟然清楚地知道自己已经走到了更上面的楼层。而等在拐角处的，是另一个同样背对着她的男人。

男人依然会转过头来，一切如同第一次的梦一样——男人会问庞叮这里是几楼，他要回家。

庞叮每次想要回答的时候，都会被对方的一句话给惊醒。

不仅如此，梦中新见到的那个男人，无论是体形还是转过头来的那张脸，甚至说话的声音，都不是第一次做梦见到的男人。

即便连续做了两个如此诡异的梦，庞叮除了觉得可怕，并没有多想。

可之后的生活，这个梦每个夜晚都会如期而至。

同样的场景，同样的漆黑。

唯一不同的是，每一天新做的梦中，庞叮都知道自己又多爬了几层楼。

但并不是每一次都会遇到人，有时候只是空荡荡的楼道。

而且但凡遇到人，他们都是陌生的新面孔。

在庞叮的印象中，她不认识这栋楼，甚至在影视剧里也没有见过。她更不认识那些站在楼梯拐角的人，却可以清晰地记住他们的长相。

更让她细思恐极的是，她在梦中知道自己的家就在楼上。可是一连做了很久的梦，她却始终没有抵达。

她不知道这栋楼是不是压根儿就没有尽头。

庞叮也曾经和身边的人说过，但周遭的朋友们除了表示惊诧，谁也无法真正帮助到她。

更有人告诉她，在梦里见到的人，除非是自己认识的，否则应该都是看不见脸的。甚至还有人说："除非是被什么污秽给缠上了，来托梦的。"

庞叮被这句话吓得不轻，开始抗拒或者说是害怕睡觉。

可人总会有睡着的时候，所以那个梦，无论是白天，还是晚上，无论是用什么姿势睡，吃没吃药，喝没喝酒，都会照旧出现。

起初很长的一段时间里，庞叮被折磨得不轻。

她也试图去找所谓的"大师"来解决，可做了几场法事，除了花些冤枉钱，实际情况并没有任何改善。

唯一好转的是，她对这个梦稍微适应了一些。

于是后来再做这个梦的时候，她就尽可能做一些能让自己在对方开口吓醒自己之前先醒过来的尝试。

可做过梦的人都知道，绝大多数时间里，人在梦中都是难以自控的。

庞叮也是。

无论她怎么努力，她能改变的无非是上楼梯的速度和偶尔能用手触碰到墙壁。

她就这么一连挨了将近二十天。

庞叮日渐消瘦，精神状态一天比一天差。

也许经受折磨的人被激起了求生的本能，终于在最近做的一次梦中，她拼命地想要转身下楼。她认为，倘若这栋楼本身无穷无尽，出口只能在下面。

可梦依然不受控，庞叮尽了最大的努力。

她仅仅把头稍微转向了身后。

可就这么一下，庞叮竟然发现了更令她胆战心惊的事情。

余光中，她可以清晰地看见一排人影，一个挨着一个，鼻尖几乎都要贴到了前面人的后脑勺。

那一排人影就静静地跟在庞叮身后，连声响也没有。

〔02·诊治〕

这也是庞叮第一次在没有听到那句话之前被吓醒。

她猜想可能真如朋友所说，她被东西缠上了，而且不止一个。每一个曾经在楼梯拐角处等着她的人，都跟着她上了楼！

这个梦就是昨天晚上做的。

醒来后，庞叮彻底绝望了。这已然是进退维谷，难道她会永远被这个噩梦困扰下去吗？

那样似乎比活着还痛苦。

于是她开始了新一轮的求助，这也是她会来找我看病的原因。

她听说，很多心理医生不仅可以进行心理疏导，甚至可以催眠。或许我可以帮到她，通过催眠，让她从那个梦里逃出来。

找到我的时候，她已经看了不少城市里其他医院的大夫了。

听完庞叮的讲述，我也有些吃惊。

这个小姑娘并不像是在说谎的样子，就算是来找我恶作剧，那她的演技也太逼真了。

可遗憾的是，我并不会所谓的催眠疗法。甚至据我所知，绝大部分心理医生都不具备这个能力和资格。

我对此也束手无策。

但面对这样一个绝望的小姑娘，我是真的很想帮她。

我思考了一下，觉得似乎有个办法倒是可以尝试一下。

此时已经是下班的点了，我就询问庞叮，是否愿意让我给她办一个住院。今天晚上，就让她在病房里睡觉。我会在旁边守着，通过观察，分辨她是否在做梦。或者以时间为计量，我准时将她唤醒。

看看倘若在梦中的其他时间节点，通过外力叫醒她，能否对于终结这个噩梦有所帮助。

庞叮很感激地答应了，甚至哭了出来。

我边安慰她，边把一切手续办好，顺便给家里的老婆打了一个电话，告诉她我要临时值夜班。

之后我在医院里给我们两个人叫了个外卖，又给她讲了一些我工作上的趣事，试图让她放松下来。

晚上八九点钟的时候，我就把庞叮安顿好，搬了把椅子坐在她的床边。

病房里只有我们两个人，我们科需要住院的人本来就不多，绝大多数都是抑郁症或是失眠患者来做睡眠监测的，所以申请病房没什么难点。

倒是庞叮因为长期的噩梦，有了很严重的睡眠障碍。

起初的两三个小时，她都在尝试自然入睡，可一直未果。

不得已，我去护士站拿了一些安眠药。服用后，庞叮终于睡了过去。

事实上每个人在睡觉时，都是会做梦的，无非是有些人第二天对此全然不知。

很多研究表明，做梦很有可能是大脑在运行自检系统。而做梦时的表现，每个人又不尽相同。有的人眼球会在眼皮下运动，有的人呼吸和心率会有变化。更强烈的，甚至还有嬉笑怒骂、流口水的。可大部分人是很难自我察觉的。

即便我是心理医生，对此也没有任何经验。我只能尽量观察着庞叮脸部的每一个细节。

此时已近午夜，病房里安静得仿佛能听见自己的心跳声。

庞叮的呼吸越来越轻，像是睡得很熟。

我的注意力一直在她的脸上，不知不觉地也有点被感染，不停地打哈欠。

就在我想着要不要洗把脸保持一下清醒的时候，我突然看见庞叮的眉毛皱了一下，跟着她的整张脸忽然就变得有点扭曲。

像是在笑，又像是在故意做鬼脸。

我女儿在淘气的时候，也总喜欢做鬼脸。可我不知道为什么，明明印象中应该富有童趣并且可爱的表情，如今在另一个人脸上看见，我竟然只觉得脊背发凉。

我试图去摇醒庞叮，已经不需要再分辨了，她一定是在做噩梦。

应该是安眠药的作用，我一连摇了几下，庞叮都没有醒过来。

我只好把她整个人从床上扶起来，不停地叫她的名字。

这次终于有了效果，庞叮缓缓睁开眼睛。起初她人还没有完全清醒，眯着眼睛空洞地四下看着。

然而等到她看见我的脸……

庞叮忽然大声尖叫起来，猛地甩开了我的手，整个人弹了一下，蜷缩进了被子里。

我连忙问："这次噩梦有什么变化吗？"

庞叮没有回答，只是把头埋在被子里呜咽，一动不动。

尖叫声也惊动了护士站的护士，以为这里出了什么大情况，纷纷来查看。

幸好在入院的时候，我就跟值班的护士打了招呼，不然，这种情形很容易被人误会。

我打发走了护士。

庞叮也终于平静了一些，于是我又问她："还是那个噩梦吗？"

庞叮仅仅从被子里露出一个额头，点了点头。

我说："那有什么变化吗？"

庞叮还是点头。

我说："你可以平静一下，不着急，我等着你开口。"

庞叮半晌才道："还是一样的。还是那个楼道，还是同样的楼梯，还是同样有人站在楼梯的拐角处。"

"那你还是被那个人说的话吓醒的？这次有没有记住什么？"我问道。

"不是。"庞叮小心翼翼地把头从被子里探出来。

"这次他没有说话。"庞叮道。

"那你刚才在害怕什么？"我心里一喜，觉得这个办法可能真的会有用。

然而接下来庞叮的话，让我瞬间沉默了。

庞叮说："因为这次等在楼梯拐角的那个人，是你。"

这句话之后，病房里是长久的平静。

这也解释了为什么庞叮睁开眼看见我的时候，会吓成那个样子。

可令我不解的是，倘若我也出现在了庞叮的噩梦里，多半是因为她今天刚见了我，所以把我的样貌从记忆中投射到了梦里。

可她又说之前在梦中见过的所有人她都不认识，现在为什么唯独出现了我呢？

我思考着，开始怀疑是不是庞叮有一种特殊的健忘症：平日里见过的人，仅仅是储存在记忆里，她只有在梦中才能提取这些记忆。

可这依然无法解释，我为什么变成了个例。

这么想着，我忽然有了一个设想，这个设想顿时让我觉得有些寒毛卓竖。

因为这次庞叮睡觉，是由我一直在旁边看着的。

难道说，之前庞叮梦中所有的人，其实都是在庞叮睡觉时，一声不响地在旁边盯着她吗？

我想到下午问诊时庞叮说的话，她怀疑自己被污秽缠上了。

这么说的话，她每次睡觉的时候，都并不是只有她自己，而是有一些奇怪的存在，就杵在床边？！

身为一个医生，我是一个坚定的无神论者。

可我还是被这个想法吓了一跳。

一时间，我甚至都觉得这个病房里不只有我和庞叮两个人。

在那些空旷里，正站着别的什么东西。

〔03·我也做了怪梦〕

我把病房的灯打开了，这样能让我平静一些。

而面对庞叮——我的病人，我只能故作镇静地继续询问她。

既然这次的梦有了变化，希望她可以想一想有没有什么值得注意的细节。

庞叮仔细回忆了一下，这个过程让她有些痛苦。

最终庞叮摇了摇头，说除此之外，没有任何其他改变。

我见状只好安慰她再睡一会儿，我还会守在旁边，让她不要害怕。

也许是看出了我脸上的疲惫，庞叮表示不需要我再陪着了，既然已经住院了，她决定干脆多住几天。她让我也尽快回家休息，因为她今晚多半是无法再睡着了。

我想了一下，觉得也是。庞叮的这个情况显然是需要更多的时间来做更多尝试的，纠结于一朝一夕也没什么用。

于是我跟护士着重交代了一下，又多安抚了庞叮几句，虽然我知道这对她来说无力又苍白，但起码聊胜于无吧。

之后，我就下班回了家。

到家的时候，老婆和女儿早就睡熟了。

我蹑手蹑脚地进了屋，害怕打扰老婆睡觉，直接和衣在沙发上凑合眯了一觉。

也许是庞叮的事情让我消耗了太多的精力，我几乎在躺下的一瞬间就睡着了。

接着，我做了一个梦。

梦里我站在一栋看起来毫无颜色的破楼外面。

远远地，就只能看见一个楼门紧锁着。

不知道为什么，梦里的我很想走进那栋楼。或者说可能是因为四周的场景中，就只有那么一栋楼存在。

我走到楼门前，伸手去推门。

门很轻，远比我想象的要轻，几乎不像任何一种门的材料，仿佛它仅仅是需要我做一个推门的动作罢了。

门开了，里面的楼道黑漆漆的。

我将头探进去，什么也看不见。

我走进了楼里，一种本能让我开始走上楼梯。

一步，两步，每一步我都走得异常缓慢。

就在我走到楼梯拐角的时候，我看见面前站了一个人，一个背对着我的人。

与此同时，我就像是突然从梦中有了顿悟一样。

我知道自己在哪里了，这就是庞叮所说的梦中那栋楼。

有些时候就是这样，人会忽然发觉自己在做梦，但仍然按照梦的剧本继续推进着剧情。

我知道背对我的那个人会转过身来，我的心跳到了嗓子眼。

同时我隐隐觉得，庞叮噩梦的谜底，或许马上就会揭开了。

这让我有些激动，甚至忽略了害怕。

背对我的男人转过了头，是一个戴着眼镜的中年人，稀疏的头发梳成了背头的样式。

我所有的注意力都集中在了耳朵上，生怕漏听他话里的任何一个细节。

终于，中年男人看着我，一字一顿地道："你快走，他要来了。"

我还有些发愣：谁要来了？

跟着不知道为什么，我突然感觉，一股求生的本能在提醒我：必须马上离开这里。

一刻也不能耽搁。

我瞬间就醒了过来，满头大汗。

心率飙到接近两百，我手腕上的智能手表一直在闪着提示灯。

我很诧异自己为何也会做起这梦，甚至比庞叮得到了更多的信息。

但我根本顾不上这些，立刻又默念了几遍那男人的话，确认自己记住了。

庞叮一定也是听了这句话之后，被吓醒的。

这是一个警告吗？还是有什么暗示？

我看了一眼时间，距离我入睡不过短短几分钟，梦中却像是过了个把钟头一样。

我知道这是正常现象。事实上很多人不知道的是，有时候你感觉你一夜都在做梦，其实做梦的时间只有几分钟而已。

梦中的时间概念，有时候会是一种错觉。

我坐起身来，想了很久，分析那句话是否还有别的含义，能否找到解决这个梦的线索。

作为一个有不少阅历的成年男性，刚才的那个梦对我而言依然诡异又令人后怕，更何况每天要被这个噩梦折磨的庞叮了。

这让我更同情她了。

同时，我也知道，今晚我也很难再入睡了。因为再次躺下的时候，只要一闭上眼睛，大脑就不停地被梦里的场景搅扰着，根本放松不下来。

就这么熬到了天亮。

老婆很早就起床了，准备给女儿做早饭，看见我坐在沙发上，还以为是出了什么大事情。

我没敢说实话，只是胡乱搪塞了几句。早饭期间，我还故意说了几个笑话。

女儿依然很可爱地用缺了门牙的嘴说个不停，还给我讲，她昨晚做了个奇怪的梦。

这让我瞬间有些紧张，还好她说的是她梦见了开家长会，每个家长都变成了小动物。我变成了一只大狗，不停地流口水，丢死人了。

我忍不住摸着女儿的头，小孩子这个阶段应该是想象力最丰富的时候。

瞬间我像是被提醒了，庞叮之前跟我讲述的时候，从没有提过她的家人。她虽然岁数不大，但已经是个成年人了，自己来看病倒没什么反常。可我印象中，庞叮讲述她被噩梦影响的时候，她的生活似乎都没有她的家人参与。

我心说，作为朝夕相处的家人，理应对她的事情更关心和了解才对。说不定，去问问她的家人会有些新的思路？

想到这儿，我早饭也顾不上吃完了，匆匆穿了衣服就直奔医院。

到病房的时候，庞叮正对着病号餐发呆，精神状态看着依旧很差，显然昨晚就没有再睡了。

听护士说，她就这么一直呆坐到天亮，一声不吭的。也不知道是在放空，还是在想着什么。

看见我进来，庞叮也是用了一阵子才把目光聚焦到我身上。

我没敢直接说昨晚我也做梦的事情，而是先跟她闲聊了几句，顺便询问了一下她家人的事情。既然已经决定多住几天院了，我便问她有没有通知家人、他们会不会来陪床之类的。

让我意外的是，庞叮想了一下，摇了摇头。

她说她家里人工作都很忙，出差后已经很久没有回来过了。对于噩梦的事情，她的家人也并不知晓。

也许是出自一个心理医生的直觉，我感觉庞叮在对我说谎。

但我也没再追问，既然不愿意告诉我，想必一定有什么原因。

于是我接着告诉庞叮，我可能找到了一些脱离噩梦的线索。因为我昨晚，也做了一个跟她相似的梦。

庞叮的眼睛这次亮了起来，问我梦见了什么。

我简单地复述了一下我的梦境，讲了我听到的那句话——你快走，他要来了。

庞叮听后就一直在不自觉地重复那句话，看起来很迷惑。

我安慰她："先不要多想。该吃吃该喝喝，说不定今晚再做梦的时候，一切都会有变化。"

白天我就不能一直陪着她了，我还要照常出诊。

庞叮似信非信地点点头。

半晌才对我说了声谢谢。

让我更欣慰的是，我转身出去的时候，听见了她咬苹果的声音。

事实上我今天根本不用出诊，之所以这么说，是因为我有了一个打算。

我从护士站调出了庞叮的入院资料，决定按照她登记的地址去调查一下。

不知道为什么，我觉得我会有所收获的。

庞叮入院登记的住址，距离医院并不远。

我着重交代了护士，叮嘱护士要让庞叮按时吃饭。之后，我就一个人开着车，直接寻了过去。

这是一个很有生活气息的社区，或者说是一个相对老旧的社区。

来往的行人中，多数是老人和孩子，道边上还有几桌人在打露天麻将。

庞叮家的住址就在其中一栋的一楼。

我找到后试着敲了敲门，没有人应。

从门上贴着的各种通知单上来看，这家人似乎真的很久没回来过了。

我看见阳台的窗户并不高，挂着纱帘，就走过去踮起脚向里面望去。

房子里空空荡荡的，连陈设都很少，给人一种和整个社区反差很大的冷清感。

我正想着能不能找个邻居什么的打听一下，就感觉有人在拍我的腰。

回头看见是一个八九岁的小男孩，调皮地问我在干什么。

我说："小朋友，你叫什么名字啊？你知道这家人吗？"

小男孩用力点了点头，说他叫常英，英雄的"英"！奶奶不让他靠近这里。说着，他小心翼翼地指了一下打麻将那群人的方向。

我问："为什么不让靠近？"

小男孩就悄声道："奶奶说这家闹鬼，他们家的人都消失了。"

〔04 · 奇怪的调查结果〕

"不是有个姐姐住在这里吗？"我诧异道。

小男孩继续点头说："对，奶奶说那个姐姐就是鬼，把家里人都给害了。但我不相信，因为姐姐只是整天在家里睡觉。我也喜欢睡觉，不爱上学。"

"那你知道姐姐的家里人是什么时候消失的吗？"

小男孩还想说，远处牌桌上一个老太太就急迫地制止了他，要他过去。

我见状也跟过去，试着和那个老太太攀谈。

老太太的心思都在牌桌上，但手还死死攥着小男孩的胳膊。

听完我的询问，老太太打了一张牌才告诉我。

她说孙子刚刚说的都是院子里传的风言风语，不是她告诉孙子的。那家人也没有消失，只不过都走了。

我从老太太的语气里听出来，她在说那家人都死了。

把"死"说成"走"，通常都是带着善意的，但老太太可能仅仅是觉得"死"这个字不太吉利。

"是怎么死的？"我着重询问道。

老太太终于抬眼看了我一下，跟着告诉我。

"那家人死得挺邪门的，出了事之后，街坊四邻都不太敢从他们家门前经过了。"

具体她也没亲眼见着，但听说，夫妇二人睡了一觉就没醒过来，尸体臭了才被人发现的。

更邪门的是，他们家的小闺女啥事没有，居然在家里照常睡觉，跟父母的尸体同住了好多天。

尸体被拉走后，那小闺女就很少出现在院子里，几乎整天都躲在房子里，也不知道是不是在研究什么邪魔外道。

反正院子里都传，是因为小闺女惹了什么东西，害了家里人，所以院子里的人都避之不及。

说着，老太太还感慨，之前那个小闺女看着很亲人，挺可惜的。但正常人谁能连父母的死活都察觉不到呢？更何况就在一个屋里呢？睡一觉就死了？

我听后愣在原地半晌，都忘了跟老太太道谢。

既然尸体被发现了，显然是已经确认过死因的，必然不是他杀。可诸如燃气泄漏之类的意外，那庞叮也不会安然无恙。而两个人同时在一天突发急病去世的可能性更是微乎其微。

我心说，虽然很诡异，但难不成当时警方认定就是自然死亡？

反正无论如何，我感觉自己逐渐接近了真相。

对于一个小女生而言，面对父母暴毙的打击，很有可能产生了创伤应激。

为了自我保护、抑制崩溃，她自动忽略了父母去世的事情。

这在心理学上很容易解释得通庞叮为什么可以和尸体同住。

那这样的话，难道那些噩梦也是因为这个打击产生的吗？

还是说，庞叮父母的死另有蹊跷。她本身记不得，但藏在潜意识里，每晚映射进梦里？

我顿时觉得有些棘手。

想要查明这一切，前提是需要让庞叮接受父母去世的事实。

可眼下这一切对于她太过于残忍了。

而倘若不狠心戳破真相，噩梦又可能永无休止。

真是左右为难。

我想了一下，觉得只能走一步算一步了。

今天起码是有进展的。

虽然我没有搞清楚为什么我也会做类似的梦，梦里听到的那句话有没有帮助。

但我决定先过了今晚再说。

或许那句话本身并不重要，对于庞叮而言，只是需要一个暗示，一个能推动梦前进的暗示罢了。

于是我又开车返回了医院。

我试图在车里补补觉。可是一下午的工夫，我始终没有睡着。

等到临近傍晚，我只好简单吃了点东西，灌了几罐提神饮料，又回了病房。

可能是因为看到了希望，庞叮的神态轻松了许多。

听护士说，午餐和晚餐她明显没胃口，但都尽力吃光了。

我照旧和庞叮闲聊了一阵，等到时间差不多了，就让她服了安眠药躺下了，我同样搬了把椅子坐在相同的位置。

这次庞叮几乎瞬间就睡着了。

我在旁边看了很久，没在她脸上再看到任何表情，她始终保持着深度睡眠的状态。

我掐着表，整整过了四个小时。虽然于心不忍，但我还是把庞叮摇醒了。

她迷迷糊糊地睁开眼，确认着周围。

我急忙问道："今天怎么样？"

庞叮露出难以置信的表情，过了几秒才突然喜极而泣地不停说道："这次没有做梦，我不再做梦了！"

听到这个消息，我甚至比她还要激动。

可一瞬间我就又觉得有些难过。

因为我想到，之后她还要面对父母去世这件事。

可眼下我不能表现出来。

既然能正常睡个好觉，那现在最重要的就是好好休息。

于是我要庞叮赶紧接着睡，不要过于兴奋。

等到她再次顺利入睡了，我这才感觉整个人疲惫不堪，毕竟我昨晚也几乎是通宵了。

为了避免疲劳驾驶，或者说，我已经真的疲劳到难以开车了，我干脆直接在旁边的空病床上躺下了。

也许是受到了庞叮的感染，也许是累到了极限，我也几乎在一瞬间就睡了过去。

可是令我没想到的是，我竟然又梦见了那栋诡异的楼。

而且，这次甚至连我的梦，也有了变化。

起初，我依旧是站在那栋楼外。

梦里的我，一心只想要走进那扇楼门，同时我也是这么做的。

可是这次不同的是，在推开那扇门后，我在楼梯上看见了另一个背影。

是个女生的背影，不，我知道那是庞叮的背影。

庞叮对于身后的我毫无察觉，一步一踱地向楼梯上走去。

我在后面几乎用相同的步调，紧紧跟着。

很快，我们两个人几乎前后脚抵达了楼梯拐角。

庞叮站定了，越过她的肩膀，我看见了楼梯拐角处站着的男人。

男人缓缓转过头来，看着庞叮。

梦中的我，只能机械地目睹着这一切。

但我知道，那个男人会对庞叮说一句话，一句之前总是会把她吓醒的话。

男人缓缓开了口，他的话刚入耳，我整个人似乎瞬间被冷水浇透了一样。

因为我听见他对庞叮说"求求你放过我"，声音带着哭腔。而庞叮只是一动不动地站着，任由那个男人哭求，甚至跪了下来。庞叮始终没有任何反应。

我无法看见庞叮的表情，甚至都无法猜想。

我被眼前的景象完全搞蒙了。

不是会把庞叮吓醒吗？怎么现在看起来反而是那个男人害怕庞叮啊？

与此同时，我终于意识到了自己在做梦。

我努力地想要再跨上一级台阶，可我拼尽全力仅仅做到沉了一下肩膀。

但那个男人像是突然注意到了我，开始试着让我帮忙求情。

不知道为什么，在那个男人发现我的存在之后，我的身体突然受控了。

我甚至可以发出声音，我先叫了庞叮的名字，可是她没有回过头来。而后我看向那个男人，不知道为什么，我突然觉得这个男人有些眼熟。

我忍不住问："你是谁？"

那个男人突然表情有了变化，用一种很诡异的似笑非笑的表情道："我叫常英，英雄的'英'。"

我觉得头皮一阵发麻。

几乎在一瞬间我就猛然醒悟："你不是我下午见过的小孩吗？"

我打量着眼前这个男人，这完全是一个中年人的样子。我甚至可以看见他稀疏的发际线和深陷的法令纹。

"你是不是见过我？！"

我急切地想要确认这件事。

男人却不再注意我了，而是再次不停地恳求起庞叮来。

不知道为什么，我总觉得庞叮的噩梦可能又会持续下去了。

我突然想到之前庞叮说过，她会一直往楼上走，而她怀疑真正的出口在下面。

于是我抓住了庞叮的胳膊，转身就将她往楼外拖去。

梦中，我感觉不到她的体温，我甚至都不知道她是什么状态，有没有转过身来。

我只是本能地抓着她的胳膊，跌跌撞撞地跑出了楼门。

此时我才终于回过头来，可几乎同一时间，我身后的庞叮消失了，我的手里空空如也，就如同从没有抓住过什么一般。

目之所及，只有那栋诡异的楼和黑洞洞的楼道。

这算出来了吗？

我脑子里冒出这个念头，人就醒了过来。

我不自觉地深呼吸，觉得整个人后背都是僵硬的，就像是真的曾经拖着谁玩命跑过一样。

这次的梦不长，可这次睡着的时间很长。

刚醒来的一段时间，对自己是否存在这件事是很模糊的，需要适应一下。

等到我确认自己身处现实，才发现外面的天已经亮了。

我起身去查看了庞叮，她依然睡得很熟。

我不自觉地长出了一口气。

我猜想，一定是因为我过于担心她的噩梦没有终结，才会导致自己也做起了连续的噩梦。

梦中的一切，都能和这两天的经历对应上。

我又坐回到床上，这才想起来昨晚忘记和老婆报备了。

我拿出手机一看，果然有数个未接来电。

我给老婆发了几条微信消息，简单地形容了一下昨天的情况，当然还是刻意忽略了一些细节。

老婆倒是没有责怪我，只是一再嘱咐我要保重身体。

放下手机，我听见楼道里开始有护士交班时的聊天声。

又过了一阵，送病号餐的人推开房门进来，我借机也蹭了一份。

简单吃完，我又跟护士交代了一下，让她们晚上之前不要打扰庞叮，明天她大概就可以出院了。好久没有睡觉了，让她多睡会儿。

之后我回了家，回去的路上我一直在思考，从专业的角度，要如何引导或是告知庞叮她家人的事情，这是否会造成新的连带应激创伤。

事实上，我一整天都在琢磨这件事。

所幸老婆今天带女儿去上了兴趣班，我在家里没有别的顾虑。

可让我完全没想到的是，临近傍晚的时候，我突然接到了院里的电话。

等到听完那边叙述的情况，我彻底蒙了。

电话是住院部的护士打过来的，她们照着我的嘱咐，一直等到傍晚才去叫庞叮吃饭。

可是她们发现，无论如何也没办法把庞叮叫醒。

她的生命体征一切正常，可突然就像是植物人一样——

毫无意识。

〔05 · 超出认知的发现〕

我马不停蹄地赶往医院，护士都急疯了，但我不在医院，她们不敢擅作主张。

庞叮就躺在病床上，对外界的刺激毫无反应。

我立刻安排了一个全科会诊，为此还搭进去不少人情。

所有能做的检查都搞了一遍，除了发现庞叮有点营养不良，她的身体没有别的问题。起码从各种报告上看是这样的。

我觉得束手无策了，她也没有已知的家属可以通知。

我倒是不怕担责任，我纯粹很担心她的状况。

于是我联系了以前医学院的同学，他们在更大的医院上班，商讨后，我们决定给庞叮办转院。

同时我又给老婆很抱歉地打了个电话，说好的过两天要全家出游，我很有可能参加不了了。老婆一向很支持我的工作，我这两天接二连三地泡在医院，她也没有埋怨，只是很担心我的身体。

挂断电话，我觉得对家庭的亏欠有点多了，发誓一定要找个机会好好弥补一下。

转院需要一段时间，因为上级医院没有床位。我只能在病房里守着，除此之外也没什么可以做的了。

我甚至祈祷庞叮还是会被噩梦吓醒，起码那样还有其他的努力可以尝试。

病房里再次安静了下来。

我手里拿着一大沓庞叮的报告，跟她隔着床坐着。

明明昨天事情已经解决了，怎么突然变成这样了？

我看着庞叮的脸，忽然想到昨晚上我做的那个噩梦，梦中我把庞叮拖出了那栋楼。难道这两者是有关系的？

我回忆着那个梦，脑袋里一团乱麻，但明天还有相关的事情要我处理，我必须养精蓄锐。

我躺下准备睡觉，只觉得天旋地转，但大脑一直无法放松，好一会儿，才终于迷迷糊糊地睡了过去。

我又做了那个梦。连续做了两天相似的梦，我已经有些习惯了。

梦中的我第一时间就直奔那栋楼，毫不犹豫。

推开门，我希望能再次看见庞叮站在楼里。

可是只有漆黑的楼道，一级一级的楼梯。

我遵循梦的安排向上走着，心里期盼着庞叮可能会站在楼梯拐角。

可是那里并没有人，甚至连之前站着的男人都不见了。

"你在这儿！"

这时突然有人拍了一下我的肩膀。

同一时间，我立刻掌控了身体。

我转过身来，看见是庞叮，正一脸轻松地对着我笑。

这毕竟是梦。

我从没见过庞叮这么惬意过。

"我在做梦。"我下意识地感慨道。

"对。你是在做梦呢。"庞叮反问，"人不是都会做梦吗？"

"那你现在是在做梦吗？"

"嗯……"庞叮想了想说，"应该不算，因为我在你梦里。"

我忽然觉得头皮一阵发麻。

她是说她有独立的意识？不对，她是说她知道她在我梦里？

不对。

我想了半天也不知道怎么能正确地表达。

"对，我在你梦里。你没看过电影吗？《盗梦空间》。"庞叮道。

我道："我看过，可是你怎么证明你不是我想象出来的？"

"我在睡觉对不对？我是说现实世界里。"庞叮用指尖点着下巴道。

我还是不敢相信。

我道："单纯从逻辑上来看，你处于昏迷状态，我本身是知道的，所以在梦里，我自然也可以想象出一个你来告诉我这件事。"

"也对。"庞叮点头道，"那你怎么才能相信我呀？"

"你告诉我你的父母是怎么死的。"我想了想才鼓起勇气问道。

"我父母？他们没有死啊。"庞叮诧异道。

她眨了眨眼问："你去调查过对不对？"

我点头。

"所以我还是要告诉你，他们没有死。只是……有点难以跟你解释。"

庞叮牵起我的手，领着我朝楼外走。

出了楼，不远处的一片空地上，有一把长椅。

我们坐下来。

庞叮道："我在你的梦里对不对？"

"是的。"

庞叮问："那你说我是活着还是死了？"

"你在现实里活着，只不过需要注射营养液之类的来维持生命体征。"

"那如果营养液断了呢？"

"那你会死。"我道。

"这不就得了？如果现实中的我死了，可是我仍然在你的梦里，那你说我是活着还是死了？"庞叮像讲课一样说道。

我迟疑道："你这是传说中的'我永远活在你们心中'？"

庞叮咯咯地笑着。

"不对。是永远活在你的梦里。只要你能做梦，我就能活着。"

"你之前说人都会做梦的。"

我突然意识到庞叮在表达什么，可我难以置信。

我想了半晌才道："你是在告诉我，你的父母只是身体死了，但一直活在……"

"对，他们一直活在我的梦里。我也不知道这一切是怎么发生的。忽然有一天，我发现我的爸爸妈妈一直在睡觉，一连睡了好多天。我那时候还很小，不知道究竟发生了什么事情。我一开始只是哭，可没有人可以来帮我。等到我哭累了，睡着了，我就看见我的爸爸妈妈。他们告诉我，他们只是换了一个方式生活。他们安慰我，教导我怎么在现实世界活下来。之后我就很讨厌白天，因为白天的时候，爸爸妈妈永远都是一个状态。我尽量每天都要睡很久，即便睡不着，我也那么一直躺着。直到有一天，邻居带着警察打开了家门。"

这……我沉吟半晌，不知道怎么接话。

我有点被庞叮说服了。

"那后来呢？"

"后来我就慢慢长大了，但这件事我没办法跟任何人说，说了也不会有人相信，不是吗？"

看见我点头，庞叮继续道："我之前告诉你的一切都是真的。有一天开始，我的梦就变成了现在这个样子。喏，就是你现在看见的。除此之外，我也是一无所知。"

"那你的父母呢？"

"不知道。"庞叮神情落寞道。

"那现实世界的你要怎么才能醒过来？"我又问。

庞叮抿着嘴摇摇头，半晌才道："可能需要我重新做梦的时候。但我现在在你的梦里，我不知道怎么才能回去。"

"或许跟那栋楼有关系？"我不自觉地看向那栋楼。

"哦！你这么说，我突然想起来了。我要告诉你一件更重要的事情！你最好坐稳了！在我的梦里，我无论如何也走不回家对不对？可是在你的梦里，我做到了！就在刚刚！我发现了一件了不得的事情！特别好玩！不对，这也不能算是发现吧，而是我突然就懂了，像是这个念头被塞进了我脑子里一样。"

我有些紧张道："什么？"

"那栋楼不是很多层的拐角都会站着一个人吗？我发现这些人，有好多个都是未来我会遇到的人呢。"

"是不是有个叫常英的？"我追问道。

"对，对！我认识他，他是我邻居家的孩子，应该是个小孩子呀，可是在那楼里已经变成小老头了！油腻死了！"

"但是我昨天在梦里看见他向你求饶了。"我追问道。

"这就是我要告诉你的事情。"庞叮的表情突然神秘了起来，装作小心翼翼地在我耳边道，"那些人都是未来我会杀掉的人。我呀，好像很多年后是个臭名昭著的连环杀手呢！"

我瞠目结舌，看着眼前俏皮的庞叮。

即便是在梦里，我也很难相信。

"是真的！嗯……"庞叮掰着手指头数，"十三个！未来的我会杀死十三个人！一开始我也吓了一跳，但是后来我想呀，连我都敢杀人了，那我得被逼到什么份上啦！肯定是有原因的！兔子急了也会咬人啊！当然，我不是说当个连环杀手有什么值得炫耀的。如果有可能，我一定不会做。"庞叮认真道。

"我记得，你好像也梦见过我吧？"我问道。

"对呀！你就是第十三个！但我想，你是这么好的一个医生，除非我疯了，不然我怎么可能对你下手呢？"

庞叮板起脸问道："如果我疯了，你会治好我的吧？这样我就不会杀你了。"

"可我是心理医生……不是精神科……"我无奈道，"不过不重要，你有找到可以让你醒过来的线索吗？"

"我……有个怀疑。"

"是什么？"我激动起来。

"要把那栋楼里的十三个人都找到才行，我怀疑，在他们的梦里会有线索。"

庞叮看着那栋楼道。

〔06 · 越发复杂〕

这么说的话，是要在现实世界里，找到那栋楼里的十三个人？

这恐怕有点难度。

我不自觉地扭头望过去。

视线里只有那栋楼，现在距离远了，反而看起来更让人不想靠近了。

我问道："我知道有个叫常英的。那其他人呢？你有没有什么线索？姓名、住址或是工作一类的？"

庞叮摇着头，思索了一下道："他们都很怕我，连句完整的话都说不出来。"

说着庞叮叹气："我都习惯了，从小到大，身边的人都害怕我。"

"是因为你父母的事情吗？"

"嗯……应该不仅如此吧。可能我本身就是个怪人？"

庞叮勉强抿嘴笑了一下："不过这样也好呀，离我远一点儿，免得以后被我杀掉！"

"来就诊的时候，你不是提过你有朋友吗？"我问道。

"嗯……"庞叮沉吟了半晌，"对不起，黄医生，我说谎了。"

我看着庞叮，突然觉得有点难过。

我想起我的女儿在放学后总喜欢跟我念叨白天学校里的趣事，很多都是跟朋友有关的。

我很难想象庞叮这么多年是如何挨过来的，不免有些心疼。

上次我做梦的时候，常英跟我说话了，说不定其他人也可以。

我站起身道："咱们再回去一趟！"

庞叮没想到我行动这么快，还在低头低声重复说着对不起。等到被我从椅子上拉起来，她才回过神来道："黄医生……"

庞叮似乎斟酌了一下措辞："你真是个好医生呀。"

事实上，我也不知道之前常英会跟我说话，是因为这是我的梦境，还是因为我们在现实中有过接触？

倘若是后者，那恐怕想找到其他人简直难于登天。

但无论如何，我已经下定决心要对庞叮这个患者负责到底了。只能走一步算一步，见招拆招了。

重新回到那栋楼前，我伸手去推楼道的门。奇怪的是，竟然没有推动。

我加大力气又试了一次，门还是纹丝未动。

之后我甚至用肩膀撞了一下，依旧未果不说，我甚至连门的触感也感知不到了。

非要形容的话，就像是在一面墙上，画下了一扇无比逼真的门一样。

门只存在于视觉之中。

这是什么情况？

怎么进不去了？

我诧异着想要回头和身后的庞叮商量。

突然就觉得眼前一黑，人瞬间就失去了平衡。

我下意识地想要撑住身体，猛然发现自己已经醒了过来。

天已经大亮了。

而我的手正紧紧抓着病床的栏杆。

听到病房外保洁在打扫着，护士在交谈着。

我用了几十秒才确认了自己身在何处。

我第一时间下床去查看庞叮的状态。

她还是毫无意识，只有病床边的检测仪器闪烁着。

我回忆着昨天的梦。

梦里的一切都太过于诡异了。

可不知道为什么，我反而觉得梦里庞叮告诉我的事情是真的。

我决定立刻去验证一下，去找一下那个叫常英的孩子。

庞叮说线索会在常英的梦里。

我有必要去询问一下。

于是我轻车熟路地回到了庞叮住的小区。

因为时间太早，小区里连个人影都没有。

我在路边摊买了份早点，就坐在小区里边吃边等。等到早点差不多吃完了，小区里开始零零散散地出现了晨练的老太太，还有送孩子上学的父母。我挨个上去跟他们搭话，问他们认不认识家里有孩子叫常英的。

可能是太过唐突，一连问了几个，人们都是摆手摇头的，没有什么进展。

正当我想着是不是要编个像样点的借口时，电话突然响了，是医院那边打来的。

接电话之前我还忐忑了一下，生怕是来通知我庞叮出了新的状况。幸好电话那边是要我回去帮忙做心理疏导的。

说是昨晚，有个患者失足从三楼坠落，人倒没有特别大的问题，只是脚踝骨折了。但可能是受惊过度，患者一直在哭闹，不配合治疗，已经闹腾了整整一夜，从急诊折腾到了骨科，眼看着就要折腾到精神科了。

因为是跨科室，所以那边也没好意思打扰我休息，特地等到了早上才来求援。

我其实是想拖一拖的，我想先打听到常英的住处。

可是在电话里细问了几句，那边就告诉我，患者是个孩子，就叫常英。

比对了一下入院填写的地址，不是别人，正是我在找的那个！

这算是"瞌睡时有人给订了一间大床房"吧。

我当即应了下来，并说我会立刻赶过去，之后就马不停蹄地向医院折返。

骨科的病房在十层。也不知道当初是谁安排的，让腿脚不便的患者住这么高。

电梯门刚开，我就听见整个楼层充斥着一个孩子的哭闹声。

走过拐角，就看见里面的一个病房外围了一堆看热闹的患者，一个个几乎都打着石膏，场面还有点荒诞。

我从人堆里挤进门去，就看见两个护士在捡散落一地的诊察用品。

一个骨科大夫正在无力地安抚常英，常英的奶奶站在一旁，一直在抹眼泪。估计按照她的思想，多半是认为孩子中邪了。

起初，一群人谁也没注意到我进来，反而是常英先看见了我，用手指着我嗷嗷大哭。其他人这才围了过来。

常英奶奶看见我一脸惊讶，她肯定想不到我是医生。

可没等她说话，骨科大夫就表情很奇怪地把我拽出了门去，他在就近的楼梯间赶忙跟我交代情况。

孩子是凌晨三点多送到急诊的，奶奶跟着一起来的。据孩子奶奶说，孩子以前都是跟她睡的，但从这一两个礼拜开始，孩子就一直嚷嚷着要自己睡。奶奶虽然舍不得，也有点不放心，但想到孩子毕竟越来越大了，也得培养一下独立自主的能力，也就同意了。

家里本来就是三室一厅的房子，一直就住着他们祖孙两人，所以就给孩子安排到了另一个卧室去睡。起初的两三天没什么事情发生，后来突然有天开始，奶奶夜里经常被孩子的哭声吵醒。

奶奶火急火燎地去查看，发现孩子应该是做噩梦了。

毕竟小孩子刚开始自己睡觉，没有安全感，做噩梦很正常，所以奶奶一开始也没当回事，没想到之后孩子却一连几天都是如此。

奶奶就有点心疼，想再带着孙子一起睡。可是不知道为什么，孙子无论如何都要坚持自己一个人睡觉。

奶奶软硬兼施，孙子就是一意孤行。最后还是奶奶拗不过孙子，放弃了。没承想，这一下就出了事。

昨天半夜，老太太睡眠本来就轻，猛地被吵醒了，都没等分辨出来发生了什么，就已经听见孙子在楼下哭了。

奶奶冲下楼去，发现孙子不知道怎么就从楼上掉下来了。

幸好窗户下面是绿地，有一定的缓冲，加上家在三楼，楼层不高，孙子没受太大的伤。

可即便如此，奶奶还是感觉天都要塌了，赶紧把孩子送到了医院来，鞋什么时候丢了一只都不知道。

孩子从受伤开始，一直就在哭闹。毕竟有骨折，小孩子吃痛会哭闹，起初谁都没太在意。

但急诊诊察结束了，片子拍完了，甚至止痛药都吃上了，孩子的哭闹始终没停。

急诊科室又不能整宿围着这一个孩子转，发现是脚踝骨折，就先分诊到骨科给办理了入院。

之后的情况就跟我刚才见到的差不多了。

孩子在病房里，一直是这个状态，骨科这边也无计可施。

现在石膏都没法打，一有人靠近，孩子就挣扎。没辙了，就只能请我过来帮忙。

再这么僵持下去，耽误孩子的治疗不说，整个楼层都要遭殃了。

骨科这边也没法跟领导交代，总不能把病人赶出去吧。

骨科大夫跟我叙述的时候，时不时地用指头弹太阳穴，显然是真被搞得焦头烂额了。

我反倒越听越觉得有戏。

常英在做噩梦，恐怕真能问出什么线索来。

眼下问题无非是如何安抚好常英的情绪了，看他这架势，语言疏导应该也起不到什么作用了。可能需要点什么孩子喜欢的东西来转移一下他的注意力，我只能试探着来了。

我想着，就跟骨科大夫说我试试看，让他先去躲个清静，有事情我再叫他。

我转身就准备回病房，谁知他却突然拉住我，又低声问，心理科是不是总能碰见些看着像"中邪"的病人？

我听出来他话里有话，就说是不是孩子他奶奶说了些什么，那个老太太迷信、甭信。

骨科大夫就"啧"了一声，告诉我，还真被我说着了。但那老太太应该没理由说谎，而且老太太也不是明说的，这里面还有细节！

〔07·常英的怪梦〕

我一听也有点好奇，就问他是什么细节，那老太太也就扯点"天灵灵地灵灵"之类的话吧，都是学医的，还能信这个？

骨科大夫一副生怕我不相信他的表情，但还是控制着声调告诉我。

老太太说她冲下楼发现孙子倒在楼下的时候，下意识地抬头看孙子掉出来的窗户，发现窗户是关着的！

老太太上了年纪，老眼昏花看错了，这再正常不过了。

我没多想，让骨科大夫去躲个清静，自己就折回了病房。

之前看热闹的病人们都被护士轰走了，病房里只剩下常英和他奶奶。

常英此时缩在被子里，在床上卷成了一个"蛹"，还在"咿咿呜呜"地哭。

他奶奶焦急地想要掀开被子，唯怕孙子闷坏了。看见我进来，她就哆哆嗦嗦地用手摇晃我胳膊，求我救救她孙子。

我低头一看，老太太果然光着一只脚，不由得心生怜悯。

我安抚了老太太几句，告诉她我是医院的心理医生，肯定尽职尽责。但是为了不干扰我问诊，希望她回避一下。

我让门外的护士给老太太找了一个地儿歇脚，老太太依依不舍地出了门，走到一半还退回来冲我作了个揖。

我料想老太太恐怕根本不知道什么是心理医生，多半在她的概念里，医生和所谓驱邪的迷信之人差不多，她也就把我当成救星了。

这下病房里只剩下我和常英了，我轻咳一声。

"常英？还记得我吗？我还记得你不喜欢上学，喜欢睡觉。"我尽量把声音放轻道。

常英没有回应，在被子里扭动了一下。

"你放心，我离你远远的呢。你可以一直躲在被子里，睡觉也没事。我跟你奶奶商量过了，这段时间你不用上学了，怎么样？"

不知道是不是我的话起了作用，常英竟然真的不再哭了。

"你坐过轮椅吗？我告诉你啊，从走廊这头，一个加速冲到那头，巨过瘾。但是轮椅这东西，不打石膏医院是不给你分配的。你脚很疼？你得先听……"

我话说到一半，常英的奶奶又从门外进来，双手捧着个儿童水壶。

她小心翼翼地叮嘱道："黄医生……常英不能喝凉水，容易闹肚子……这……"

这次老太太的话被常英的哭号打断了，她只好把水壶放在旁边的床位上，又一脸委屈地退了出去。

我见状有些纳闷。

刚才常英明明已经平静了，怎么听见最亲的奶奶进来，又开始哭上了？

在我的常识里，即便真的是惊吓过度，基本也是对陌生人会有应激反应，没道理对自己朝夕相处的亲人这样。

"你奶奶走了。"我试探道。

常英的哭声居然慢慢停了。

这什么情况？

我一时间有点摸不着头脑。

从昨晚常英摔伤开始，他奶奶应该是始终陪在左右的，所以常英才会一直哭闹到现在。

难道常英并不是所谓的惊吓过度？他只是怕他的奶奶？他奶奶有什么可怕的？中间有什么蹊跷吗？

"常英……"我悄声道，"你听得见叔叔的话吗？叔叔问你，你是不是害怕你奶奶？"

被子动了几下，常英应该是在点头。

"你奶奶现在被我支走了，房间里就咱们两个，我保证不会有其他人进来，你可以从被子里出来吗？"我边说边走到门边，关上了门。

"你听见了吧？门关上了。"我刻意动了动门把手。

跟着，我看见被子掀开了一道缝隙，常英在小心地观察。

我挪开几步，让常英可以确认门是关着的。

"叔叔……"过了半晌，常英沙哑的声音从被子的缝隙挤出来。

"我害怕。"常英道。

我小心地靠近一些，问道："你怕什么？是奶奶吗？"

被子动了几下，常英还是不敢探出头来。

奶奶怎么了？

"她不是奶奶……我的奶奶不长这样……"

不长这样？我上次见过她，没什么分别啊，我想着，试探着坐在了常英的病床上。

他躲了一下，但没有别的动作。

过了一会儿，常英才小声问道："叔叔我相信你，你会相信我吗？"

"会。我告诉你啊，我最近啊，碰到了很多难以置信的事情。"我解释道，"难以置信就是不敢相信的意思。"

"我知道。"常英道，"我看过很多书。"

"那你最喜欢哪本书？"

"太多了。嗯……"常英思考着，突然道，"叔叔，你不会出卖我吧？"

我笑着摇头，又想起常英看不到，就说"不会"。

"她真的不是我奶奶，我害怕她。"常英的声音有些发抖。

"我相信你，但我跟她不熟悉，所以看不出来。你能提醒我吗？"我询问道。

"我……"常英犹豫了很久才道，"奶奶已经死了。"

我吃了一惊。光天化日的，还真的能活见鬼了？

脑子反应了一下，我明白了。

于是我道："你是做噩梦了吧？有时候人是会把梦和现实混淆的，我最近也常常有这种感觉。"

我觉得这么说有点深奥，接着解释道："奶奶是在梦里死的对吗？可那是在做梦，梦里面的东西都是假的。"

"不是……"常英语气听起来很失望，"你还是不相信我。"

"我相信你！那么你梦见了什么？"

"我梦见了我真正的奶奶，还有……"常英带着点哭腔道，"还有我的爸爸妈妈。"

接着常英终于小心地从被子里探出头来，给我讲述了他的梦境。

我也是才知道，常英的父母在很久以前因为意外去世了，只剩下他和奶奶相依为命。

当然在奶奶的叙述中，他的父母是去了国外出差，需要很多年才能回来。

但孩子只是天真，并不是傻。

在生活中的蛛丝马迹里，常英早就了解到了真相。但他一直没有点破，装作毫不知情。他知道奶奶的良苦用心，也能体谅奶奶的辛苦。

祖孙二人的日子虽然说不上多富足，但平平淡淡的，也算幸福。

常英的学习成绩一直很好，他希望以后有朝一日能够报答奶奶。

直到他从不久前，开始做起了那个梦。

常英的梦和庞叮的有些相近，当然我指的不是内容，而是梦持续的方式。

常英也记不得究竟是从哪天开始，他每晚都会做一个相同的梦。

梦的内容很简单，在一处僻静的独门独院的房子里，常英和父母还有奶奶共同生活着，发生的全是日常琐事：爸爸催促他不要看电视，抓紧写作业；妈妈唠叨着晚饭不小心多放了盐；奶奶偷偷地塞给他零花钱，叮嘱他省着点儿用。

这些都是早已埋藏在常英记忆深处的片段，就像是一种上天的奖赏，突然可以切身地重温了。

一开始，梦中的常英并不知道自己是在做梦，只顾着调皮耍滑，撒娇玩耍，就像当初父母还健在时一样。

直到醒过来，很长一段时间里常英还觉得梦中的一切都是真的。相信很多人有过相似的感受。

当发觉这一切只是一场梦时，常英理所当然非常失落。

他很想念自己的父母，也很向往梦中的生活。

所以第二天入睡的时候，他一直在祈祷着，能再次做那个梦。

令他欣喜若狂的是，竟然实现了。

第二次做那个梦的时候，常英已经知道自己是在做梦了，所以，常英无比珍惜在梦中度过的时光，享受着完整家庭的温暖。

但同时他也是第一次意识到一件事，一件非常诡异的事情。

那就是在梦中，虽然倍感亲切，没有任何隔阂，但常英知道，梦中的父母和奶奶，都不是现实生活中的样子，而是几个他完全不认识的人。

这说起来很离奇，但的确发生了。

常英能感觉到，这几个人仅仅是相貌陌生，除此之外，一切都和自己的家人一样。

可能有的人也有过差不多的经历，梦见的某个人明明自己不认识，但在梦中你们就是已经被设定好了熟络的关系，可能是朋友，可能是亲戚，就像是突然代入了一段剧本一样。

所以这件事虽然诡异，但对于常英来说，没什么大不了的。

梦就是梦，就是用来弥补现实中的遗憾的。

之后的日子里，常英每晚都期盼着做这个梦，甚至为此舍弃了他最喜欢的动画片，尽量早早地上床睡觉。

梦也一直如期而来，没有间断过，而且梦中的时间仿佛比现实还长。

仅仅是一个夜晚，常英在梦中却像是度过了好几天。

这应该是常英最幸福的一段时光。

直到随着时间推移，常英逐渐发现这个梦有些不对劲儿。

〔08 · 梦里的禁忌〕

梦中的生活稀松平常，但有很多奇怪的地方。

第一点，他的爸爸妈妈还有奶奶，都禁止他去院子里面玩耍。

无论平时多么宠溺他，一旦常英想打开那扇通往院子的门，父母和奶奶立刻就会变得无比严厉，甚至看起来有些吓人。

久而久之，常英了解到，院子似乎是这个家的禁忌。

三位长辈，每当提起院子的时候，都显得非常忌惮，仿佛院子里有什么恐怖的东西一样。

那扇门始终紧锁着，不知道是不是自己的错觉，常英总觉得在自己第一次提出要去院子里玩之后，家中的人似乎时时刻刻都在盯着他，一刻也不愿让他脱离视线。

小孩子毕竟好奇心重，常英曾经隔着朝向院子的窗户向外观察。

院子里空无一物，只有一片平整却荒芜的土地，土的颜色很深，看起来像是巧克力。后来常英才发现，可能土的颜色并没看起来那么深。之所以如此，是因为院子上方，被罩了一块巨大的黑布。

黑布挡住了阳光，院子里没有院门，整个院子就像是一个密室一样。当然，严格意义上来说，房子里也是。因为他们谁都没有出去过。

这仅仅是第一处奇怪的地方。而第二处，就更让常英诧异。

在这个梦里，一家人也会吃饭、睡觉，但常英从没有看见过任何人喝水。不仅如此，甚至连接触水的时候都没有。没有人需要洗澡、刷牙，或是上厕所。

更严谨地讲，是这个家里没有任何液体的存在，无论是饮料、酱油，或是洗衣液。当然，在梦中没有生理需求是合理的。

但事情并不是这么简单。

因为常英很快发现，水是这个家中的第二个禁忌，就连他提起，都会让其他人脸色大变，仿佛水也是一种非常危险的东西一样。

常英是个顶尖聪明的小孩。

他隐隐地察觉到，家中的两个禁忌，一定是有什么关联的。

至于有什么缘由，他不知道，但他很好奇。

知晓这些事情的时候，常英已经连续做这个梦将近两周了。

有些习惯成了自然，就如同穿梭在两段截然不同的人生一样，区别再大，也都是自己的人生。

开始时得来不易的团聚，渐渐变得理所当然起来。

常英终于按捺不住自己的好奇心，这也是绝大多数孩子和成人之间的最大区别——做事之前不会思考后果。

常英打算去那个院子里看一看。

他的计划，对于一个孩子而言已经足够周密了。

常英先是用了很长一段时间，表现得异常乖巧。当然这也是循序渐进的，他知道"事出反常必有妖"。之后家人果然对他逐渐放松了看管。

也是在这段时间里，常英发现了一个巨大的漏洞。

那就是通往院子的门虽然是紧锁的，他打不开，可那扇朝向院子的窗户，却是无法反锁的。

窗子很小，充其量只有个气窗的面积。常英猜想，这扇窗一开始设计的目的，就是用来观察院子的，和门上的猫眼作用一样。

成人是肯定无法钻出去的，但常英是个孩子，还是一个瘦弱的孩子。

有一晚趁着家人睡觉，常英觉得时机已到。他先是装睡，接着就蹑手蹑脚地跑到了窗边。

院子里漆黑一片，是那种绝对的黑。

常英摸索着找到了窗户的把手，他已经悄悄地演练过了。

他知道要用多大的力气、怎样的角度，才能在打开窗的时候，发出最小的声音。

常英成功了，一切很顺利。

之后他探出头去，窗框比他预想的要窄，钻出身子的时候，挤得他肩膀生疼。这种疼并不是直接反应到身体上的感受，而是一种梦中你知道你疼，你才做出应对疼痛时的反应。

常英咬着牙，用手抓住外侧的窗框，将自己挤了出去。

院子里实在太黑了，常英无法估算落地的距离，只得摔落在院子里的土地上。幸好土地非常软，并不疼，也正因如此，声响很小。

但常英还是大气不敢喘地蹲在窗下等了一会儿，确认没有惊动任何人，才站起身来。

在没有任何光源的情况下，常英只能毫无目的地用脚试探着来回走动。他时不时地蹲下来用手体会土壤的触感，土质非常细腻，摸起来松松软软的。

院子的面积并不大，况且常英也知道都是一样的土地，所以没有耽搁多久。

在满足了自己的好奇心后，常英就带着窃喜又悄悄地回了屋子。

他按照预先计划好的那样，在窗外用布小心擦拭了自己的鞋底和双手，又将用过的布仔细抖落干净，藏在了自己的睡衣兜里。

土虽然很软，但意外地附着力很差。

常英把一切都打扫得很干净，简直天衣无缝。

但常英很诧异，明明那个院子普通得不能再普通，自己也实地考察过了，没有任何奇怪的事情发生，为什么家里人都谈之色变呢？

常英不由得想着，突然他灵光一闪。

院子里是土地，是禁地。

屋子里没有水，是禁品。

这两者恐怕只能有一种联系，那就是——为了防止把水滴到院子里的土地上。

常英为自己能想到这一点，感到非常兴奋。

院子如此荒芜，上面又罩着阻挡阳光的黑布，难道是家里人，害怕那土里会种出什么东西吗？

会是什么呢？

常英的好奇心被再次勾得难以抑制。

去院子相对容易，可要在家中找到液体，从平日里的观察来看，恐怕是不可能的。

而这是个梦境，自己是没办法将现实世界里的水带进去的。

一时间常英有些束手无策。

直到当天的这个梦醒来，常英还在思考着方法。

很多时候，孩子的想象力是远超成人的，他们只是缺乏将想象力转化为现实的能力，而梦却正好弥补了这个不足。

仅仅过了一天，常英就想到了一个绝妙的办法。

这个办法，想必绝大多数人在小的时候都使用过。

那就是尿床。

几乎所有跟尿床相关的梦境，都是在梦中寻找厕所。这算是现实通过大脑影响梦境的一种体现。

常英在第二天睡觉之前，刻意喝下了大量的水，为的就是在梦中能感受到尿意。

这个计划实施得非常成功。

当天晚上的梦中，常英如昨天一般，悄无声息地钻出了那扇小窗户。

因为有了经验，这次落地非常稳。

之后的时间，常英就站在院子里，等待着尿意。

他也不知道这个时间究竟持续了多久，因为在梦中，时间概念是非常模糊的，但所幸，在他被发现之前，他等到了。

说起来这种感觉非常特别，因为不仅知道自己即将把尿撒在院子里的土上，也知道自己即将把尿撒在温暖的床上。

对于一个调皮的孩子而言，这实在太有趣了。

常英甚至差点忍不住笑出声来。

他脱下裤子，对准了院子里的土地。

接着，他听见了尿落在土地上的窣窣声。几乎在同一瞬间，他也因此醒了过来。

就跟所有恶作剧得逞的孩子一样，那一整天，常英都无比欢乐。

看着现实世界中的奶奶不明就里地换洗床单，他只顾着偷笑，迫不及待地想要进入下一次梦境。

当晚再做梦的时候，一切如常。

家中的三个长辈似乎谁也没有发现常英做过什么。

常英偷偷地去观察过，那块尿过的土地上什么都没有。

只不过可能因为曾经打湿过，那一小块土壤微微凸起，稍显蓬松。但这细节恐怕只有常英才能注意到。

梦中的生活就这么幸福地继续着，仿佛永远会这么继续着一样。

这也影响到了现实中的常英。

他变得更加活泼开朗，连学校里的老师都几次表扬他变得合群了。

可事情却逐渐有了转折。又一次做梦的时候，常英猛然注意到，之前院子里凸起的土地，变得越来越明显了。

他生怕被家人发现，一直惴惴不安。这让常英本该轻松的梦境变得紧张起来。

有几次他甚至想要主动坦白，承认错误，可始终没有鼓起勇气开口。

只能忐忑着，一天天地看着那土里像是逐渐要生出什么来。

直到有一天，常英看见——

那土里真的冒出了什么东西。

〔09 · 种出的东西〕

常英害怕了，他决定自己去弥补这个错误。

于是梦中的当晚，趁着家人睡着，常英又熟练地钻出了窗户。他凭借记忆，在漆黑中摸索到了那块土地。

常英用脚碰了碰，是很奇怪的触感，硬邦邦的。

于是他蹲下身来，伸手去摸。

想着如果不能把这个东西塞回去，他就需要费很大工夫，挪动旁边的土把它盖上。

可当常英的手，碰到了那个东西……

几乎第一时间，他就知道自己摸到了什么。

即便他只是个没有什么生活阅历的孩子，他也能感觉到，自己摸到的是人的头发，就像是在土里逐渐发芽生长出来的一样。

头发丝挤出土层，杂乱地交织在一起。

常英瞬间收回手，吓得差点大叫出来。

因为他联想到，在这土层的下面，恐怕不应该只是头发这么简单。

一定还有一颗人头。

想到这儿，常英被吓醒了。

这也是常英第一次因为这个梦被吓醒。

醒来的时间很早，天还没亮。奶奶就在旁边睡着，这让常英稍微平静了一些。

可他忍不住会想梦中的家人对那院子的禁忌。是否他们早就知道那个院子里埋着一颗"头"，或者说，是一具完整的尸体？

那具尸体会是谁呢？又是从何而来的？

常英瞪着眼，缩在被子里直到大天亮。

白天的时候，常英一直浑浑噩噩的。他不知道该找谁倾诉，况且又有谁会相信他说的话呢？

但无论如何，常英知道不能再隐瞒下去了。

再次进入梦境时，常英第一时间就和梦中的家人坦白了这一切。

他低着头，等待着家人劈头盖脸的训斥。

可是不知怎的，家中的三个人对他的话竟然毫无反应，就像是没有听到一样，继续做着他们手中的事情。

常英忍不住偷瞄着院子，顿时他觉得寒毛卓竖。

因为跟他预想的一样，那院子中的土地里，已经生出了一颗"头"来，头发杂乱地挡住了脸。

常英大叫着指给家人看！

然而，更让他觉得恐怖的是，无论他多么声嘶力竭，张牙舞爪，家中的三个人都完全忽视了他。

这个梦开始彻底变了样子。

之前所有看似平淡幸福的场景，都因此变得诡异起来。

那些温暖的关切、和睦的温馨，都显得机械又冰冷。

常英第一次产生了想要逃离这个梦的念头。可梦却缠住了他。

每当入睡的时候，常英都会站在那栋房子里。

与此同时，院子中的东西，就像是在持续地生长一样，或者更恰当地形容的话，是那块土地，正在慢慢地把那具尸体吐出来。

日复一日中，常英眼见着，尸体的脖子、肩膀、胸口，一点一点地挤出了土层。

也是这个时候，常英突然认出来，那具尸体不是别人，正是自己现实中的奶奶！

这远比这个梦境本身还要恐怖。

假如，整具尸体都从土里出来了呢？会发生什么呢？

常英不敢想象。

或许是梦的场景造成了心理阴影，常英就是从此开始害怕起现实世界中的奶奶来。可他无法跟奶奶解释这一切，只能独自承受着，装作若无其事。

这也是为什么，他跟奶奶要求独自睡觉。

因为尤其是在黑夜里，每当侧过身看见一旁的奶奶，都会让他想起那具土里的尸体。

可即便独自睡觉，梦并没有放过他。他开始三番五次地被那个梦吓醒，醒来后战战兢兢地再次入睡，又被吓醒。

而梦中的那具尸体，已经渐渐地完全暴露了出来，一动不动地杵在院子里。

直到突然有一天，常英看见她睁开了眼睛。那是一双常英永远也不会忘记的眼睛。

他无法形容，他只知道，那绝对不会是活人的眼睛。

常英求救般地大叫着，试图唤起梦中家人的注意，也幻想着能因此醒过来。

可没有任何效果。

那具尸体，或者也可以说是自己现实中的奶奶，一步一步地朝着房子走了过来。

常英玩命似的跑到连通院子的那扇门前，用手死死地攥住门把手。

他知道，尸体要进来了。

可他没想到的是，就在他连吃奶的劲儿都用出来的时候，另一侧的窗户那边，却有了动静。

常英看过去，整个人完全呆住了。他看见尸体，正在从窗户钻进来。那扇窗户太小了，尸体因为被挤压，呈现出一种匪夷所思的姿势。

常英很想大喊，但他已经发不出声音了。他只能眼见着，尸体的手拍在地板上，跟着下半身慢慢地也挪了进来，最终站起身来。

常英终于恢复了对身体的控制。

他只有一个念头：跑！

可这房子根本没有出口，他之前从来没有在意过。

如今他只能尽量跑得远一点儿，穿过客厅，跑到走廊尽头，缩在墙角。

尸体没有来追他,他听见尸体的脚步声,好像正在客厅里来回走着。常英鼓起勇气挪动了一下,好让视线可以看到客厅发生的事。

他眼见着,尸体正一步步地朝着客厅沙发上的三个家人走过去。

那三个人还沉浸在电视节目当中,对发生的一切视而不见。

很快,尸体的手掐住了爸爸的脖子,爸爸毫无防备,无力地挣扎了一会儿,身体就软了下来。而一旁的妈妈,还在聚精会神地盯着电视机,对周遭毫无反应。

接着常英看见尸体像是行刑一般双手悬在了妈妈的头顶,对着脖子狠狠地掐了下去。

虽然只是在梦里朝夕相处,可常英早已把他们当成真正的家人,就算最近这段时间,由于眼下的这些诡异变得生疏了,可感情是真真正正的。

必须救他们!

这么想着,不知道哪里来的一股勇气,常英疯了似的就奔向了客厅。

但为时已晚。

妈妈的身体也软了下来,头耷拉在沙发扶手上。

而此时,仅剩的奶奶也已经命悬一线了,她拼命地想要摆脱卡在脖子上的那双手。可根本无济于事。

常英一股脑地撞了上去,整个人却被弹了回来,摔倒在地板上。

他想爬起身,就看见梦中的奶奶在侧头看着自己,用尽最后的力气,指了指那具尸体,拼命地摆了摆手,之后手就垂了下去。

常英当时没有意识到这是什么意思,就像是突然打开了什么开关一样,悲痛一股脑地涌了上来。

常英失去了所有的亲人。

他哭号着，瞬间人就从梦中醒了过来！常英发现自己坐在床上，满脸的泪水。

他久久没有回过神来，直到奶奶急匆匆地来查看他的情况。

他吓得叫出了声来，之后意识到，他已经在现实中了，只能再次哭了出来。

他想着，梦中的奶奶究竟要表达什么意思，是再见吗？

显然不是。

是提醒自己不要做什么吗？

也不是。

突然常英想到，这是在警告他，那个在梦里和奶奶长相一致的尸体，或者说，现实中与那具尸体长相一致的奶奶，不是他真正的奶奶，而是别的什么东西。

〔10 · 我做的合理假设〕

一时间，常英几乎崩溃了。就算是一个成人，要在短时间消化这么多种情绪，也是非常危险的，更何况是一个孩子。

哀痛、害怕、绝望、无助。

常英只能缩在被子里，用仅剩的那一点儿理智，告诉奶奶自己只是做了噩梦，让她不要担心。

在奶奶走后，他一直发抖到了天亮。

可能是梦对他的影响太深了，常英惶惶不可终日。于是他决定要逃。

可奶奶整日守着他，他根本没有机会。

常英不知道是怎么熬过那一天的。他只记得他做了很多尝试，但都失败了。在现实之中，他甚至连反锁的家门都打不开。

最终，常英选择了跳窗离开。

在跳下去之前，他也曾经退缩过，在心里挣扎着告诉自己，梦都是假的。可不知道为什么，他无法劝说自己。

只要仍在这个家里，每当感知到奶奶的存在，他都会觉得寒毛卓竖。

尤其是奶奶不在自己的视线中时，常英怀疑，奶奶就会变得和那尸体一样，在面对自己时那副慈祥的面容，都只不过是一种伪装。

就这样，常英闭着眼睛从窗口跳了出去，之后就被送来了医院。

常英在叙述自己梦境的时候，一直断断续续地，嘴唇一直在发抖。

但我能感觉到，他已经尽最大努力表述完整了。

我一直聚精会神地听着，中途没有打断他。

坦白说，我本来的目的是从常英的噩梦里，找到解救庞叮的线索。但我没想到，他的这个噩梦比我预想的还要惊悚。

我设身处地地想了一下，理解了他为什么哭闹到现在。因为之前的种种，已经让他的神经紧绷到了极限。加上这次逃跑失败，他的精神防线完全瓦解了。

我很担心他的心理状况，这样持续下去，恐怕会出大问题。于情于理，我都不能放任这个孩子不管。可一时间我也想不到有什么方法可以解决。

"梦都是假的"这种无力的安慰，显然是没用的。

我思考了一阵子，只能很坦诚地告诉常英，他的状况非常棘手，我需要一些时间，请他相信我，我会尽我所能帮他摆脱噩梦的困扰。但在这期间，需要他多撑一段时间。我会跟医院这边安排好，帮他编一个不允许家属陪床的理由，他可以暂时不用见到奶奶，让他不用那么害怕。同时他必须答应我，今天就要给脚打石膏。

常英懂事地点着头，自顾自地抹着眼泪和鼻涕。

我顺手用白大褂的衣角给他擦了擦，他就很小心地抱住了我的胳膊。

他低声重复道："叔叔，我相信你。"

不知道为什么，这句话像是击中了我心里某个地方。对我来说，这就是作为一个医生的意义吧。

我又陪着常英坐了一会儿才离开。

刚出病房，我就看见常英的奶奶在走廊里坐立难安地等着。我跟她交代了一下，说常英的心理状况非常不好，需要入院治疗，但脚踝的伤势今天就会得到妥善处理，让她不要多担心。因为治疗方式的关系，为了保证治疗效果，希望她不要留在医院里，一切交给医生和护士。

常英的奶奶显然是不放心的，我只好着重承诺了一下，这一切都是为了孩子好。

她这才勉强同意了，我心说幸好老人家还是比较好说服的。

之后我又去找了骨科大夫，简要地说明了一下情况，需要他这边安排个人照顾。

他虽然有些为难，但毕竟我也算是帮了他一个忙，就当作还我人情，也就应下了。

把这些事处理妥当后，已经是下午了。

今天我本来就不用坐诊，干脆趁着时间早，去接了女儿放学。

晚上的时候，我们一家三口在外面吃了顿大餐。

这段时间各种忙，都没时间陪家人。

女儿显得非常兴奋，一直说个不停。可我脑子里总是盘旋着常英的这个噩梦，时不时地走神。幸好有老婆帮衬，在女儿问我问题的时候，悄悄地告诉我女儿刚刚在说什么。

吃过了饭，老婆知道我心中有事，就主动给我放了假，她去带女儿看电影，让我一个人先回了家。

我把常英的噩梦仔细地总结了一下。出于职业本能，我还是首先希望能从心理学上找到答案。

从我的专业角度上来看，很多噩梦，尤其是孩子做的，并不是都和现实映射有关。

究其原因，这大概是因为孩子的大脑正处于飞速生长期，同期留下的记忆，通常很快就会被更迭掉，并不像成人的大脑思维已经固定，容易受到近期所经历的事情影响，从而反映到梦境中。并且孩子也很少会受到太多外界的压力，而压力也是噩梦的诱因之一。

所以孩子通常在做噩梦的时候，很难拥有连贯的逻辑性。

简单形容的话，倘若成人的噩梦是一部恐怖片的话，孩子的噩梦就仅仅是一张恐怖图片，还是转瞬即逝的那种，仿佛是为了吓人而吓人的存在。而那些有逻辑性、有连贯性的噩梦，很多都是来自孩子的早期记忆，并非当下的经历。

以我女儿举例，她就曾经做过一个噩梦。她梦见妈妈变成了魔法师，在家里练习魔法，但是咒语不小心念错了，导致家中失了大火，无数住在我们家的小精灵到处逃命。

事实上这就是源自她更小的时候的记忆，我老婆有一次在家里做爆米花失败了，引燃了灶台，弄得煳掉的爆米花到处都是。

如果这样说的话，假如常英的噩梦也是来自他更小的时候，一段他已经遗忘了，但残存在他记忆中的往事呢？

我找出了纸和笔，列出了我各式各样的猜想。

写着写着，我突然想到一个可能性，结合着常英的噩梦。我被自己的猜想吓了一跳。

和睦的一家四口，突然闯入的陌生人。死里逃生的常英，连连摆手的奶奶。院子是禁忌，不允许踏入……

再结合现实，常英的爸爸妈妈很早就去世，只有奶奶相依为命。

我回忆着离开医院之前和常英的闲聊，好像他也没有别的亲戚。

这一切总结起来……

我心说，会不会是常英根本就不是他奶奶的亲孙子？而是在他很小的时候，被现在的这个奶奶诱拐来的？

因为当时太小，也就是所谓的还没记事，所以这段记忆就被深藏了起来，突然有一天开始投射进梦境里？而奶奶在梦中杀掉了自己的家人，正是一种切断了与亲生父母联系的表现。

那个院子，也就是常英被拐走的地方。

家人的疏忽，正好对照上了梦中他们对一切视而不见的样子。

我越想越觉得后背发凉。

这里面还有拐骗孩子的案件吗？常英噩梦的源头找到了？！

我脑海里已经出现了一幅画面：一个老妇人，假借讨口水喝的名义，趁着家里的大人不注意，从院子里掳走了一个孩子。孩子还太小，只是本能被吓得呜呜哭，可那老妇人的手适时地捂住了哭声，老妇人带着孩子在僻静的小路上扬长而去。

倘若真是如此，我有必要好好调查一下。

忙到了大半夜，此时顿觉豁然开朗，瞬间身上的疲惫都跟着消失了。

我不由得小酌了几杯，越想越觉得自己的推测靠谱。

躺上床的时候，老婆还在亮着床头灯看书，看到我的表情，就问我是不是工作有了进展。

我笑着答道："没想到当心理医生有时候比当侦探还带劲儿。"

老婆就也笑，说让我以后穿风衣出诊算了，这样看着更带劲儿。

我俩聊着，我很快就睡了过去。

〔11·梦里的公交车站〕

我几乎在睡着的一瞬间就进入了梦境，起码我主观感知上是这样的。跟着我就听见了庞叮的声音。

"黄医生！黄医生！"庞叮站在长椅旁兴奋地跟我招手。

"你看起来心情不错啊。"我边走过去边道。

"我还以为再也见不到你了！"庞叮打量着我道，"幸好你来了。"

"你在我的梦里，怎么会见不到我？"

"因为我想到了另一种可能。"庞叮拉着我坐下来，"假如其实我是在别人的梦里，而那个人同时梦见了你，之后他不再梦见你了，我们岂不是就再也见不到了？"

"这点我倒是没想到。不过我有个消息要告诉你，常英真的做噩梦了。"

"啊？"庞叮惊讶道，"那你找到什么线索了没？"

"目前有了一个猜测，只不过还没有验证。但有点可惜，好像他的噩梦跟你没关系。"

说着，我就把常英的梦和我个人的推理尽量详细地讲了一遍。

庞叮听后歪着头，想了一阵子，忍不住沉声道："那个孩子原来这么可怜，幸好他遇到了你这么一位好医生。"

我笑道："在我的梦里就不要一直夸我了。"

"啊？这次见面不是就夸了这么一次吗？"

"我有点好奇，我没有睡觉的时候，你在干什么？或者说在……"我问道。

"你是想问你不做梦的时候，我是怎样存在的吧？"庞叮抢先道。"我也不清楚，我只是在这个长椅上坐着，偶尔四处转转看看，不知不觉你就出现了。"

"需要等很久吗？就像从我早上起床等到我再次入睡那样？"我问道。

"我不知道。"庞叮摇着头，"这里的时间概念可能和现实中的不太一样，我很难解释。"

"没关系。"我答道，"只要你不觉得等得无聊就行。"

"嗯……"庞叮认真想了一下，"我觉得没有。黄医生，你打算怎么调查常英的事情？"庞叮忽然问道。

"目前还没有想好，理论上最直接能得出结论的方式是找到常英的亲生父母，可我没有相应的线索，连他们姓甚名谁都不知道。"

"那如果有别的方法呢？"庞叮询问道。

"比如呢？"

"我想带你去看一个地方。"

庞叮要我跟在她身后，领着我朝着那栋楼的反方向走。走了一阵子，我看见不远处出现了一个简陋的建筑物。更近一些时，我发现那竟然是一个公交站点。

"就是这里。"庞叮指着公交站牌道，"这是我的最新发现！可惜呀，已经被你命名了。"

我看见公交站牌上写着三个字：黄匡正。

是我的名字。

"这里是做什么的？"我疑惑道。

公交站点看起来十分普通，和平日里生活中看到的别无二致。除了站牌上写了我的名字，唯一的区别是少了那些灯箱广告。

我猜想这个公交站点多半是截取的我记忆中的某一个片断，我心说我的梦看来没什么流量，广告植入都撤了。

"可能要等一会儿。"庞叮说着坐了下来，看着远处。

会有车来吗？我这么想着，不由得也跟着望出去。

远远地，竟然真的出现了一辆公交车的轮廓，由远及近，最后停在了站牌旁。

我仰头看去，车里面没有司机，车门却同时打开了。

令我不解的是，明明这个场景理应有那么几分诡异，我却并不觉得，只是感觉很新奇。大概是我的潜意识辨别出了这仅仅是出现在梦中的。

庞叮率先上车，从车窗探出头来召唤我上去。

整辆车里只有我们两个人，我刚坐下，车门就关上了，向前驶去。

四周本来是一片开阔，车开了一段，就钻进了一团浓雾中。

我从车窗向外伸出手去，手没入雾中，只能隐约地看见几根手指头。

"看来我的梦不小啊。"我调侃道，"居然还需要公共交通工具。"

"黄医生，现在大家是不是都在睡觉？"庞叮本来望着窗外，回过头问道。

"应该是的。所以我们这是要去哪儿？"

"嗯……如果顺利的话，我们要去常英的梦里。"庞叮提醒道，"这就是我说的别的方法。"

我愣住了，半晌才开口问道："我们可以去别人的梦里？"

这怎么解释得通呢？可转念一想，我不也接受了庞叮存在于我的梦里这件事吗？

于是我又问道："我的梦是怎么和常英的梦连通到一起的？"因为我和常英近期有了接触，并且也知晓了他梦的内容，所以我的梦映射了大脑最近的记忆？

即便如此，那也应该只是在我的梦中可以出现常英梦中的场景和情节而已，说白了就是复制品。可听庞叮的意思，我们这是要完全进入常英的梦境啊。

庞叮见我一脸迷惑，忍不住笑了出来。

"黄医生，你不用这么紧张。你之前也说了，这是梦。梦里什么事情都有可能发生的对不对？"

我叹气道："我知道，可能是我职业病犯了吧，总想为很多事情找到逻辑自洽的缘由。"

"嗯……我能理解！所以你才是个好医生呀！"庞叮抱歉道，"可是我也不知道缘由，进入你的梦之后，这些事情就像是突然出现在脑子里一样。我就是知道这辆车可以带我们去常英的梦里，但我不知道自己为什么会知道。哎呀，我好像在说绕口令！"

我被逗笑了，庞叮的话让我想起了我女儿跟我聊天时的情形。

我故意道："好吧，不管你知道不知道，反正我知道你知道了。"

庞叮也笑，忽然指着车窗外道："黄医生，我们到了。"

我看过去，之前的浓雾不知道何时起已经消失了。庞叮的话音刚落，车就停了下来，车门打开了。

我和庞叮下了车，一眼就看见不远处有一幢院子。灰墙黑顶，是那种很平常的建筑风格。院子孤零零地矗在空旷之中，两旁别无他物，给人的感觉和庞叮梦见的那栋楼差不多，都散发着一种说不上来的神秘感。可能所有梦境的主体都是这样展现的吧。

这就是常英梦中的院子？

一时间我还是有些难以置信。

同时我不免想到，常英是否会感知到有人进入了他的梦呢？

假如我们没有和常英在梦中碰面，那我们是否还算是他梦的一部分呢？还是说我们每个人做的梦里，都有类似我和庞叮这样的存在，只不过我们从来没有察觉过。

我不由得有些走神。

庞叮就在一旁叫我："黄医生，这样一来我们就算是搭档了吧？我可喜欢看那种双人组合的探案剧了。小说我也看了不少，印象里有一对搭档一起探凶宅的，跟咱们现在的情况很像呀！"

我"啊"了一声，这才反应过来，常英的梦毕竟是个噩梦，说不定会有危险。

我道："一会儿如果有什么状况，你要尽量逃跑，知道吗？"

庞叮没理会我的话，依旧自顾自地说着："我们是不是可以起一个组合的名字呀！嗯……叫庞匡怎么样呀？哎呀不行，听起来太像膀胱了！噢噢噢对！我想到了！叫叮正！一听就是来惩恶扬善，订正是非的！"

说话间的工夫庞叮已经走向了那个院子，我只好把她拽回来，嘱咐道："你有没有在听我讲话，我是说……"

"对不起黄医生，我知道啦！有危险要逃跑！可是我在你的梦里，我还能跑到哪里去呀！"

庞叮退到我身后道："这样可以吗？我就牢牢地给你当尾巴！"

庞叮晃着身体道："黄医生你看，现在尾巴在摇呢！"

我有些哭笑不得。

"你是在比喻我是狗吗？"我无奈道。

庞叮连忙摇头："不不不。我是说，'叮正组合'，出发！"

|第二章|

入梦

〔01 · 进入别人的梦〕

我观察了一阵子那个院子，起码从外面没有看出什么异样，就领着庞叮小心地走了过去。走近一些之后我发现，院子已经非常破败了。

院墙上尽是斑驳，之前之所以看起来是灰色的，是因为外面的墙漆几乎都脱落了，露出了墙本身的灰砖。

我围着院子转了一圈，没有找到任何的门或者入口。还真像是常英形容的那样，这压根儿就是一个密室。幸好院墙并不高，充其量两米。我伸手探了探，墙上没有玻璃或是铁丝一类的防盗措施，就蹬着墙面借力爬了上去。

上了墙头之后，就看见一块巨大的黑布耷拉在院子里，盖住了院子一多半的地面。没被盖住的部分，都是连杂草都没有的土地。布像是被刻意毁坏成这个样子的，破破烂烂的。

在确认没有危险之后，我把庞叮接上了墙，之后我们跳进了院子里。

落地的一刹那，我就感觉到脚下松松软软的。土质果然和常英说的一样，触感跟海绵似的。只不过颜色没有我之前预想得那么深，可能是黑布被揭开的原因。

庞叮好奇地四下看着，但很听话，没有到处乱走。

我把黑布挪开一些，露出了通向屋内的那扇门，还有那个气窗。

让我有些意外的是，气窗是关着的，反而那扇门却是大敞四开。我看向屋内，能看见一些家具和陈设。

屋里没有亮灯，只觉得一切都是灰蒙蒙的。

我站在门口，小心地张望着。和院子的外观一样，屋里看起来也十分普通。装潢和家具不算豪华，应该和绝大多数家庭差不多。

正对着院门的是一个客厅。摆在电视前的是一套组合沙发，电视嵌在一个很大的书架中，也正好可以当作背景墙。可书架上空空如也，没有一本书。沙发是背对着我的，因为知道常英梦中的家人都死在了沙发上，我不由得有些紧张。

即便是在梦里，知道自己有可能会看见尸体，我也需要做一些心理建设。

犹豫了一下，我走进了屋里，一鼓作气地迈到了沙发前。可是沙发上空空荡荡的，什么都没有。

尸体被处理了？谁干的？

我忽然想到常英的"奶奶"有可能还在屋子里，不由得警觉起来，将庞叮拢到了身后，顺手拿起了桌上的一个烟灰缸。之后我才小心翼翼地去查看其他的房间。

这是一个三室一厅的格局。穿过客厅，就是一个小走廊，几间卧室分列在走廊两侧。门都是关着的。

我停在一扇门前，忍不住问庞叮："我有个疑问，如果我在这里被干掉了，会怎么样？"

庞叮吓得躲了一下："我也不知道，我觉得可能会死……"

"怎么死？我是说现实中也会死吗？"我悄声道。

"呸呸呸，黄医生不可能被干掉的！毕竟有女杀手给你当保镖呢！"庞叮想了一下，"严格来说的话，你只能算是死在了常英的梦里。"

"那不就是可以有恃无恐吗？"我手放到了门把手上，"又不是真的死。"

"不不不，如果你死在了常英的梦里，我怀疑你就会变得和我一样。"

"和你一样？"我回过头来看着庞叮，"你的意思是我会在现实中失去意识？"

"嗯，你只能活在别人的梦里。只有当别人梦见你的时候，你才存在，因为你离开了自己的梦。所以……黄医生，你不能死哦。"庞叮叮嘱道，"因为你死了，连我都不会存在了。"

我点点头。

实话说，我没想到会这么危险。但既然已经来了，以身犯险也是自己选的。

我做了个深呼吸，拧开了卧室的门。心里已经做好了用烟灰缸迎面痛击对方的准备了，可是门打开之后，发现卧室里空空荡荡的。

从陈设上来看，这应该是一个主卧。一张双人床占据了房间大部分面积。墙边立着一排衣柜。床的对角摆放着一个梳妆台。这是常英父母的房间。

如果梦里会有常英父母相关线索的话，多半会在这个房间里。

我走进去，开始翻找起来，可结果令我大失所望。

没找到任何相片，或是能知晓身份、姓名一类的物件。衣柜里倒是挂着不少衣服，可是我几乎每个兜都翻过了，也没找到名片什么的。梳妆台的抽屉里也仅仅是一些化妆品，没什么有价值的东西。

庞叮也一直在帮忙。她乐在其中，连床上的被褥都给掀开了，感觉像在撒欢似的。

虽然什么都没找到，但不知道为什么，我隐约觉得有哪里不对劲儿。

想了一下才反应过来。之前在客厅的时候，其实我已经注意到了，但光顾着警惕，没有放在心上，如今在卧室里我才猛然发现，不知道为什么，整个房子里的灰尘异常大，随手在任何一个家具的表面摸一下，手指上都是厚厚的一层灰，恨不得到可以画沙画的地步了。所以庞叮在折腾床铺的时候，我一直忍不住地咳嗽。

我道："这个房子怎么像是很久没有住人了，积了这么多灰。"

庞叮看着脚下道："是啊黄医生，你看地上都可以踩出脚印了。"

我低头看去。

的确，卧室的地板上全是我和庞叮凌乱的脚印。一大一小，我能很清晰地分辨出我这双鞋底的纹路。

突然，我注意到了一件事情，立刻跑出房间去确认。

瞬间我就觉得心怦怦直跳，因为我在走廊和客厅里，在那些没有被我和庞叮脚印完全破坏的地板上，竟然发现了另一个人的脚印。从脚印的大小上来看，这是一个成年人的。他的鞋底纹路跟我的完全不一样，所以能很明显地区分出来。

我想到之前常英跟我讲述的噩梦里，那具从土里"长"出来的"尸体"是没有身着任何衣物的，所以脚印显然不会是它留下的。而常英仅仅是个小孩子，脚没道理会这么大。

这房间里的灰尘，又必然是常英做完噩梦之后留下的。

他之前讲了，梦中的家庭和睦温馨，不可能是这般破败的模样。

这么说的话，就在最近，或者说就在现在，这个房子里，还有另一个人存在。会是谁呢？

〔02 · 时间〕

细心观察之下，我看见房子里到处都是那个脚印。他像是已经在这里徘徊很久了，很多脚印已经相互交织覆盖，甚至有一些地方，他明显逗留了一段时间，因为连灰尘都被踩散了。

我就像是循着线头一般追随着脚印，最终我发现，大量的脚印都指向了走廊最里面的那个房间。

他会在里面吗？如果真的有人在，我和庞叮之前闹出这么大的动静，他为什么毫无反应呢？我越想越觉得奇怪，就悄声地跟庞叮说了一下我的发现，要她先躲在那个主卧里，不要乱跑。

庞叮本来很好奇我在找什么，结果得到答案了，吓得她立刻躲到了床的另一侧，对我做了个"请放心，我不出声"的手势。

我关上卧室的门，思索了一下，没有直接去开最里面的房间，而是先开了紧挨着它的那扇房门。

这个卧室要小很多，只放着一张单人床。陈设也出奇地简单，只有一个摆在床头的矮柜子。从床品的样式很容易就能分辨出来，这应该是个老人的房间，起码从审美上是可以断定的。床单上那种格子花纹，我印象中只有在小时候才见到过。

我简单翻了翻，心里有了忌惮，这次动作很轻。

房间里依然没找到什么，甚至连衣物之类的东西都很少。看来常英梦中的那个奶奶过得很清贫，和很多老人的生活习惯一样。

退出这个房间，我终于走到了脚印引领的终点。

站在门前，我有些犹豫。可好奇心还是驱使着我拧开了门把手，随着门锁被打开的清脆声，我推开了门，视线刚探进去，我整个人就愣住了。

因为看过了其他两个房间，我料定了这个房间是常英的。

可眼前的景象还是令我大吃一惊，只见整个房间里，密密麻麻地胡乱堆砌着各式各样的物件，看架势应该是从房子里的其他地方搬过来的。房间的正中央，堆放着大量的书籍，已经码成了一面矮墙，应该是从客厅书架上搬过来的。在书籍矮墙后面，一堆杂乱的木头架子死死地挡住窗户，只有零星的光线从缝隙里透进来。

我稍微分辨了一下，认出了那些木头架子的来历——是本来这个房间里的单人床被拆散了。

这看起来就像是一个简陋的防御工事。

不知道是那脚印的主人所为，还是常英干的。又观察了一下，我认为是后者。

因为我在墙面上，看见了大量儿童风格的涂鸦。作为一个父亲，我知道我的女儿也画过类似的东西。

房间里没有半个人影，我走进去，在那书籍矮墙后面，又发现了一床被褥。显然之前常英可能睡在这里。

可他人呢？明明是在常英的梦里，为什么他却始终没有出现？

我想着，有点担心，常英是否被那脚印的主人掳走了？

在确认了没有危险之后，我把庞叮从另一个房间叫了过来。

她从门外鬼鬼祟祟地伸着脖子看了一会儿，才敢走进房间里。

"这是什么呀，黄医生？"庞叮也是大感意外，"常英这个孩子在梦里面这么淘气吗？"

我摇摇头，对此我也是毫无头绪。

我随手拿起书墙上的一本书来，这些书的封面都是空白的，我胡乱翻着，想确认一下内容，可是越看越觉得很奇怪。

书中的确是有文字的，可是排列的顺序毫无关联，根本不成文章，甚至连一句通顺的句子都很难找到。整本书就像是从字库里随机选取文字来印刷的。

我递给庞叮一本，自己又拿起一本其他的，发现还是一样。

"这些都是天书吧！能看懂就能变成神仙了！"庞叮边翻边道。

我想了一下道："也不见得，咱们是在常英的梦里，这些书都是在常英的梦中形成的。只有常英的大脑创造出确切的内容来，书才会有内容，否则恐怕只能算是一个看着和书一样的道具罢了。"

"对哦。"庞叮点头道，"所以有人梦见看书或是看电视，但只能记住某一个句子或者是片段，那些没记住的部分，就都是这个样子的？"

我"嗯"了一声，看来这趟算是白来了，需要回到现实再去问问常英才行。

"这里有字。"庞叮忽然道，"是常英写的。"

庞叮把书递给我，我看见她摊开的那一页上，有一些歪歪扭扭的字，都是常英的名字。一横一竖地写得很认真，像是常英在练习。

"这里还有！"庞叮又翻开一本，指给我看。

这次的字多了一些，写的都是类似"我是常英，我是超级英雄"之类的话。后面还有一些练习加减法的数字。

很多孩子都会随手写写画画相似的东西，倒没什么值得注意的。

我顺手接过来，继续向后翻了几页。后面几乎每一页都写了差不多的内容，无非是用了不同的笔。

看着看着，我忽然注意到了一句话。

其中的一页上，常英写着：我是常英，救命！我想回去！

这句话一连重复了很多次，再之后的每一页上，就都变成了这句话。可想而知，常英当时多想摆脱这个噩梦。

在这些书上写字，可能是常英在这个恐怖的梦中唯一的慰藉，也是他仅存的情绪出口。对于一个孩子而言，这实在过于残忍。

我翻看起其他的书来，期望可以找到常英零星记录下来的某些线索。

我和庞叮同时行动，一时间房间里只有"沙沙"的翻书声。

在大量的工作之下，我们找到了更多的字迹，尤其是在书墙下层的那些书中。

常英写下很多类似独白的话。我们把每一页有内容的都单独撕下来，放到一起。

起初我还觉得常英这个孩子很内秀，语言表达能力远超同龄的孩子，而之后，我渐渐意识到事情有些不对劲儿。

因为这些文字从观感上，越来越不像是一个孩子能写出来的。无论是行文、表述，还是字迹，都越发地成熟起来，那种歪歪扭扭的字迹，到后面已经完全消失了，取而代之的是逐渐潦草的连笔字，需要稍微分辨一下，才能确认究竟写的是什么。

这些书页罗列到一起时，就会给你一种非常不真实的感觉，就像是把一个人从小到大所写的东西同时拿出来看一样。对比着一开始发现的字迹，看到最后时，会有很强的时间跳跃感。

我和庞叮都有些发蒙。

我们开始着重阅读起后来发现的那些文字，但看了半天，却并没有什么实质性的内容，尽是一些绝望的情绪。

文字看起来很多，但总结起来大致都是一个意思——

我想回去，我被困住了。我痛苦，我绝望。我不知道还要坚持多久，我咒骂造成这一切的原因。

可这已经足够让我目瞪口呆了。因为这证明，这所有的字迹，都是常英留下的。

这怎么可能呢？这和常英叙述的梦境不一样！还是说这一切的变化，是从今晚常英做梦开始的？

我和庞叮对视着，半晌谁都没说话。

我联想到在外面发现的那个陌生人的脚印，而这个房间里，显然是一直有人居住的，灰尘相比外面要少很多。

我心里不由得有了一个猜测，而这个猜测，让我只觉得脊背发凉。

我想到，外面的那个脚印或许就是常英本人的。他已经困在这里不知道多久了，但起码久到足以让一个孩子变成一个成年人。

这简直超出了我的任何想象，即便是在梦里。

"黄医生……"庞叮小心翼翼地问我，"常英这个孩子到底经历了什么呀？好吓人。"

"他已经不是孩子了。"我道，"我问你，你说过在梦中的时间概念会不一样对吧？"

庞叮点头，一脸不解。

我继续道："那假如一个人在梦中生活了几十年，这几十年中，他可以思考，可以成长，可以感知到周遭的一切变化，可以自我审视，可以建立自己的世界观，可以感知到时间的推移。但在现实中醒来时发现仅仅是一个梦，一个只用一夜做的梦，那他到底应该算是多少岁？"

"这……"庞叮惊愕道，"黄医生，你的意思是常英在梦里变成大人了？"

"对。"我严肃道。

"那……那如果他醒来还记得这一切的话，岂不是比别人多活了好多年？"庞叮还是难以置信。

〔03 · 危险逼近〕

我环视着房间，纠正道："对于常英而言，他可能是比别人多痛苦地活了好多年。这可能不算是一件好事。"

庞叮像是感同身受一般地"嗯"了一声，低着头："我感觉常英比我还惨……"

我想说点什么安慰她，可还没等张嘴，忽然就听见外面传来一阵奇怪的动静。

庞叮也注意到了声响，立刻躲到了我身边。

我仔细听着，突然分辨出来那应该是院子里黑布被翻动的声音。

瞬间我就猛然醒悟过来：如果常英被困在这个梦里，无法逃出去，但他没理由要把自己困在更狭小的房间里。

想到窗边的防御设施，我明白过来，恐怕常英梦中的那个尸体并没有离开，它多半是蛰伏在院子里的土地之中，会遵从着某种规律周期性地破土而出。恐怕这个周期非常短，所以常英不会在外面逗留太久，尽量一直躲在房间里。

想到这儿，我立刻就关上了房门，反锁起来。

常英并没有将这道门加固。我怀疑可能是常英发现尸体并不会进到这个房间。但我还是用后背抵住门板，同时示意庞叮躲远一些。我尽量将耳朵贴在门上，仔细听着外面的声响。

可奇怪的是，外面突然安静了下来。

我本以为会听见类似由远及近的脚步声，结果只能听见自己的心怦怦直跳。

但我没敢放松警惕，我想到那外面一直没有尸体的脚印，没准那东西根本不用走路。

果不其然，这个念头刚刚闪过，我就感觉背后的门微微地晃动了一下，像是有什么东西在试探着，小心地轻推着。

我生怕它冲进来，就发力顶着。

可是之后，外面的东西又没了动作，就像是在故意和我僵持一般，也有几分像是在思考进来的办法。

我用眼神示意庞叮递给我一个台灯。台灯底座是铜的，分量很沉，可以防身。

我观察了一下位置，思考倘若对方撞进来，我应该朝哪边躲，又用什么姿势去还击。

大致心里有了底，我就攥紧了台灯座，只觉得心提到了嗓子眼。

看庞叮也手忙脚乱地拿起本厚书，觉得不合适，又换成了一支拆下笔帽的中性笔。

两个人都严阵以待，时间仿佛凝固了一般。

不知道究竟这样持续了多久。我只觉得手心里全是汗，身上的肌肉都开始酸痛起来。

庞叮也有些支撑不住，倚靠在墙角。

我突然意识到，这样僵持下去根本不是办法。就算外面的东西出于什么原因，无法闯进这道门来，可它仅仅需要等待就够了。

因为在常英的梦里，时间的流逝是与现实世界不同的，具体到一个人的感知上，现实之中可能只有几分钟，可在这里却像是过了几年一样漫长。

这就像是在坐牢，我们总有坚持不住的时候。

我心知不能坐以待毙，就悄声要庞叮去试一试能不能打开窗户。

庞叮费力地从那些木头架子中把手伸进去，之后一脸失望地告诉我，那扇窗户竟然是假的。

这倒是没出乎我的意料。

那些木头架子，应该是常英最初因为恐慌设置的。后来他也一定发现了，那扇窗户就像是之前我在梦中再也推不开的那栋楼的楼门一样，只存在于视觉之中。

我们不能再这么熬下去了。我对庞叮道："你尽量隐蔽起来，我要打开门看看。"

庞叮慌张地蹲下身来，发现并没有什么地方可以藏身，又不得已站起来，尽量挤进那些木头架子之中。

我冲庞叮示意了一下，我要开门了。庞叮就撇着嘴，微微摇头。我做了个"别担心"的手势，之后站起来，稍微活动了一下僵硬的身体。我小心翼翼地猫下腰来，手慢慢地拧开了门把手。

在听见锁开的一瞬间，我已经紧张到了极点。

我把门打开了一个很小的缝隙，向外瞄着。

因为视野受限，我只能看见走廊的一小部分，没见到有什么东西。于是我把门又稍微地打开一些，尽我所能地查看外面的情况。

还是没有任何发现。

那个东西走了？还是之前听错了？我诧异着，决定一不做二不休，又把门缝拉开一些，想探出头去观察。

然而就在这个时候，我的余光突然就瞥见了什么。

之前因为认定了那个东西站在门外，所以我一直都是平视的。

直到这个时候，我才猛然看见，就在我的脚边，有一个脑袋正侧躺着，半边脸紧贴着地面，几乎已经要碰到我的脚尖。

此时我只能看见它的半张脸，它的一只眼睛，快撇到太阳穴的位置，正死死地盯着我。

我瞬间反应过来。这个东西一直就躺在门外，从门与地面的缝隙中窥视着我们，恐怕已经很久了。

我几乎是本能地摔上了门。可那个东西显然更快，一只手已经抢先垫住了门框，门竟然被弹了回来。

等我再想重新关门的时候，就见那个东西已经站了起来。我心知已然来不及了，便下意识地用台灯座砸了上去。

这一下正中那个东西的面门。它被砸了个趔趄，像是没想到我会出手一样，愣了一下，才伸出双手掐向我的脖颈子。

当下没有什么时间思考，我大喊着"庞叮快跑"，整个人干脆撞了上去。

这一撞之下，我和那东西同时摔倒在了走廊里。我顿觉头晕目眩，落地的时候脑门正好磕到了地板。

可顾不上喊疼，我凭感觉顺手就抓住了那个东西的肩膀，用两条胳膊玩命似的勒了上去。那东西的皮肤非常粗糙，简直如同砂纸一般，我只感觉胳膊一阵生疼，像是擦破了一样。但我完全不敢泄力。

我听见庞叮从房间里跑出来，就提醒她快跑。

同时那东西不停在挣扎，起初我咬着牙还能坚持，而后它的力气越来越大，我的耐力本来就到了极限，终于体力不支被它挣脱开来。接着我的脑袋就被它后脑勺撞了一下，这下正好撞在我刚刚磕到的地方。

我只觉得眼前一阵发黑，还没来得及阻挡，脖子就被掐住了！那双手就像是一双钳子似的。

我吃奶的劲儿都使出来了，却没掰动分毫。

因为窒息大脑缺氧，我感觉意识越来越模糊，甚至已经有了所谓跑马灯的幻觉。

不知道为什么，有一瞬间我还在想，估计世人谁也不会想到，我居然死在别人的梦里了。

人们在遇到自己不愿接受的事情时，经常会说这要是一场梦就好了，我很想告诉他们，不是所有的梦都可以一觉醒来阳光普照、万事皆好的。

我脑海里开始浮现出家人的脸来，同时感到身体在变轻，耳畔全是嗡嗡的蜂鸣声。

就在我已近弥留之际，我依稀听见了庞叮的大喊声。

接着是一声闷响，随之一震，脖子上的那双手就松了一下。

我的意识像是突然被召唤回身体一样，求生的本能让我重新挣扎起来。

我趁机赶忙喘了口气，几乎用尽最后的力气顺势一推，竟然将那双手挣开了。

过了一两秒，我才重新看清东西。

第一时间就看见庞叮正举着台灯座，玩命地打那东西的脑袋。那东西被偷袭，只顾着招架，双肘挡在头上。

我借机爬起身来，摇摇晃晃地就去帮忙。

可眼下也没有称手的物件，只能胡乱地对那东西拳打脚踢。

场面一度变得有点搞笑。我和庞叮在另一个人的梦里，对着一个怪物毒打。

正因如此，就更没必要手下留情了。一开始那东西还能翻滚着挣扎，逐渐地，动作越来越小，最后就彻底不动了。

我刚捡回一条命，情绪上头，等到那东西不动了，我还在不停泄愤。

直到庞叮拽住我，我才回过神来。之前完全是靠一口气撑着，这下我瞬间瘫软了下来，靠坐在墙边，连说话的力气都没有了。

〔04 · 庞叮的本事和新的发现 〕

直到这个时候，我才终于能端详起那个东西来。

首先我可以确认的是，就算我和庞叮把它揍到了面目全非，我也可以断定，它绝对不是常英奶奶的模样。

因为严格说起来，这东西压根儿就没有长相。全身上下，除了一双没有眼睑的眼睛，没有任何带有性别特征和相貌特征的器官，充其量只能算是一个类人形的东西罢了。非要形容的话，反倒是有几分像很多服装店里的橱窗模特，或者说更像是一个泥人。

因为这东西表皮的颜色很深，看起来和院子里的土差不多。也不知道是否因此，在它身上看不到任何被我们暴揍过的痕迹。粗看下去，它的皮肤上也找不到任何破损，更没有血液或是像血液的液体流出。

我勉强撑着身体，伸手摸了一下它的皮肤，能感觉到沙沙的颗粒感。我也是这时候才反应过来，这东西没有嘴巴一类的发声器官，所以刚才毒打它的时候，那些类似惨叫的动静，居然都是庞叮发出来的。

我不由得看向庞叮，她估摸也知道刚才严重失态，有些不好意思地冲我吐舌头。

我也学她的样子撇撇嘴。我依稀记得，刚才我恐怕把毕生所知的脏话都喊出来了，我们俩纯粹是半斤八两。

在地上坐了半天，我总算是恢复了一些精神，头也没有那么痛了。

庞叮一直蹲着，侧头垂在自己膝盖上，时不时抬头看看我，又看看那东西死没死透，手里就没放下那个台灯座。

见我气喘匀了，庞叮犹豫着问："黄医生，我不会真是个连环杀手吧？"

我本以为她是被自己吓到了。因为她没想到自己会做出那么暴力的行为，即便施暴的对象是个梦中的怪物，一时间她也无法接受自己和认知中的自己不一样。

出于心理医生的职业习惯，我正想要告诉她，刚才只是求生的本能驱使她做了正确的事情。

可没等我开口，就又听庞叮说道："没想到打架原来好过瘾啊！啊啊啊，我还想多打几个呀！……我以后不会是因为有暴力倾向才杀人的吧！"庞叮像是想到了什么，"黄医生！你说别人的噩梦里还有怪物让我打吗？这样我是不是就不会沦落到当杀手了！"

我有些哭笑不得，只能无奈地摇头。

庞叮就自顾自地道："一定是的！黄医生，下次有这种事就不要让我躲啦，说不定这是阻止我变成连环杀手的方式呢！"

我想了想，虽说庞叮的论断我不敢苟同，但有个情绪出口的话，的确对于维持精神状态是有巨大帮助的。

想到这儿，我忽然联想到了常英。

以现在的经历来看，常英在很多事情上都对我说谎了。他做噩梦是真的，毕竟我亲身体验过了。可除此之外，梦的具体内容、起因，甚至常英内心的真实想法，现在看来都是一个谜。

我不知道那个在医院病床上哭哭啼啼的常英是不是在表演，如果那个孩子的内心真的是一个几十岁的成年人，恐怕很多事情都是常英预谋好的。这令我细思恐极。

我问庞叮，我们还在这里，是不是证明常英还没有醒。

庞叮四下看着，点点头。

常英一定也在这个梦里。可房子里我们都找过了，没有他。他可以翻出院子，但周遭全是没有遮挡的开阔地。况且他应该在很早前就试过离开这里了，所以他知道在外面还不如躲在这里。

我茅塞顿开，顿时想到了常英在哪里。

我道："常英还在这里。"

庞叮紧张道："在哪儿？"

"如果你有很多的时间，多到以年计，又没有别的地方可去，只能留在这里。"我提醒着，用下巴指了指院子的方向。

"你是说，常英一直躲在院子里？"庞叮惊愕道，"不对呀，我们最先搜索的就是院子呀。"

"你忽略了一点，当你有大量时间的时候，对于这幢房子，那个院子是唯一可以改造的地方！"

我话音刚落，就听见院子里一阵急促的脚步声。我目光追过去，就看见一个背影，快速地翻过了院墙。

一切都跟我预料的一样，那是一个成人身形的背影。我回忆着在那栋楼里见到的成年常英。可以大抵确认是同一个人。

庞叮想要追出去，被我叫住了。

我们两个现在都没有什么体力，常英知道只要一直跑，拖到他自己醒过来就行了，所以追是没有任何意义的。与其在梦里浪费时间，不如等醒过来第一时间去现实中问个明白。

这么想着，我扶着墙站起来，告诉庞叮我们回去。

坐着的时候倒不觉得，站起身后还是有些迷糊。庞叮就搀着我，一步步地往外走。走进院子的时候，我看见那个黑布已经被完全掀开了。

地上有一个很浅的人形土坑，应该是那个怪物平时栖身的地方。而在土坑的对角处，我看见了一个洞口。

洞的样子看起来很深，洞口是用几块木板固定的，向下看去，是一个斜坡，通向更深的位置。

常英之前一定就是躲在这里，听到我猜到了他的藏身处才跑掉的。

在梦中的大量时间，常英应该都用来挖掘这个洞了。

我猜想着，他可能是一开始发现，那怪物并不能打开他卧室的门，而后或许在某个时间点，他发现怪物竟然不会攻击他。

之前常英叙述的梦中，即便是谎言，一定也有一些细节是真实的。比如怪物只是干掉了三个家人，没有对他下手。

所以，为了打发漫长的时间也好，为了探寻出口也罢，常英耗时耗力地挖掘了洞穴。

这里面会有什么线索吗？我不由得想。

"我们先不回去了，"我对庞叮道，"你负责站岗，我要下去看看。"

庞叮有点委屈："我也好奇呀！"

"两个人都下去，万一常英回来，把我们活埋在里面就完了。"我提醒道，"而且你现在是'叮正组合'里最能打的！你要负责打架！"

说完没等庞叮回答，我就跳进了洞里。

下面的土层要牢固很多，我用拳头用力捶了几次，确认不会塌方之后，就向更深处钻了进去。

因为高度的关系，一开始我只能半躺着向下滑。之后洞逐渐变大了，我就可以半蹲着前进。没走几步，就看见了几级用土层开凿的阶梯。

阶梯很陡，所幸更深处是有光源的，不至于踩空了。

我小心地下了阶梯，立刻感觉四周变得阴冷起来。

显然距离地面已经有了几米的落差，起初我还能听见庞叮问我发现了什么，此时已经完全听不见她的声音了。

　　阶梯下面，是一个很小的空间，依旧无法直起身来。

　　洞壁上挂着一个昏黄的电灯泡，一旁还有个洞口，洞口上挂着一个被单做成的帘子。看不见里面有什么。

　　对于单兵作战的常英来说，这个工程量着实不小，这个洞简直像个微型地堡。

　　我走到那个洞口前，掀开了帘子。里面没有灯，我只好欠了身子，让身后的光照进去。

　　打量了一下，我还是吃了一惊。

　　里面的空间比外面要大上很多，粗看下去，恐怕足有二十平方米。顺着外面灯泡连接的电线，我找到了里面的一个简易开关。打开后，里面的灯也亮了起来。

　　只见在整个洞穴的最中央，是一个巨大的方形土墩子，开凿得非常平整，旁边还有一把小凳子，应该是从房子里搬过来的。显然这是常英给自己打造的"桌子"。

　　除此之外，没见到其他特别的东西。四周空荡荡的，只在角落里找到了一床被褥。

　　我看见地面上，围绕着土墩子有很多凹陷处。

　　这下面的土质很硬，能踩出这么多凹陷来，不知道常英要围绕着这个"桌子"徘徊踱步多久。

　　四下看了半天，没什么收获。我就重新注意起那个土墩子来。

　　这次细看之下，我发现了猫腻。

　　这东西竟然是中空的，上面是一层木板。因为木板的颜色本身就和周围的土很接近，加上灯光也是黄色的，所以一开始我没看出来。

〔05·照片〕

没想到常英的手艺还不错，这东西还兼具储物功能。

我想着就把木板掀开，发现里面尽是些小物件，应该都是常英喜欢的东西，也有可能是他就地取材的工具。因为我在其中还找到了一个炒菜用的铲子。

这么毫无目的地翻找着，不知道为什么，我竟然有点心虚，就像是真的在做贼一样，蹑手蹑脚地。我把里面的东西一件一件摆在脚边，准备一会儿再仔细查看。

就在这个时候，我突然发现了一些东西。

那竟然是一沓照片。

我立刻拿出来走到灯下去看。

刚翻了几张，我顿时觉得毛骨悚然。照片像是被人为损坏过，每一张照片上都尽是硬物剐蹭的痕迹，有几张甚至都已经破洞了。尤其是照片中人脸的部分，损坏得最为严重，仿佛是对照片中的人有什么深仇大恨，在疯狂地诅咒泄愤一般。但这并不是真正令我感到惊悚的原因。

我之所以觉得寒毛卓竖，是因为即便照片中的脸都被破坏掉了，可我依然可以认出来，这些照片拍摄的是我和庞叮。

这怎么可能呢？

我呆呆地看着手里的照片。

从环境上来看，这些照片拍摄的地点竟然都是在我的梦里！

前几张很明显是我和庞叮在那个长椅上聊天的场景，甚至在照片的角落还能依稀看见远处的那栋楼。

从拍摄的距离和角度来看，当时拍照的人离我们很近。可那个长椅四周，根本就没有任何可以遮挡的东西，放眼望去，尽是空旷。甭说藏一个拍照的人了，恐怕就连一只老鼠也会被注意到。可我和庞叮竟然对此毫无察觉。

　　这究竟是怎么做到的？拍照的人是常英吗？难道说，不仅我可以进入他的梦中，他也可以悄无声息甚至无影无踪地进入我的梦中吗？可他又为什么要拍照呢？

　　我满脑袋问号，只觉得冷汗都要流到下巴了。

　　我翻着之后的照片，这次甚至连汗都缩回去了，因为之后的照片，竟然都是在那栋诡异的楼里拍摄的。

　　漆黑的楼道中，我站在庞叮身后，庞叮正一动不动地任由她面前的人哀求着。而那个痛哭流涕跪倒在庞叮面前的人，正是已经成年的常英！

　　我一时间已经无法思考了。本来全是乱麻的脑海里，就像是突然又被搅成了更碎的粉末。

　　当时拍照的人就站在我身后的楼梯上，距离我近到只需要伸出手就能拍到我的肩膀。如果真的是常英拍摄的话，他看见了另一个自己，究竟会是什么感觉呢？

　　我做这些梦的时候，就在前几天，那时候常英还没有入院。

　　无论这照片是不是他拍摄的，起码在他跟我讲述噩梦之前，常英就知道了有另一个他，存在于别人的梦中。

　　这样说的话，常英摔断脚踝，在医院里大闹特闹，难道都是他计划的一部分吗？这就是一个表面看起来还是孩子，但内心已经成为腹黑中年人布的局？为的就是吸引我们进入他的梦中，让那个怪物干掉我们？可为什么要痛下杀手呢？

我不知道常英究竟对我和庞叮的梦了解多少，也许是他为了避免以后真的被变成连环杀手的庞叮干掉，所以先下手为强。

这虽然离谱，可在逻辑上是勉强说得通的。

但他真的会如此坚信未来自己会被干掉吗？还是说他得到了更确切的启示？

我联想到被破坏的照片，心说即便如此，有必要对我和庞叮这么恨之入骨吗？又不是我杀他，"恨"屋及乌吗？

想到这儿，我似乎得到了另一个答案。

或许，这照片根本就不是常英拍的，而是什么人来到了常英的梦里，把照片当作证据给了常英。他对所谓未来会发生的事情根本一无所知。他之所以恨我们，是因为他认定，他会无休止地困在这个噩梦里，一切的根源是我和庞叮。

这也对应上了他在那些书里写的话。

照片上，常英看见了自己在哀求，倘若不是知道内情，换作是我，也会觉得自己被人摆了一道。

如此一来，那拍照片和送照片的恐怕是同一个人。这个人的目的又是什么呢？他可以来去无踪地穿行在我们几个人的梦里，并且不会被察觉。

这实在超乎我的想象，我不自觉地做了几个深呼吸。

不知道是因为洞里面的氧气不足，还是这深陷疑团的感觉令人焦虑，总之我不敢久留了。我拿着照片返回了地面，还没等爬出洞去，就看见庞叮伸着脑袋在向里面张望。

看见我脸色惨白，庞叮赶忙搭手拉我上去。

我顾不上休息，直接把照片给庞叮看，同时讲了我的猜测。

庞叮看了半晌，一直没出声。但从她的表情上，我能读出她此刻的感受跟我一样。

又过了好一阵子，庞叮不安道："黄医生，是不是我连累你了……"

我摆摆手："什么连累不连累的。"我安慰道，"咱们不都已经成团了吗？刚出道不太顺利很正常。"

庞叮只是"嗯"了一声。我缓缓道："我们该回去了。"

之后她就默默地来搀我，我示意能自己走，本身就没什么大碍，弄得我好像弱不禁风似的。为了展示，我一个加速跳上了院墙，再将庞叮拽上来，步骤和我们进来时一样。

出了院子，我们走回之前下车的地方。

等了一会儿，那辆公交车就停在了我们跟前。我光顾着琢磨照片的事，也没注意到它是何时开过来的。

上了车之后，我见庞叮像是在自责，就故意跟她一路闲聊。可她始终没什么说话的兴致。

公交车重新开回到"黄匡正"站。

也许是因为回到了自己的梦中，我感觉松弛很多。

下车的时候，我还想郑重地跟庞叮说点什么。我想告诉她发生的这些事情都是我自愿参与的，这是一个医生的职责，也是我工作的乐趣所在。

然而没等我张嘴，我就听见公交车像是鸣了一声笛。跟着我就感觉自己醒了过来，床头手机的闹钟正丁零直响。已经早上七点多了。

这一夜我睡得很熟，可起床却感觉异常疲倦。这种疲倦感让人分不清究竟是身体本身的，还是大脑传递给了身体错误的信号。总之腰酸背痛，四肢僵硬。

但我没敢耽搁，匆匆洗漱之后，早饭都没吃，立刻就出门了。

今天我不仅要出诊，更重要的是，我要去找现实中的常英问个明白。

下楼的时候，女儿还追到门口叫我，说妈妈要她提醒我，我的袜子穿错了。我低头一看，果然左右不成双。但我也没浪费时间，生怕堵在早高峰，抓紧开车直奔了医院。

一路上还算顺利，我连跑带颠地到了住院部。一进常英的病房，就看见床是空的。

其实在路上的时候，我就想到了多半会是这个结果，可还是不甘心地去询问了护士。

护士告诉我，天刚蒙蒙亮的时候，常英就被家属接走了。

因为骨科大夫着重交代了要照顾这个病人，所以当时她们还多问了几句。无奈病人和家属都坚持要离开，她们也没法硬拦着。

现在从系统里看，常英并没有办理出院手续。她们猜可能是孩子住院闹了情绪，被家属暂时接出去散心了，下午没准就回来了。

我心知这是常英知道事情败露，提前开溜了。

既然决定要躲藏，想再找到他谈何容易。何况他根本就不是一个孩子，而是个老谋深算的成年人。这更加证明了我的一些推测是正确的。

一时间我有些失落。

护士们还以为我是责怪她们放走了病人，还在不停地跟我解释。我顾不上多说，立刻按照常英入院登记的地址去了他家。

我知道这是无用功。常英家里和预料中的一样，没有人在。

我打了几次他奶奶的电话，都是关机的。

对于常英而言，随便编造几个理由，哄骗奶奶带自己躲起来，并不是什么难事。

我请了一上午的假，一直在常英的小区里逗留。

其间我也试图托了一些关系，看能不能帮着找到常英，可地方这么大，常英又不是什么通缉犯，根本无从找起。最后我只好灰溜溜地回了医院。

中午的时候，我去查看了一下庞叮的情况，午饭干脆也是在她床边吃的。

庞叮的情况依旧，或者说是很稳定。

看着昏睡不醒的庞叮，总让我有一种怀疑自己是否身处现实的不确定感。这种感觉直到我下午出诊的时候，才渐渐被工作冲淡了。

〔06 · 找上门来的新病人〕

心理科本来就不算繁忙。这有一部分原因是，国内的普遍观念认为心理问题并不属于疾病的范畴。多数人即便感觉心理不适，也都会选择自我调节，认为扛一扛就过去了。

所以就算是大医院，来心理科就诊的病人也不会很多，更甭说我们这种小的三甲医院了。整个科室一共就四个医生，多数时间里都是在机械性地开药、填问卷罢了。

但自从经历了最近这些事，当我再面对病人的时候，都忍不住会多关心几句，生怕漏了什么细节。

因为我想，倘若再遇到类似常英这种病人的话，虽然可能还是束手无策，但起码会真的有人理解他的痛苦。

当天的病人依旧不多，一下午的时间很快就过去了。

下午四点还没过半，后面就只剩下一个病人了。叫号器响过之后，这个病人很礼貌地先敲了敲门，听见我说"请进"，才推开了门。

说实话，病人能主动敲门的并不多，多数都是风尘仆仆地闯进来。我不由得就多打量了这个病人几眼。

病人很年轻，打扮得也很时尚，穿着一件胸前印着大象图案的卫衣，眉清目秀的，看着很清爽。

我从挂号信息上看，病人叫梁棉，二十三岁。

冲我点头示意之后，他就坐下来不动声色地看着我笑，也不主动说话。

"你感觉情绪有什么不对的吗？"我有些纳闷地问道。

梁棉像是没听见一样，打量着四周。

很多人对抑郁症的病症有误区，认为只有那种垂头丧气、失魂落魄的才是抑郁症表现。事实上也有很多整日看起来笑容满面、爱玩爱闹的人饱受抑郁症折磨。这都是因人而异的。

我猜想梁棉就是后者。

于是我把自测表递给他，让他填写。谁知梁棉却看也不看，依旧盯着我的脸。

"都是些平常问题，不会涉及隐私的。"我解释着，把笔放到他手边。

"终于找到你了。"过了半晌，梁棉突然冷冷道。

我忍不住"啊"了一声，以为自己听错了。我又不是名医，显然不会有患者专程来求医。

"你那个相好的呢？"梁棉看了眼门外道，"我在护士里没找见啊！"

"你什么意思？是不是认错人了？"我诧异道。

"黄匡正不是吗？"梁棉指着我的胸牌，"那个叫庞叮的呢？"

我顿时一愣。他居然知道庞叮？

我警觉起来，眼前的这个人我确定没有见过。但他是否在梦中的那栋楼里，恐怕只有庞叮才能确认。

印象中，庞叮没有跟我提起过有这么一号人。

按理说在一众油腻大叔里，他这个长相是很显眼的。

我心说难不成和常英一样，在那栋楼里的他已经老了？那里面的每个人都是未来的样子？

这么想着，我生怕这个梁棉也是被困在了某种噩梦之中，同样被人蛊惑，认定我和庞叮是罪魁祸首。这是专程来寻仇的。

"你认识庞叮吗？"我小心地试探。

梁棉轻蔑地"啧"了一声："认识吗？你们使的什么烂手段，让老子整天做噩梦？给医院创收是吧？你告诉我，外面的病人是不是都被你们给阴了才来看病的？"

"你也做噩梦了？"我抓住重点问道。

"你装什么傻呢？多少天了？"梁棉伸手来抓我的衣领，被我躲过去了。

他站起来怒道："你能跑出这屋吗？我告诉你，今儿不仅得把事给我了了，还得把你们祸害的所有人的事都给了了！"

"我干什么事了？"我尽量平静道，"你究竟做了什么噩梦？希望你告诉我，这对我很重要。不仅是我，还有你提到的那个庞叮。"

梁棉挤着眼看了看我，见我实在很诚恳，就没好气道："那庞叮呢？你先把她叫过来。"

我摇摇头道："我没办法。这很难跟你解释。"

"难解释？有比'八四'的梦难解释？"梁棉说完纠正道，"本人！"

我道："好。我带你去找庞叮。我相信你，之后请你告诉我你的噩梦。"

反正之后也没有病人了，我干脆换了衣服，领着梁棉去了庞叮的病房。

出门的时候，外面的护士还用眼神询问我是不是需要叫保卫科，担心我碰到了医闹。

我连忙摇头，故意跟梁棉装作熟络地聊天。梁棉没应和，但所幸也没说别的。

两个人来到了庞叮的病房。

梁棉一眼就认出了躺在床上昏迷不醒的庞叮，表情很意外地走过去左看右看了半天，确认那些仪器都是真实的。我看见他甚至还偷偷掐了庞叮的胳膊一下，但我没阻止。我需要他彻底相信我。

"她这样多久了？"梁棉有些难以置信道。

"好几天了。"

梁棉眼睛都瞪大了。

"不对啊！昨天我还见……"说一半梁棉反应过来，又道，"昨天我还梦见你们了。"

"那是梦。我说了，很难跟你解释。"

"不行，你必须跟我解释。"梁棉追问道，"我怎么会梦见你们？我之前根本不认识你们。"

"我可以试着跟你解释，但我觉得你不见得会相信。你要做好心理准备。"

"你不就是心理医生吗？你替我准备就行了！你说吧。"梁棉深吸了一口气。

"不。你要先告诉我你梦见了什么，这样我解释的时候，你可能更容易理解。"我看着梁棉道，"是噩梦吗？"

梁棉挠挠头，突然语气没那么笃定了："是……算是噩梦吧。喀，我这人心大，这梦没有多吓人，就是很累，而且很诡异。你懂吧？很诡异！"梁棉强调了一下。

"我懂。我也在做着诡异的噩梦。"我点头道，"所以你究竟梦见了什么？"

说完这句话，我想了一下，对于诡异的梦，我有些见怪不怪了。经历了那几场梦之后，我坚信没什么噩梦能令我惊讶了。

然而等到梁棉开口，我还是着实吃了一惊。

"我……"梁棉犹豫了一下，有些不好意思道，"我梦见了自己是一辆公交车。'八四'，bus（公交车），你懂吗？"

〔07·梁棉的梦〕

梁棉在另一张空床上坐下，从兜里翻出根烟来，又想起医院禁烟，只好放嘴里叼着，接着给我讲述起他的梦境来。

梁棉说，梦是从前一段时间开始的。那晚他喝了点酒，很早就入睡了，几乎立刻就做起了那个梦来。

梦的内容很奇怪，他梦见自己在一片无垠的土地上狂奔着。周围什么都看不到，只有远方的地平线，和偶尔穿越的团团浓雾。

起初，梁棉觉得这个梦很新鲜，给了他一种自由的感觉。所以即便梦持续了一整晚，第二天醒来的时候，他甚至还有一点儿意犹未尽，认为自己是做了一个奇异的美梦，让他短暂地超脱了现实中的种种束缚，有些解压，并没有觉得有什么奇怪之处。

然而令他没想到的是——

第二天再入睡的时候，他竟然又做起了同一个梦来。依旧是一片荒凉之中，自己没头没脑地奔跑着。他不知道自己是从何处出发的，目的地又是哪里，更感觉不到疲倦。因为四周几乎完全没有变化，他甚至有了一种怀疑——

自己根本没有移动，只是在原地站着，是周围的环境在飞速地后退，造成了视觉错觉。

这次与上次不同的是，梁棉意识到了自己是在梦中，所以不由得想要观察起这个世界来。

可这时他突然发现，自己竟然感知不到身体的存在，就像是完全瘫痪了一样。他无法做出任何一个动作，也无法移动视线，更没办法停下来。

形容起来的话，他觉得自己就像是一个不停前进的"固定视角"。除了目视着自己掠过地面，他什么也做不了。

这已经不能算是一个美梦了，梁棉感觉自己就像是在梦中被挟持了。

一夜过后，他异常辛苦，就像是没有睡过似的。

梁棉本身是一个画手，经常会面临要如期交稿的压力，所以即使连做了两天这个奇怪的梦，他也没放在心上，认为自己只是压力过大所致的。

于是又过了一天，再次入睡之前，他特意泡了个热水澡，又点了能安神的熏香，为的就是能睡一个安稳觉。

可梦还是出现了。因为有了前两次的经验，发觉这次仍身处那个梦中之后，梁棉有些生气，也有些沮丧。

因为他知道，他又要面临漫长煎熬的一夜了。

所以那一整晚，梁棉都在试图让自己醒过来。做这种梦对他而言，还不如瞪着眼熬到大天亮舒服。

可他做了很多尝试，都没有任何效果。后来他干脆放低了诉求，只盼望可以看见点不同的景致，可以转移一下注意力。

可唯一有变化的景致，就是面前偶尔会出现一团浓雾。每次进入浓雾的时候，他都希望可以抵达一个新的地点。

然而每次他都会失望。眼前除了一望无际，还是一望无际。

他就像是被囚禁在一个无比广阔的牢笼里一样，虽然在不停地前进着，可他永远也抵达不了出口。

这次醒来后，梁棉坚持了两天没有再睡觉。为了抵挡困意，他不停地抽烟、喝咖啡，就差头悬梁、锥刺股了。

说起来也很讽刺，现实世界反倒成了他逃避的空间。然而人终归是要睡觉的。

在扛了两天之后，一个不留神，梁棉还是睡了过去，瞬间就回到了那个梦中。

也许是身体疲倦到了极限，也许是梁棉已经麻木了，总之这次的梦，反倒没有那么难挨了。

梁棉开始有了一些心情思考。他猜测，这个梦一定不是平白无故出现的，其中必有缘由。而线索，他怀疑多半就藏在这梦中。

于是接下来的时间里，梁棉开始了自救行动。他尽可能地观察记录着自己所见的每一处细节。周围看似很大，但实则没有什么有价值的信息。

所以梁棉把注意力渐渐转移到"奔跑"这件事上，这下还真让他发现了一些端倪。

梁棉察觉到，自己可能根本不是在奔跑，而是被固定在了某种机器或是轨道上，因为自己的速度似乎没有过任何变化，视角也没有任何晃动。一切平稳得根本不像是人体结构。

梁棉为此感到很兴奋。

他隐约觉得，顺着这个思路思考下去，一定会有所收获。可还没等他细想，更让他喜出望外的事情就发生了。

他竟然在遥远的一片空旷之中，看见了一个渺小的建筑。起初他还有些怀疑自己是看错了，可随着自己与那个建筑的距离越来越近，梁棉终于看清楚，那竟是一个公交站！一个与现实世界中别无二致的公交站！

无论这个建筑因何而出现，它的象征意义都是巨大的。这代表了一个脱离梦境的希望！

梦中的梁棉如果能感知到身体的话，他知道自己一定是在发抖的。

他很激动，就像一个在沙漠中即将渴死的人，突然发现了绿洲一样。

他目不转睛地盯着那个公交站，生怕眨眼之间，公交站就会如同海市蜃楼般消失。

可令他无论如何也没想到的是——

接着，他竟然慢慢减速，最终停了下来！

第一次，在这个看似永无休止、不停狂奔的梦中，停了下来。

就算是在梦里，梁棉都有了一种不确定感。

愣了一阵子，他才确认自己真的停在了公交站旁。他注意到公交牌上写着三个字——黄匡正，立刻在脑海里翻找起这个名字来。

可他并不认识叫黄匡正的人，甚至连姓黄的人都不记得自己接触过。

他怀疑可能是读书时，某个不起眼、从来没有注意过的同校生，或者是一个自己从未谋面的读者。

反正不论如何，自己的这个梦一定和这个黄匡正有关系。

梁棉默念了那个名字很多遍，生怕醒来后会忘记，念着念着，梁棉突然感觉自己醒了过来。

他正躺在沙发上，嘴里还不自觉地念叨着"黄匡正"三个字。

此时已经是下午了，梁棉睡了将近二十个小时。猛然从梦中回到现实，梁棉还有些无法适应身体。等缓了一下，他立刻就在网络上查找起"黄匡正"这个名字来。

全国同名同姓的人很多，所以查了半天，梁棉没发现有什么特别的人。他就只好把查到的人都记录下来，一个一个地仔细分析。

虽然可以在网上查到某些个人信息，但基本是零星的只言片语，更甭说有什么深入了解了，况且大多数人压根儿是在网上检索不到的。

所以一时间，梁棉觉得自己空拽着一个线头，却没办法抽丝剥茧。

在这么空耗了大量的时间之后，梁棉决定暂时放弃，心想着多半还会做那个梦，就打算着在梦中寻找一下有指向性的线索。

这么打算着，梁棉就抓紧吃了些东西，主动上了床。

虽然之前睡了很久，但身体并没有完全恢复，加上查找"黄匡正"耗神不少，梁棉躺了一会儿，就沉沉地睡了过去。

刚入睡的一瞬间，梁棉就回到了那个梦里。让他有些失望的是，之前醒来时是在公交站旁的，这次他本以为会在相同的地点入梦，结果发现自己又是在无意义地向前之中。

他担心那个公交站只是梦境中偶然出现的一个 bug（漏洞），再也不会遇到了，自己要永远被这个梦纠缠下去。

然而过了一阵子，梁棉忽然感觉到自己像是在被什么召唤着，本能地就朝着一个方向奔去。没过多久，梁棉就再次看见了那个公交站台。

而这次，站台的座位上，竟然坐着两个人。

梁棉料定，这两人就是自己被召唤而来的原因。

接下来的事情，也印证了梁棉的推测。

他停了下来，就看见那两个人缓缓走向自己。那是一个男人和一个少女。

与此同时，梁棉忽然对一切恢复了完整的感知，就像是猛地被一盆冷水浇醒了。周遭的一切瞬间变得真实起来，这虽然说起来很抽象，但梁棉这是第一次真正地感知自己存在于这个梦中。但有些奇怪的是，这种存在感对于梁棉来说，有些陌生。

直到他感觉到那两个人走进了自己的身体里，梁棉终于意识到，这一切为什么如此异样了。

因为在这个梦中，自己压根儿就不是一个人类，而是一辆公交车。

之前的种种疑问，此刻也得到了解答。

梁棉就像是被什么驱使着一样，载着那两个人去了另一个地方。等到二人下车后，他又恢复了之前的状态。

只是这次他知道，他只是作为一辆公交车，在荒芜的大地上兜着圈子，为的就是等待重新接那两个人回去。

后来事情的发展，果然和梁棉预想的一样。

他又载着那两个人回到了那个公交站台。之后，那个男人就消失了。只剩下那个少女呆呆地站了一会儿，也走出了自己的视线。

梁棉很愤怒，想破口大骂，但根本无从表达。他拼尽全力，却发现自己只能鸣笛。

他明白了自己被困在这个梦中的原因，自己就像是牲口一样，等待着那两个人驾驭。

这次梁棉气得直接醒了过来，第一时间就是再次查找起"黄匡正"这个人来。

从那二人在车上的交谈，梁棉知道了他们姓甚名谁，那个黄匡正是一个医生。

在缩小了搜索范围之后，梁棉终于找到了这个医生所在的医院。

对比着照片，梁棉确认了和梦中的是同一个人。于是梁棉用最快的速度订了机票，一刻不停地前来兴师问罪。

知道了我是心理医生，梁棉就以为我是通过某些手段，对他进行了某种催眠，在施行着一个什么阴谋。

可直到他看见昏迷不醒的庞叮，他才觉得事情可能并不是他想象的那样。

〔08·新的同伴〕

梁棉的表达能力非常好，也许是经常作画的缘故，他的叙述很有画面感。

我不由得代入了他的梦中，听后整个人都有些呆滞。

在我的常识中，所有梦境的主体都应该是做梦的这个人，可梁棉的梦，却仅仅是在表面上符合这一点。

事实上，按照他的叙述，他梦境的主体，竟然还是我。他的梦就像是我的梦的一个附庸。

这实在让我出乎意料。

同时，我更意外的是，梁棉的梦似乎和我的梦是重叠的，或者说他是可以任意进出我的梦。冥冥之中，我们两个人的梦像是有某种联系。

可这种联系是因何而建立起来的呢？是因为那个公交站吗？那公交站又是从何而来的？它莫名地出现于我的梦中，我却可以用其往返于别人的梦。

这样总结起来，这种往返别人梦的能力，其实是属于梁棉的吗？公交站只是一个我和梁棉在梦中的接头地点？

无论是因为他梦中的形态，还是出自他的梦本身，梁棉就像是一个交通工具，是真正意义上的工具人。

可他的能力又是因为什么无端出现的呢？

一时间我杂乱的思绪更拥堵了。

我呆了半响，知道自己无法解答梁棉的种种疑惑，只能跟他道个歉。同时，我尽可能详细地把我从遇到庞叮起，直至刚才，这期间发生的每一件事、做的每一个梦，都原原本本地给梁棉讲了一遍。

梁棉的眼睛一直盯着我，手指不停地摆弄着香烟。和我刚才的表情一样，梁棉听后也是眼神发直。但他很快恢复了神态，说这次他无论如何都要出去抽根烟。

等到他再回来，一屁股坐到床上，他长出了一口气道："你说的事情真够离谱，要不是我做过那个梦，我真没办法相信你。"

"所以你还是信我了。"

"不信有什么办法呢？"梁棉仰头靠在枕头上问，"你的意思是，要先搞清楚那栋楼的那些人，之后帮庞叮醒过来，最后才能轮到我是吧？"

"我不是那个意思。"我解释道，"咱们有很多疑问都是掺和在一起的。只是目前只有找那栋楼里的人，算是个相对靠谱的起点。"

"那个小孩……不对，那个小老头跑了，接下来找谁？"梁棉问道。

我摇摇头："我也不知道。可能需要今晚做梦的时候，和庞叮探讨一下。"

"也就是说，我要在很长一段时间里，天天夜里给你们当交通工具喽？"

"如果可以找到下一个人，想要进入他的梦里，恐怕必须你帮我们才行。"我想了一下又道，"我理解你的痛苦，可我还是想问，能感觉到有人在你的身体里，究竟是一种什么感觉？是异物感，还是……"

梁棉猛地坐起来，有些没好气道："咱们现在算是搭伙了，但你能不能有点礼貌？你就不怕说错话，在梦里被轧断腿？"

"不。我只是担心你会不舒服。想确认一下，假如以后还要乘……乘车，我们有什么需要注意的。"我解释道，"以后再做梦的时候，我和庞叮尽量会一直在公交站待着，这样你就可以停下来，不用那么辛苦了。"

梁棉苦笑了一下，想了想才一字一顿道："那下次，你们都给我、老老、实实、坐在前排！别问我原因，懂吗？"

我连忙点头。

这整件事牵扯的人似乎越来越多了，我不知道这是一开始就有的瓜葛，还是因为我的调查所致。我担心会累及身边的人，隐隐有些不安。

看时间已经到下班点了，我和梁棉就找了家饭馆一起吃了饭。席间聊了聊天，彼此感觉熟络了一些。了解到他是从机场直接来的医院，还没有安顿好住处，我干脆就邀他去了我家。他也没拒绝，可能是想到夜里都会做梦，现实中最好有个照应。

在进家门之前，我已经和老婆电话通气了，她提前收拾好了客房。女儿非常喜欢这个新来的叔叔，一直欢欢喜喜地缠着梁棉一起玩。

梁棉教我女儿画大象。两个人相处得还挺融洽。

我在旁边也跟着看了一会儿，梁棉的确是吃这碗饭的，寥寥几笔随手一画，生动的动物就跃然纸上。

不知不觉地就到了夜里。

睡觉之前，我和梁棉互相使了个眼色，意思是梦里面再见。这一幕恰好被我老婆看到，弄得我还有点不好意思。

回房之后，我还专门跟老婆解释了一下。但我还是没有敢说实情，又不敢编造梁棉是我的病人，我只好说他是我大学同学的弟弟，来这里出差，人家让我照应下。

看架势老婆没全信，但也没多问，估计是见梁棉表现得体，不像不三不四的人，就只是叮嘱我让梁棉抽烟的时候去阳台。

我自然答应着，又和老婆聊了几句女儿学校的问题。

我渐渐有了些困意，就关灯睡了过去。

重新回到我的梦里，一切都稀松平常了。庞叮像是一早就在等着我了。我都还没找见她，她就先跟我打招呼了。

我第一时间领着庞叮去了公交站，路上给她讲述了梁棉的事情。

庞叮惊讶地一直"咿咿呀呀"的，最后冒出一句，她本来都想给公交车起名叫"猛梦号"了，这名又飒又萌，可没想到那竟然是个大活人！

我说你这个水平以后尽量就不要起名了。

庞叮就一直在强调，"叮正组合"不是很好听吗？现在加了梁棉，我们应该叫叮正棉了。听起来就用途很多！

说话的工夫，我们已经走到了公交站。

梁棉还没有出现。也不知道是他还没睡着，还是梦中的距离很远。

等了一会儿，才看见一辆公交车由远及近地驶过来。

因为知道了这是一辆活人，虽然这个措辞听起来不太正经，但的确很贴切。我看着公交车停下来，总忍不住有些想笑。

庞叮一蹦一跳地跑去公交车前不停挥手，在跟梁棉打招呼。

过了一会儿，就见公交车的雨刮器动了两下，像是在回应。

庞叮很兴奋地东摸摸西碰碰。我生怕她把梁棉惹急了，就在一旁拦着。

梁棉却似乎对庞叮很宽容，任由庞叮踩着轮胎想跃到车顶看看他有没有头发。

我不由得猜想，梁棉此刻究竟是什么感觉。

整个场景似乎是我开始做这个梦以来，最温馨的一次。

我正感慨着，突然就感觉一阵晃动。

跟着，我发现我被老婆摇醒了。因为才入睡不久，醒过来脑子很清楚。

我一眼就看见老婆的脸色不太对劲儿，就听老婆道："我做了一个奇怪的噩梦。"

| 第三章 |

探梦

〔01 · 人形〕

我惊得一下子从床上坐了起来，急忙问道："你梦见什么了？"

老婆生怕我吵醒女儿，连忙示意我小声点，之后才小心道："我梦见咱们门外有个人……"我悄声"啊"了一下，见老婆指着卧室的门，我蹑手蹑脚地走到门口。

听了一阵子，没有奇怪的动静，我就顺势直接把门给拉开了。外面是客厅，虽然没开灯，但这毕竟是我熟悉的家。

我立刻扫视了一下有可能藏人的地方。没什么发现。

之后我就把灯打开，又仔细地找了一遍。确认整个房子安全无误之后，我才回了卧室。

老婆平日里胆子就不算大，这次显然是被吓到了，正抱着毯子，整个人战战兢兢的。

我揽住她的肩，安慰了几句，告诉她整个房子都找过了，家里没进人。

老婆就将信将疑地看了看卧室的门，说这个梦太真实了，她从没有做过这么真实的梦。

我问道："具体梦见了什么？"

老婆就边说边往我怀里躲，告诉我道："有一个人，背对着我，脸贴着卧室门。你懂吗？就像是电影里的那种特写镜头。我只能看见他的后脑勺，还有他脸前的那一扇木门，除此之外，什么都没有。"

我听后想象了一下，果然是个诡异的梦。

我问："一直就是这么同一个画面吗？"

老婆拼命点头："对！所以这个梦好吓人。他一动不动的，像个死人一样！但这还不是最吓人的地方。我被吓醒是因为，我突然想到，之所以我看他像是在看特写镜头，是因为我离他太近了，简直鼻尖都快要碰到他后脑勺的头发了！"

我能感觉到怀里的老婆在微微发抖。这个梦恐怕会在很长一段时间里，成为她的阴影。

同时，我越发不安起来，总觉得这个噩梦并不是偶然出现的，而是受到了我的牵连。一时间我也不知道该不该向老婆坦白我最近的遭遇，我怕说了之后，只会让她徒增担忧。

正这么犹豫着，我突然反应过来老婆梦中的一个细节，顿时我自己也被吓了一跳。

我更用力地搂住她，向她确认道："你在梦里，能知道自己站在什么位置吗？"

这句话问出口，我觉得有些隐晦，就又改口问道："你是站在客厅里，还是卧室里？"

老婆瞬间就明白了我话中的意思，人吓得颤了一下，之后摇了摇头，不敢看向卧室的门了。

我也感觉到莫名的一股寒意。

在老婆梦中，她只知道那个人是紧贴着卧室的木门。可她忽略了一点，就是并不知晓那个人究竟在门的哪一侧。

之前因为我们本身就在卧室里，所以下意识地认定那个人是在卧室外。可如果那个人压根儿就是站在卧室里面呢？

他究竟是谁呢？目的又是什么呢？之所以背对着老婆，是怕人记住他的长相吗？还是说，他的脸会更吓人？

这么想着，我不由得看向卧室的门。半晌我才猛然醒悟，这不过是梦一场，我这么瞎联想无非就是自己吓自己。

于是我安慰老婆重新躺下，告诉她先睡，我会在旁边守着。

老婆一开始并不情愿，见我一再坚持，就只好叮嘱我只许等半个小时，之后无论她睡没睡着，我都不许熬了。

也许是因为知道我在守着，老婆很快安心睡了过去。我见她睡熟了，困意也逐渐漫了上来。

然而我刚准备躺下，突然就听见老婆"啊"的一声，跟着她整个人就吓得从床上弹了起来，鞋也顾不上穿，几步就冲出了卧室。

我手忙脚乱地追出去，就看见老婆躲在沙发的后面，止不住地在发抖。

老婆的尖叫声直接吵醒了女儿和梁棉。不一会儿，他们俩都各自推门出来了。

梁棉可能是以为闹了贼，手里还攥着根我平时健身用的臂力器。见状他也不好意思张嘴问，只是用眼神示意我，多半是以为我们夫妻夜里吵架了。

女儿则是睡眼蒙眬的，根本不知道发生了什么，只是在下意识地叫妈妈。

老婆瞬间装作若无其事的样子，又去哄女儿睡觉，只留下我和梁棉在客厅里。

我趁机告诉梁棉，老婆是做了噩梦。从刚才的情况来看，可能又是个连续的噩梦。

梁棉听后脸色一变，问我梦的具体内容是什么。

我就把老婆的前一个梦讲了一遍，梁棉听着就不自觉地看向我们的卧室。看了几眼，可能是觉得不礼貌，又转头看向我道："如果需要坐车，随时叫我。"

　　我点点头，心说千万不要到那一步。

　　说话间的工夫，老婆已经哄好女儿出来了。她吓得面无血色，刚关好女儿的房门，眼泪就落下来了。

　　我把她迎过来，她整个人就瘫倒在了沙发上。

　　我问道："你是不是又做噩梦了？还是同一个吗？"

　　老婆委屈地点点头，但有梁棉在场，我能感觉到老婆在克制情绪。

　　"这次梦的内容有什么变化吗？"我接着问道。

　　老婆欲言又止地看了看卧室，接着喃喃道："不是门。"

　　我道："什么不是门？"

　　"那个人面对着的不是门。"老婆道。

　　"那是什么？"

　　"是床板……这次梦的画面不是特写了。我认出来了，那不是木门，那是咱们床的木床板。他就躺在咱们的床底下……"

　　老婆在说这些话的时候，刻意压低了嗓门，为的就是不再吵醒女儿。可即便如此，我还是能听出来她的声音都在发抖。

　　我下意识地搂住她，只觉得整个人有些发蒙。

　　所谓怕什么来什么，噩梦真的找上了我的家人。可老婆的梦又是什么含义呢？

　　床下有人，还是个不明来历，甚至不知道长相的人。这就算是在梦里遇到，也会让人头皮发麻。

　　我们的床是结婚的时候老丈人送的。老丈人年轻的时候当过木材厂的厂长，认识不少有本事的木匠。这张床就是当初他从一个木匠的手里订的。

床的风格算是欧式的，纯木结构，床本身并没有储物空间。床头、床尾都有装饰的雕花，离地间隙很高。严格说起来，钻进去一个人的确是够了。

倘若是以前，老婆做了现在这个噩梦的话，我一定会认为是平日里老婆打扫房间的时候，注意到床下的空间很大，在某个瞬间的念头里，她想过床下可以藏人。而这个念头埋在了她的潜意识里，偶然映射到了梦境当中。

可此时此刻，有了常英的经验之后，我不能再用自以为是的逻辑瞎推理了。

为了更直观地感受老婆的梦境，我干脆起身回了卧室，让梁棉陪着老婆聊天转移注意力。回到卧室后，我直接趴下身来，钻到了床底下。

和我意料的一样，下面的空间要躺下一个成年人非常宽裕。如果体格稍微瘦小一些的话，甚至还可以侧身躺着。

床下被老婆打扫得非常干净，我摸了摸四周，灰都很少。

我让自己保持一动不动，连呼吸都平缓下来。

跟着，我就尽量将自己代入老婆的梦中，想象着自己就是躺在床下的那个人，想看看这样会不会得到什么灵感或是启示。

身下的地板是冰冰凉凉的，卧室的光并不能照进床下，给人一种阴阴的感觉。

此刻，我眼前正是老婆梦中所见的那一块床板。木质的，上了核桃木色的漆，的确看起来和家中的门差不多。

因为距离太近，我眼睛起初有些失焦，等到使劲儿眨了几下，才能看清楚床板的细节。

我看了几眼，像是注意到了什么。

为了确认，我小心地把手机拿到脸前，打开手电光照着。

这么一看之下，我顿时发现了不对劲儿，人立刻从床下爬了出来。同时我立即低声叫梁棉过来帮忙。

梁棉赶过来，老婆也跟进了屋。我也顾不上跟他们解释，就一股脑地搬空了床上的被褥和枕头。接着我要梁棉搭手，我们两个人将床翻了过来，本来在床底的床板，这下子终于暴露在了灯光之下。

与此同时，我也终于确认了自己刚才发现了什么。

那竟然是一个印子，一个成年人体形的、印在床板底部的黑漆漆的印子。

这东西是怎么出现的？老婆究竟真的是在做噩梦，还是用另一种方式感知到了现实里的变化？

我打死也没法相信这会是一个巧合。

老婆刚梦见床下有人，就真的在床板底下找到了人形的印子，这实在太匪夷所思了。

〔02 · 又要入梦〕

我回忆着这张床，之前倒是从没注意过床下的样子。我心说，难不成是木匠做床时留下的？

我细想一下又觉得不可能，就算那木匠突发奇想，弄了个人形的 logo（标志），那也没有理由费时费力地搞成这么大。

这个印子就像是一个人影一般，轮廓很清楚，颜色很深。

仿佛在灯下，真的有一个我们看不见的人在站着，只印下了他的影子。

我用手摸了摸，印子不像是画上去的，倒像是木材本身天然形成的图案。

可这么大尺寸的双人床板，都知道是需要用好几块木板拼接而成的。

就算是大自然鬼斧神工，真的有那么一棵树生出了人形图案来，也不可能就这么凑巧，顺序有致地在这里拼凑到了一起。更何况从那印子的完整性上来看，即便是有人刻意而为之，恐怕都无法拼凑得这么严丝合缝。

卧室里的三个人一时间都一语不发。

老婆明显被吓呆了，靠着门框，整个人都有些站不住了。

梁棉则是眉头紧锁着，查看了半天，满脸都是疑惑。

我做了个深呼吸，想要说点什么安慰一下老婆。可此刻忽然觉得，无论说什么都很牵强。

我只好扶着老婆坐回了沙发上，不停地告诉她，我在这里，她很安全。

老婆用了一段时间才终于恢复了平静，立刻就问我，女儿会不会有危险。

我想了一下，郑重地向她承诺，她只是做了一个离奇的连环噩梦，而我是一个医生，可以解决这个噩梦，至于女儿，不会出任何问题，希望她相信我。

老婆将信将疑地点点头，之后就不再吭声了。我知道她肯定还在担心，事实上我也不安到了极点。

因为我知道，想要弄清楚老婆噩梦的缘由，眼下只有一个办法，就是亲自进入她的噩梦看一看。我之前进入过常英的噩梦，但我并不知道是如何办到的，所以一时间我心里很没底。

但时间已经快凌晨两点了，我知道不能再耽搁下去。

我等老婆熟睡后，就躺在沙发边上，酝酿着入睡。

梁棉知道这次需要他的帮忙，主动回房去睡了。

也许是因为担心家人，我只是感觉头昏昏沉沉的，好久都没有入睡成功，又折腾了半天才终于迷迷糊糊地睡了过去。

接着，我就进入了我的梦里。

庞叮照旧来迎接我，可能是我之前醒得太早、太突然，她一直有些担心我。等到听我急匆匆地说了现实里发生的状况，庞叮也是吓了一跳，马上拽着我直奔公交站。

梁棉显然是比我先入睡的，已经停在公交站等着了。

我和庞叮上了车，梁棉立刻就向前驶去。很快，前方出现了一团浓雾。车钻进浓雾里的时候我还在想，老婆的梦境究竟会是什么样子的。

然而等到车冲出了浓雾，前方竟然还是一片荒芜。

我就有些纳闷，一旁的庞叮也像是始料未及，把头伸出车窗四下看着，之后回过身来像是对梁棉说道："前面还有雾，再试试。"

车明显就提速了一下。

很快，我们就重新钻进了一团浓雾里。可这次驶出团雾之后，四周还是什么都没有！

"这是怎么回事？"我有些着急道。

"我……我也不知道。"庞叮慌乱道，"好像……好像嫂子没有在做梦，所以我们到不了。"

她没在做梦？

"是人醒了吗？还是真的摆脱那个噩梦了？"

我想到老婆是比我先入睡的，倘若再做那个噩梦的话，必然还会被吓醒。她醒来后应该是会向我求助的。可我现在仍在梦里，证明老婆也还在睡着。

我心说：难道那个噩梦真的消失了？

转念一想又觉得不对，无论自身对做梦这件事有没有印象和感觉，每个人睡着后都是一定会做梦的。

于是我问道："没做梦是什么意思？不是每个人都会做梦吗？"

"应该是的。但……"庞叮答道，"但不知道为什么，嫂子就是没有在做梦。"

"那我们该怎么办？你不是说在我的梦里，很多事情你可以感知道吗？"

庞叮摇摇头："这件事我不知道……"

我额头上的汗都下来了，刚准备说那我要醒过来查看一下老婆的状况，就听见公交车开始不停地鸣笛。

我向前看去，前方又是一团浓雾。

梁棉似乎是在提醒我们做好准备。

我道："我们去不了，我要想办法醒过来。"

话音未落，我突然就注意到了前方的那团浓雾里，似乎有些不一样的地方。

跟着车接近了浓雾之后，我终于分辨出来，这团浓雾里，竟然藏着一个黑漆漆的人影，是与床板底下发现的那个一样的人影。

我指着前方提醒庞叮："这不是我老婆的梦吗？那个人影！"

"那一定有联系！"庞叮惊愕道，"但那是另一个人的梦！"

说话间我们已经冲进了浓雾里。

过了一会儿，随着周围的雾气被甩开，视线重新清晰了起来。

我一眼就看见不远处有一片建筑。

令我意外的是，这竟然是一片古代建筑，或者说是古代风格的建筑。青砖红柱，黑瓦雕窗。一眼望去，古色古香的，仿佛武侠影视剧里面的场景。

公交车停了下来，我和庞叮下了车。我看见公交车灯闪了几下，猜测梁棉的意思应该是他会在这里等着。

我拍了一下公交车的车身，示意收到，就和庞叮一步一步地走向了那片建筑。

不知道是因为这次的梦出现得过于诡异，还是因为牵扯到了我老婆的关系，庞叮表情有点严肃，不苟言笑。我也没什么心情聊天，只顾观察着眼前的一切。

在走进了那片建筑之后，我发现这是一条街道，两旁规整地立着数座建筑，外形上看起来都差不太多，无非是有一些大小、高低或是门庭装饰上的区别。

从整体上来看，这条街像是统一规划建造的，和很多现实世界中的仿古风情街类似。当然也有可能，是梦的主人钟情于古街道，或是对此印象深刻，所以在梦中无意识地创造了出来。

整条街冷冷清清的，一个人影都没有，也没有任何烟火气息。

在街道上走着，总感觉有些诡异。

我不由得有些紧张，怀疑梦的主人又是躲在哪里准备使坏，于是一直警惕着周围的风吹草动。可一直走到了街道尽头，除了两旁各扇紧闭的宅门，也没发现什么。

我就和庞叮随便选了一个宅子，试着去推门。

宅子的门锁得很结实，能听出来用的是传统的门闩。

我试着从门缝里看了看，院子的采光非常差，目之所见都是灰蒙蒙的，只能依稀看见院子里的影壁。

我壮起胆子喊了一声，只有自己的回音。

院墙很高，这次不能再轻松地爬进去了。我和庞叮就只好去下一幢院子，可发现门还是锁得严实。之后我们又挨着一连试了好几户人家，都是大门紧闭，无人应答。

想着恐怕这一整条街的宅子皆是如此，我们干脆也就不再尝试了，而是停下来想对策。

按照之前的经验，我知道梦境都会有一个所谓的主体环境。对于庞叮而言是那栋楼，常英的则是那个院子。至于梁棉的情况比较特别，我还不知要如何归类。

这样的话，难不成这些宅子都只是"背景"而已？那真正的主体是什么呢？是这条街本身吗？还是这个梦也是特殊的，环境并不重要，梦的主人才是玄机所在？

想到之前在雾中看到的影子，我心说：难道影子才是关键？

我忍不住低头看了看，我和庞叮的影子就端端正正地映在身下，没有什么奇怪之处。

我道："梦的主人也一定在这里，可是一直没现身。要小心点。"

庞叮扭头看着紧锁的宅门，这里房子太多了，哪里都可以藏人，这次可不好找喽。

我心说的确棘手，都甭说锁着门了，就算把这些宅子大敞四开地让我们随意进出，光转一圈就够费工夫的了。

我张望着街的两头，什么值得注意的东西都没有。

石板路上空空荡荡的，连个杂物都看不到。

正这么看着的工夫，我就瞥见远处的街首，一个宅子的门像是被打开了，接着在门后头就探出一个脑袋来，随后像是注意到了我们，瞬间就缩了回去。

〔03·拜访〕

因为距离有点远，起初我还以为是自己看错了，直到听见庞叮叫着说有人，我这才确信，立刻和庞叮奔了过去。我们连跑带颠地到了宅子门前，门已经关上了。

刚才也没看清对方的长相，我生怕又是个什么人形怪物，犹豫了一下，我才叩了门环，之后就带着庞叮后撤了几步，准备随时迎战或是逃跑。

等了一会儿，就听见门闩被放下的声音。

门打开了一道缝，一个戴着眼镜、面色蜡黄的中年男人把头伸了出来，警觉地看着我们。

半晌他才用苍老的声音问道："二位有何贵干？"

见对方没有敌意，我就很礼貌地问了声好。可一时间也不知道要如何说明来意，总不能直接说"请问这是你的梦吗"之类的话。弄得我还有点尴尬。

反倒是庞叮在一旁愣道："你认识我吗？"

中年男人被问得一头雾水，摇摇头。

庞叮就追问道："真的不认识？"

中年男人想了一下，还是摇头。

庞叮又道："这条街上还有别人吗？"

中年男人扶了下眼镜，看看庞叮，又看看我，突然像是醒悟道："你们是新搬过来的邻居？"

我赶紧接话，连声称是，表示这次就是来打个招呼的。

中年男人听后，表情立刻和蔼了起来，把门彻底打开了，请我们进去坐。

我和庞叮生怕他反悔，麻溜地迈过门槛进了院子。

院子并不大，迎面也是一堵影墙，上面还有一些花鸟之类的浮雕，看着还挺精致。

我们跟在中年男人身后，穿过院子，径直进了正房。

正房里的陈设尽是中式的木质家具，显得很有格调。只不过房间里的采光很差，感觉阴森森的。

三个人围着一张八仙桌落座，中年男人很客气地给我们倒茶，询问我们为何要搬到这里来。

既然已经被当作邻居了，我只能一条道走到黑，编了个生活不顺心，想要找寻一方净土安度余生之类的理由来搪塞。

中年男人边听边点头称是，像是遇到知音一般，告诉我这里的确幽静，很适合我，说着更加热络地要给我和庞叮准备点心。

趁着中年男人离开，庞叮悄声在我耳边道："这个男人我认识，他也在那栋楼里。"

我吃了一惊，居然在这里碰到一个？那老婆的噩梦果然是被我牵连的！

我看着那个男人的背影，总觉得事情有哪里不对劲儿。

琢磨了一下，我反应过来，这个男人似乎并不自知是在做梦。我和庞叮的出现明明如此可疑，他却像是接受了梦的剧情发展一样，接纳了我们。

我心说难不成他是故意装傻，准备趁机下手加害于我们？可是怎么看都感觉不太像。

思考的工夫，男人已经回来了。他在桌上添置了几碟点心，摆盘很工整，看着就很精致。但我和庞叮谁都没吃。

男人倒也不在意，有一搭没一搭地开始跟我们闲聊。

我就主动引着话头，想趁机打探一下他究竟是何方神圣，以便醒来后在现实中可以找到他。

谁知男人根本毫不防备，自我介绍说他叫盛城，原本是某个大学的中文系教授，后来在工作中受到排挤，处处碰壁，就提前办理了退休。他年轻时就一直酷爱中国的传统文化，本以为会一辈子教书育人，结果没想到临老反倒被人情社会教育了。最后干脆不问世事，找了这处地方来躲清静，算是乐得自由。

我听后心说难怪他刚才对我的话那么认同，合着他才是来这里避世的。

这样一来，倒也合理解释了为什么他不知道自己在做梦了。在生活中受到了巨大打击，无意识地创造了梦境来逃避现实，这很符合逻辑。

可如此的话，那团雾中的影子、床板下面的人形，还有老婆的噩梦，又要从何解释呢？而且庞叮也说了，他在那栋楼里，加上我们莫名其妙地进入了这个梦，所以一切必然都与眼前的这个盛城有关系！

可到底是什么关系呢？

我看着盛城，思考着要如何再套他的话。

他却看了看手表，说"本人有事要处理一下，还请二位稍坐片刻"，说完就朝着里屋去了。

我见盛城小心翼翼地打开里屋的门，进去后又轻轻地关上，跟着就听见一阵金属碰撞的声音，也不知道他在鼓捣什么。

庞叮见状就溜到了里屋门外，试图扒开门缝偷窥，发现门被反锁了，回头冲我做了个鬼脸。庞叮用眼神示意我，她帮我盯梢，让我去搜索一下房间。

我看见靠窗的位置放着一个书案，旁边是一个古董架。上面都放着东西，我就赶忙踮着脚尖凑过去。

和那盛城的自述一致，书案上尽是些传统书画，还有几张写一半的毛笔字。字迹龙飞凤舞，倒真有些神韵，可见盛城有些功底。而古董架上则是一些文玩、花瓶，我对这些东西没有研究，也看不出是不是古董。比较突兀的是，我还找到一些聘书和论文集之类的东西，上面的名字都是盛城。

可见他对自己的教授身份的确很看重，就连做梦都舍弃不掉。这也从侧面证明，不得已离开了讲坛，对他的打击可能比我想象中要大。

翻找了一圈，也没什么特别的发现。所幸倒是彻底证实了盛城的身份，他的确曾经是个教授。而且我在几个邮寄用的文件袋上，找到了盛城现实中的地址和联系方式。

我牢牢地记了下来，同时听见里屋又传来了金属的碰撞声，就赶忙伸手招庞叮回来。

庞叮却像是发现了什么一样，耳朵贴在门上。等到盛城开始开里屋的门了，庞叮这才蹿了回来，这一幕看得我是心惊肉跳。她却表情很奇怪地冲我挤了挤眼睛。

没顾上询问，我俩刚在凳子上坐好，就见盛城一脸凝重地走了出来，语气略带抱歉地说："二位久等了，今日寒舍不便，无法久留二位了，既然已是邻里，他日闲时定能常聚。"

见对方要送客，我和庞叮就起身表示感谢招待，改日还会再来登门拜访，寒暄着就出了宅子。

跨出大门之后，我还有点紧张，害怕盛城行待客之礼送出门来。旁边的宅子我们又进不去，到时候"邻居"这个谎言就被戳穿了。

幸好，盛城只是跟到了院子中，目送我们出了门，就转身回去了。他步履匆匆的，好像真的是有什么要紧事，连大门都顾不上关了。

我和庞叮在街上蹬了几步，确认盛城不会再出来了。我才问道："刚才你听见什么了？"

庞叮下意识地就比画了一个"嘘"的手势，悄声道："我听见里面好像有一个女人在哭呢！"

〔04·寻访〕

"你没听错吗？"

"没有。"庞叮确认道，"虽然声音很小，但不会有错的！"

我有点后悔没去亲耳听一下，因为我突然有了一个不好的联想。

那金属碰撞的声音，现在回想起来像是铁链一类的东西发出的。哭泣的女人，还有刚才行事诡异的盛城。我脑海里已经形成了一个恐怖的画面。

盛城在阴森暗房里，难道囚禁着什么人？

"你说我老婆没有在做梦。那么有没有一种可能，梦中的我老婆，被那个盛城关到了这里？"我不安道，"所以她没法做梦了？"

"啊？"庞叮眼睛瞪大了，"这太吓人了吧！难道那个老头是个老变态？难怪我未来会干掉他！我是为民除害呀！"

"先别说没用的。你在这儿等我，我要回去确认一下。如果是我老婆的声音，说不定我可以听出来。"

"黄医生你别去！"庞叮拉住我，"太冒险了。"

"咱们不就是来冒险的吗？我要是有事会叫救命，你就冲进来打架！"

"可那是个老头子呀！"庞叮有些不好意思道，"我有点下不去手……"

我想了一下觉得也是，对方明显是个体格和体力都不如我的半老之人。没什么可怕的，大不了硬碰硬。

这么想着心里更有了底气，我就快步折了回去。谁知人刚走到宅子门前，我突然就听见身后的庞叮叫了我一声。

没等我回头，就觉得脖子一酸。人就醒了过来！

此时天已大亮，我睡了差不多九个小时。因为没有枕头的关系，刚醒过来脖子僵硬得要命。

我坐起身，看见老婆还在睡觉，赶忙试着摇醒她，我害怕她变得和庞叮一样，彻底失去意识。

幸好老婆被我摇了几下，迷迷糊糊地睁开了眼睛。我差点喜极而泣，老婆确认了眼前是我之后，一下就抱住了我，呜呜直哭。

我问："是不是又做噩梦了？"

老婆就摇头，说没有梦，没有梦，一连重复了好几遍。

我长出了一口气，看来真的是有人不会做梦的。我对人都会做梦这件事的理解是错的。

我道："没做梦就好，别哭了，让女儿看到了。"

老婆却说道："一点儿都不好。我从没有过这种感觉，没做梦的感觉。"

"是什么感觉？"

"就像是死了，真正地死了。"老婆抽泣道，"我没办法形容出来，就是绝望和虚无。"

我拍着老婆的后背。看来事情并没有好转，没做梦恐怕也不见得比噩梦强多少。还是要追查一下那个盛城。

想到这儿，我突然反应过来，这次醒来的时候，我人还在盛城的梦里。看着自己四肢健全，除了微微头痛，没什么异样。看来不是非要回到自己的梦后醒来才行。

这样倒也省事了，免得要梁棉东跑西颠地来回接送。

想到梁棉，我这才注意到客房的门是开着的，里面没有人。而女儿这时候按理说应该早就起床了，可也没听见女儿的动静。

我心里顿时一紧，连声喊女儿的小名，接着就见梁棉领着女儿从她的房间里出来。

女儿抱着一沓画，扑到我怀里撒娇，说她起床后看见我们在睡觉，她就很乖、很小声地自己玩。等到棉花叔叔醒了，他们两个就躲在房间里画画。棉花叔叔说爸爸妈妈很累，让爸爸妈妈多睡一会儿。

说着女儿跟个小大人似的，告诉我现在她长大了，在家里能顶事了！

我冲梁棉点了下头，意思是谢谢了。

梁棉道："我醒得有点早，担心你们回不来，我还试着睡回笼觉，可这次像闹了'鬼'了，愣是没睡着。没办法，只能先帮你带带孩子。本来我想趁孩子午睡再回夫接你们的。"

我见老婆和女儿腻在一起，谁也没注意梁棉的话。

我就道："我查到了线索。一会儿我就动身，要去另一个城市。你帮我照看下家里可以吗？"

"我？你就这么放心把家交给个刚认识一天多的人？"梁棉想了一下道，"不行，我和你一起去。"

我想了一下，即便我信任梁棉，可这么托付还是有些不妥。况且两个人路上还有照应，夜里睡觉也能互相知会。

于是我就转而跟老婆商量，说虽然现在不做噩梦了，但没有梦也是很痛苦。我还需要接着帮她治疗，下午要去拜访一个相关的专业人士，希望她先带着孩子回娘家住几天，我会尽快回来。

老婆目不斜视地看着女儿，不停地揉着女儿的小脸蛋。她头也不回地答应："好！放心吧！"

之后她转过身来，意外对梁棉说道："她棉花叔叔，我不知道你们在做什么，但我相信你可以把我们家这口子顺利送过去，也能顺利接回来。"

梁棉错愕半晌，最后"嗯"了一声。

之后我抓紧收拾了几件衣服，因为不知道要去多久，我干脆带了一个小型行李箱。

梁棉本身就是出门在外，行李都是现成的。我们两个连午饭都没在家吃，带了些面包、牛奶之类的食物，开着车就上了路。

盛城的地址，距离我所在的城市有几百公里。一路马不停蹄地开车，我们终于在日落前顺利抵达。

路上我仔细给梁棉讲了昨晚梦中的遭遇，梁棉就顺手在网上搜了一下盛城。没找到相关的什么信息。我估摸着应该是盛城离开岗位太久了，之前的零星信息已经被顶掉了。

两个人也顾不上找地方吃饭，在服务区停车简单对付了几口，我们就跟着导航寻了过去。盛城的家在一个老旧小区里。我们到地方的时候，天已经黑透了。

小区里只有几盏昏黄的路灯亮着，无法看清楚小区的全貌，但从几栋楼上零散的住户灯光来看，住在这里的人并不多。

我们找到了盛城家楼下，看见他家是亮着灯的。

上楼之前，我已经想好了开场白，打算说自己是盛城以前的学生，这次出差路过，想起老师，就特地来探望一下。

盛城教书多年，来来往往送走了无数学子，加上大学本身都是大课，上课的人很多，盛城不可能记住所有人，应该可以糊弄过去。

至于梁棉，我就直接说是我的同事，顺道一起来的，也省得再编一个身份了。

盛城的家在二楼，没几步台阶就到了。

他家的门上贴着一副手写的春联，看样子已经挂上去很久了，烂掉了一多半。但从剩下的字迹来看，我没有找错地方，这和梦中所见的盛城的字迹很像。

又在心里过了一遍准备好的说辞，我就敲了敲门。门很快就开了，来开门的是一个满头白发的老太太，一脸的皱纹，诧异地问我们来意。

我就满脸堆笑地把那套话说了，告诉她是来看望老师的。

老太太表情有些奇怪，但还是把我们让进了门，不冷不热地招呼我们在沙发上坐下，一人给倒了一杯水。

盛城的生活似乎很清贫，家装甚至有些简陋。我看见家具和电器都非常老旧了，沙发套上还有几个补丁。也不知道是不是和很多上一代人一样，有攒钱不花的通病。

目之所见，最多的就是到处摆放的书。我粗看了几眼，种类很多，但大部分都是跟文学有关的。

老太太给我们倒完水，就坐在沙发对面的一把椅子上。她也不主动说话，就盯着我们看，弄得我有点心里发毛，生怕自己露出了什么破绽。

我不知道老太太和盛城是什么关系，感觉上应该是盛城的老伴。可从面相上看，老太太恐怕要比盛城的岁数大上不少。

我心说难不成是姐弟恋？但这种话也没法张嘴问，我只好略带尴尬地喝了几口水，试着用话转移老太太的视线，问她老师是已经休息了吗？

老太太抬手指了下里屋，说人在里面，可以自己去看他。

我和梁棉不由得对视了一下。老太太的态度实在是过于冷淡，让我俩都觉得有点别扭。

我猜想着是不是盛城在现实里已经身体不便，所以没法出来见客，恰好又老两口闹了别扭，老太太这是在耍小孩脾气呢？

于是我就起身去了里屋。推开门之前，我还管理了一下表情，算是代入角色。然而等到门被打开，我看清了眼前的一切之后，我瞬间就惊得只剩下张大嘴了。

只见屋里面根本没有人，只有靠墙的位置放着一张木头桌子。桌子上赫然摆着一张大幅遗像。

我一眼就认出来，遗像上的人是盛城！

〔05·死人也会做梦〕

这怎么可能呢？盛城已经死了？可我昨天明明是进入了盛城的梦啊。

死人也会做梦吗？还是说，人死了之后，梦不会消失，而是用另一种方式继续存在着？

这根本解释不通啊！

梦是由大脑创造的，无论之前遇到的梦多么光怪陆离，超出想象，哪怕就算是可以进出别人的梦境，但我依然坚信，只是因为目前科学对于大脑的研究还不够，导致无法追根究底。可梦与大脑有因果关系，在我看来是无法撼动的事实。

可盛城已经死了，大脑早就已经火化，不存在了，怎么还会有梦呢？

更重要的是，盛城可是在庞叮梦见的楼里啊！他不是未来会被庞叮干掉吗？怎么早早就死了？

庞叮没必要在这件事上跟我说谎吧。昨天梦里见到盛城的时候，庞叮也不知道现实里的盛城已经死了啊！

我呆站着，久久无法缓过神来。这件事对于我的冲击实在有些大。

梁棉本来是站在我身后，看见了屋里的情况，他挤开我进了屋，难以置信地四下看看，回过头来用夸张的口型问我：什么情况？

我只能摇头。

跟着我注意到遗像前面摆着几碟点心，算是供品。这些点心摆盘工整，看着十分精致。精致得与这个房子里的环境格格不入。

我感觉到一阵寒意。因为我确认，这些点心和昨晚梦中盛城招待我的那些是一样的。

我见鬼了不成？

两个人谁也没想到会是这种结果，就算人平静了下来，可还是有些手足无措。

"我们家老盛已经走了十几年了。你真是他的学生吗？"老太太不知道什么时候已经站在我们身后，冷冷地道，"我一个老寡妇，没什么好骗的，所以可以说实话吗？"

我心说难怪刚才老太太对我们的态度那么奇怪，合着一开始就认定我们别有目的，在编瞎话。

我想了一下，事实上，如果当下一口咬定我就是盛城的学生，只不过对他的死并不知情，按照我的年纪，十几年前在上大学也勉强说得过去。反正也死无对证，我应该还是可以把谎说圆了。但老太太的话，让我有些于心不忍。

我顿了一下，还是透露了部分实情。

我道："我不知道您会不会相信，我梦见您家先生了。但是之前我不认识他。"

老太太愣了一下，盯着我的眼睛："我年纪大了，耳背，你再说一遍？"

等到我重复了一遍，老太太就叹了口气道："拿我老人家寻开心是吧。我要去读书了，在我报警之前，你们快走吧。"

我不甘心地还想解释几句，想问问她盛城在世的时候有没有做过奇怪的梦，可老太太却毫不理会，缓缓从兜里掏出个老年手机来，不紧不慢地拨110。

梁棉见状就赶忙拉着我溜出了门。

跑到楼下，回头看见盛城家客厅的灯已经灭了。

这次来算是无功而返，恐怕我再上门，老太太就真的报警了。一时间我有些灰心。

舟车劳顿了一天，也没精神头即刻返程。我和梁棉就近找了家酒店住下了，现在恐怕只能继续在梦里找线索了。

为了能睡个安稳觉，我和梁棉去吃了夜宵，顺便喝了几杯，等到夜深了才回酒店睡觉。

人有些微醺，躺下之后就觉得陷进了床里，感官变得模糊起来。不知不觉就睡着了。接着我就又回到了盛城的梦里。

我发现自己还是站在那条古街上，庞叮正在不远处一户宅子前的台阶上坐着，身影有些落寞。

我叫了她一声，庞叮就一脸惊喜地跑过来，跟我说她害怕我不会回来接她，她要被永远留在这个梦里，她不喜欢这个梦，还是喜欢我的梦多一些……

说着庞叮注意到我的脸色不对，这才问我发生了什么。

我把去找盛城的事情说了一遍。

庞叮一连"啊"了好几声，看着盛城的宅子方向道："不对呀。那我未来干掉的是谁呀？"

"不知道。这个梦能存在，就已经颠覆我的想象了。"

"是啊……"庞叮低着头思索，"死人怎么会做梦呢？"

"啊？！"庞叮忽然像是想到了什么，"不是还有个在哭的女人吗？这个梦会不会其实是那个女人的！"

我被点醒了。"对啊！"如果做梦的是别人，而此时的这个盛城其实是在别人梦中被想象出来的，这倒能解释一些事情。

可从之前盛城的表现来看，主观意识似乎过于强大了。他怎么看都像是这个梦的主人。

我心说，该不会是，盛城突然在某一个时刻，发现了自己只是别人梦中想象出来的角色，为了自保，鸠占鹊巢，把梦的主人囚禁了起来？这要是真的，有些过于离谱了吧？那岂不是我们每个做梦的人，都会有这种危险性？

但不管怎么说，对于我而言这是个好消息，因为老婆没有在做梦，显然不会是这个梦的主人。那梦的主人是谁呢？

我决定这次无论如何都要去看一下那个哭泣的女人。

这么想着，我就径直走向了盛城的宅子。几声叩门之后，盛城果然来开了门。

见到我们，盛城非常热情，邀请我们进去。我表面上跟盛城寒暄，但其实心里一直毛毛的。就算是在梦里，我知道眼前的这个人早就已经死了，感觉上和见"鬼"没什么区别。

再次在老地方落座，盛城依旧给我们奉茶、准备点心。

点心上来后，我看见庞叮悄悄地吐了下舌头。

因为知道了这些是供品，我自然更不敢吃了，甚至这次连茶都没敢入口，只是装模作样地抿杯子。

盛城没注意到我们的异样，人比上次健谈了不少，一直自顾自地说着话，讲他这个宅子，建筑布局上有什么渊源，窗户的雕花装饰又是什么寓意。

我顺着话头借机问他，在这里已经住了多久了。

盛城沉吟了一会儿说："有不少年头了，具体是什么时候住进来的，已经有些模糊了。"

我就问："那你身体一直挺好的吗？"

盛城就哈哈大笑，显得很自豪，说人老了最大的福气就是身子骨无恙，他算捡得天命恩惠，一直没病没灾的。

我附和着，说这的确很让人羡慕，心里面却觉得整个场面更让人脊背发凉了。我不自觉地咽了口唾沫，鼓起勇气又问："那你是一直一个人住在这儿吗？没有老伴吗？"

盛城的眼睛里闪过一丝异样。

然而让我意外的是，他顿了一下说道："内人也在家中，但身体不便，所以没办法见客，两位请见谅。"

我没想到他居然大方地承认了。

我心说里面的女人果然是他老伴？难不成不是被囚禁的，而是真的身体难受，在哭泣叫痛呢？

正想着，就感觉庞叮在桌子下面戳了我一下。

我见她冲我使了个眼色，接着对盛城道："老先生，可以给我讲解一下院子里的那些浮雕吗？我觉得可好看了，就是不知道都是什么。"

盛城显然没想到一个小姑娘竟对传统建筑大有兴趣，立即笑吟吟地连声答应，起身就要去给庞叮做介绍。

可见他对自己的宅子十分得意，之前一直苦于没机会炫耀。

庞叮跟着盛城去了院子，我看见她在身后对我悄悄比手势，指着里屋的方向。

我自然心领神会地说我就不去了，想再品一品茶。

盛城根本无暇顾我，头也没回地说"您请便"，接着我就听见他在院子里侃侃而谈起来。

我又稍微坐了一会儿，听庞叮像是个"十万个为什么"一样，不停地提问。确认她能拖住一段时间，我就悄悄地溜到了里屋的门前。

〔06 · 密室〕

门并没有锁着，我小心地推了一下，确认了门不会发出声音，之后就蹑手蹑脚地挤了进去。

里屋是一个卧室，抬眼就能看见一张拔步床靠墙放着，占了屋子的大部分面积。

和很多印象中的古代拔步床一样，床架上有各种镂空雕花，垂着帘帐，感觉这东西价值不菲。

只是里屋的采光比外面还要差，昏昏暗暗的，一时间也无法看仔细。

为了防止盛城突然回来，我回身把门上的插销插好，接着才轻轻地挪到床边，伸手去掀帘帐。

我的心同时跳到了嗓子眼，生怕掀开帘帐的一刹那，发现床上有个人也在盯着我。幸好床上只有叠放整齐的被子，没见到人影。

我想了一下，既然人不在床上，屋里必然还有其他藏人的地方。

于是我就小心摸索着找了一圈，果然在床头的位置，我发现了一个木头的暗门。

打开后，里面是一个黑漆漆的通道。

我猫着腰走进去，耳朵立刻就听见了深处像是有人在微微抽泣。

我循声找过去，很快就走出了通道，迎面就看见一个大铁笼子，一个披头散发的女人正背对着我，坐在笼子里。

她的背影一直在微微起伏，不停地哭着。笼子的外头放着一盏油灯，火光摇曳，映得那女人的影子也在不停晃动。

我担心自己突然出现惊吓到她，再把盛城引来，就故意轻咳一声，轻轻问道："你是被关在这里的吗？别害怕，我是来救你的。"

谁知女人却对我的话没有任何反应。

我见状就只好绕到笼子的另一侧，站在女人的面前。

只见女人头垂着，头发完全挡住了脸，双手和双脚都拴着一根两指粗细的铁链子。

我问："你听得见我说话吗？"顺手拿起油灯，照着亮开始找笼子的门。

女人终于有了点反应，茫然地抬起头来，用脸对着我。

我这才注意到，她头发缝隙后的那双眼睛，很不自然地闭着，像是已经瞎了。

与此同时我也认出来，眼前的这个女人的确是盛城的老伴。就是昨晚我在盛城家里见到的老太太。不知道是不是被囚禁折磨的缘故，她看起来比现实中还要苍老，脸上的皮肤如同树皮一般干枯褶皱。

我问道："你是看不见了吗？你在做梦知道吗？这是你的梦！"

说话间，我的手摸到了笼子门，上面有一把锁头，我拽了拽，很牢固，徒手显然打不开。

"钥匙是在盛城身上吗？"我道，"你再坚持一下，我想办法救你出去。"

老太太还是没说话，只是"呜呜"地伸出手来，抓住了我的手指。

我这才意识到，老太太不仅是盲了，恐怕也聋了。她只能感知到笼子的震动。

于是我摇晃着笼子，提醒她我不是盛城，不是来伤害她的。

谁知老太太却突然放开了我的手指，人缩在了笼子角落，"咿咿呀呀"地也不知道在表达什么。她手不停地乱挥着，发出铁链子碰撞的声音。

无论我再怎么表示，她也不回应了。

我见状也不敢再耗下去了，决定先去找了钥匙再说。可还没等站起来，我就注意到老太太身下周围像是有什么东西。

我把油灯举近一些，顿时吃了一惊。

那笼子旁边竟然有人骨？！看起来像是手指骨头！

难不成，其中有什么缘由？

想着，我猛然反应过来，盛城只是梦中被创造出来的，不一定会按照常规的逻辑来行事，没准他发现自己手指可以再生，图个方便，每天进来手指一伸，省去了开关笼门的烦琐步骤。这的确也能勉强说得通。

想到这儿我不由得担心起庞叮来。盛城能对自己这么残忍，要是真下起狠手来，后果恐怕不堪设想。

不敢再停留了，我决定立刻出去。

我人刚走回通道口，突然就听见外面庞叮在大叫。我赶忙钻出暗门，就见里屋的门正在被人拼命撞着。

庞叮喊道："哎呀！黄医生不好啦，我们暴露啦！大叔你不要逼我呀！我不想欺负老头！"

庞叮话音未落，门已经被"砰"的一声撞开了。

盛城一脸凶相地冲了进来，庞叮正死死拽住他的衣角，无奈盛城的力气太大，庞叮直接被拖了进来。

　　"我以礼相待，没想到二位这么没有礼数。"盛城咬着牙道。

　　我道："你虐待老婆就有礼数了？"我看了一眼盛城的手，手指都在。我又道："你的手不疼吗？"

　　盛城下意识地看了看自己的手，庞叮就趁机跑到我身边，问道："里面的是他老婆吗？"

　　我点点头，看着盛城道："他还喂老太太吃……"

　　"哕——"庞叮装作干呕，对盛城说："就算是梦里你也有点过分了啊！"

　　盛城一言不发地看着我们，半晌突然冷笑了两声："二位不请自来，还议论起别人的家事。盛某这算引狼入室啊。"

　　庞叮道："明明是黄医生在屋里，你后进来的，到底谁算狼！我也是后……"

　　庞叮话还没说完，就见盛城突然冲了过来。我大叫不好，拽着庞叮向旁边闪了一下。所幸躲了过去。盛城扑了个空，撞在了拔步床上。

　　"你怎么还搞突然袭击呀？"庞叮愤愤道，"那我就没法尊老爱幼了呀！"

　　说着庞叮挥拳，瞅准了盛城的后背，垫了一步就打了上去。没想到盛城反应奇快，一个侧身躲了过去，回头就用手肘还击了回来。

　　我见庞叮要吃亏，想把她拉到我身边来，就见庞叮顺势蹲下了身子，盛城的胳膊肘蹭着庞叮的头顶挥空了。结果反倒正好打在我胸口上。这一下打得我差点呕出一口老血，只觉得胸口一阵闷痛，止不住地咳嗽了几声。

　　"哎呀，看来矮还有好处！"庞叮说着，猛地直起身子，就势用双肘撞了上去。这下正中那盛城的右肋，盛城疼得跟趔趄了一下。

庞叮高兴地叫着："打架挺好学的！"

我见状也一脚蹬了过去，盛城没来得及闪躲，直接被我踹得扑倒在了地上。

我喊道："你根本不是'活人'你不知道吗？今儿就要二打一办了你。"

说着不给盛城机会爬起来，我整个人就跃了上去，用膝盖压在盛城的背上。

盛城在地上挣扎着，我吃奶的劲儿都使出来了。没想到这半大老头力气奇大，一个翻身把我掀倒了，跟着就是一拳，幸好我下意识地侧头，拳头打在了地板上。

盛城没有就此罢手，干脆直接用小臂压了上来，这下直接顶在了我的喉头上。我顿时就觉得呼吸不上来，只能用手胡乱捶着，一连好几拳都打在了盛城的脸上。

谁知他的眼镜都被打飞了，人却没有放手，反倒是发了狠地更用力压住我的气管。

我见状只能试图用膝盖顶开他，可一直找不到发力的角度，只是没有章法地蹬着。

此时我感觉越来越缺氧了，眼前一阵阵地开始发黑。我心说早知道做梦也这么考验身体素质，平日里应该多锻炼一下身体的。

我转念一想又觉得没意义，梦里面的身体状况多半和现实世界没什么关系。不然这盛城，哪来的一身摔跤的本事？这么想着，我莫名有点气愤，凭什么别人在梦里都这么能打？

〔07·醒过来的新方式〕

于是我不甘心地咬着牙再次发力，这次终于勉强将盛城推开了一些。人还没顾上喘口气，突然又感觉盛城整个人陡然变重了！

这下我彻底泄了力，脖子完全被摁死了，耳朵嗡嗡的，一直在耳鸣。

与此同时就听见庞叮喊道："黄医生坚持住！我来帮忙了！"

我这才看到庞叮整个人都压在了盛城背上，正用双手勒着盛城的脖子。盛城没顾及庞叮，反倒像是下定了决心要先干掉我。

一时间三个人就像一个人肉汉堡包。

我想说别压了，我快断气了，却发现自己根本发不出声音来。我见状只好玩命似的扭动脖子，想挣脱出一个空隙来。无奈两个人的体重导致我根本动不了。

整个场面就像是一场另类的拔河比赛，比的就是我和盛城谁先断气支持不住。但毕竟我是先被锁喉的，此时已然到了极限，显然我是先完蛋的那一个。

我知道不能这样僵持下去，于是我试着把手从盛城的两个胳膊之间伸出去，死命地将手指抠在了他的眼睛上。

这招十分奏效，盛城吃痛之下，瞬间就抽回手去掰我的手指。

我终于得以喘息，跟着趁机用膝盖一顶，把盛城从我身上顶翻到了旁边的地上。

我顾不上站起来，翻身就去帮庞叮的忙。庞叮一直没松手，整个人都像长在了盛城的身上一般。

我立刻将盛城的手压在了膝盖底下，用全身的重量控制住他。

盛城玩命挣扎着，但终究抵不过我和庞叮两个人，渐渐地，他的动作越来越小，眼看着就要被庞叮勒昏过去。

然而就在这时，我突然听见暗门里面的老太太像是哭号了一嗓子，跟着我眼前的一切顿时就模糊了起来。

等到我意识到这种变化，就发现人已经站在了团雾里。

我伸手捞了一下，什么都没碰到，只听见庞叮在我身边道："啊？就差一点儿呀，怎么突然梦没啦？"

我顺着声音看向庞叮，发现她整个人都被雾气挡住了，刚想说到我这儿来，就见四周的雾气刹那间散去了，只剩下我和庞叮站在一片空旷之中。

我问道："这是盛城搞的什么邪魔外道的脱身之法吗？"

"不对。应该是他老伴醒了。我们从梦中被赶出来了。"庞叮接着诧异道，"咱们才进去没多久吧？老太太是起夜吗？"

我想了一下，看刚才的架势，怎么像是那老太太在刻意救盛城啊？她不是被囚禁的吗？我们这明明是在解救她啊。难不成她在梦里被搞出斯德哥尔摩综合征了？无论盛城多妖魔鬼怪，老太太还是一往情深舍不得盛城死？

我道："不行。我得醒过来。就算这次老太太报警，我也得当面去问个清楚。"

"那黄医生你怎么醒过来呀，你得睡醒呀。我们就在这里等吗？"

我想到一个办法。我道："你注意到没？梦里面我被攻击的时候，对方都是想让我断气。我怀疑那不仅是想置我于死地，而且有可能会让我直接醒过来。所以他们用这种方式，是个两全的法子。"

"黄医生，你不会是想让我也掐你吧？"庞叮犹豫着问，"你自己掐自己好不啦？"

"不行，自己是没办法掐晕自己的，人会本能地放开手。你捂住我口鼻就行，我尽量不反抗。"说着我就地躺了下来，为了避免自己挣扎，特意将双手压在了身下。

庞叮显得很为难，但还是蹲下身来，用双手捂住我的鼻子和嘴巴，扭过头去不敢看我。

因为要对抗自己的求生本能，即便有了心理准备，事情进展得也不太顺利，几次我感觉呼吸困难，已经有些迷离之际，都会下意识地挣扎。

最后折腾了半天，庞叮终于看不下去，用胳膊勒住了我。没想到庞叮的力气如此之大，我这下无论如何也挣脱不开，一口气没上来，人真的昏死了过去。

我几乎同一时间在床上憋醒了过来，用了好一阵子才喘匀了气。

看时间不过才刚刚过了午夜。梁棉还睡着，我不忍心叫醒他，就蹑手蹑脚地穿好衣服，溜出了酒店，直奔盛城的家。

和推测中的一样，到了盛城家楼下，就看见他家的灯亮着。老太太可能怕我们再去梦中加害盛城，估摸着今晚是不敢睡了。

我轻车熟路地上楼敲门。

这次老太太没有直接来开门，而是警惕地隔着门问我是谁，待我告明了身份，老太太就很生气地威胁我她要报警，让我赶紧离开。

我也没多解释，直截了当地问她是不是刚才做梦了，梦里面是不是有人要杀掉盛城。

老太太明显被惊到了，半晌没回话，过了一会儿她终于打开门来，从门缝里看着我。

于是我又道："我就是你梦里的人，刚才就是我。"

老太太难以置信地盯着我，像是回忆着梦中的情节，过了好久才说道："你把手给我。"

我将手从门缝递进去，老太太握住了我的手指，瞬间惊得又甩开了，声音都有些颤抖了，不停地说："真的是你？"

我点点头，看来老太太在梦中是有意识的。刚才盛城得以逃脱，的确是她在从中作梗。

这样说的话，她的梦也过于恐怖了吧。整夜梦见自己失明失聪，被关在暗无天日的铁笼子里，她是怎么坚持到今天的？甚至明明有结束这一切的机会，她却选择放弃了。

这真的很难让人理解。

我问："你在梦里，一直被盛城关在铁笼子里吗？为什么不愿意出来呢？"

老太太听后低头叹了口气，犹豫了一下，把门彻底打开了。"进来吧。"老太太道，"我是自己把自己关进去的。"

什么？我半晌没说出话来，只好先进门。

老太太也没招呼我，径直带我去了一个房间。房间应该是老太太的卧室，但看起来更像是书房。

陈设非常简单，只有一张简易行军床，角落里放着一张小桌子，地上一个坐垫，旁边立着一盏老式落地灯。

我联想之前老太太说要去读书，估摸着她就是在这里阅读的。

"坐吧。"老太太示意我在坐垫上坐下，她自己坐在了床上。她有些感叹道："已经十几年没外人来过这间屋子了。时间过得很快啊。"

我问："你已经做那个梦十几年了吗？"

老太太说："那倒没有。具体什么时间开始的，人老了已经记不清了。"说着老太太指了指桌面，"你的疑问都在那里面。"

我看见桌面上也堆放了一些书，就随手拿起一本翻看着。这才发现这些并不是书，而是精装的笔记本，里面密密麻麻地写满了字。

笔记本显然有些年头了，纸张都微微泛黄了，边边角角全是磨损的痕迹，可见老太太经常会翻看。

我认出里面的字迹像是盛城的，不由得细看了几眼。谁知越看越觉得有点发蒙。

起初，我以为这些都是盛城的日记，或是他随手练笔的文章，因为里面的内容都是些他日常生活的琐碎，十分平淡。而后我渐渐发现，这些内容有些眼熟。古街大宅，深居简出，怡然自得。这描写的竟然都是那个梦中的情境。

我心说，难不成这些都是老太太写的？她把每天梦见的事情记录了下来？

两口子都是文化人，爱好相同，又共同生活这么久了，字迹相近倒也正常。

可转念一想又觉得不对。这些文字，都是以盛城的第一人称视角记录的。除非老太太在写小说，将自己代入了盛城，否则不可能会这样写文章。

我问道："这怎么写得和那个梦一样？"

"这就是那个梦的来历。"老太太不紧不慢地答道，"如果你想，你也可以做到，只不过需要练习，长时间地练习。"

"你的意思是说……你主动创造了那个梦？"我惊愕道，"这是怎么做到的？"

"不是我一个人做到的，是我和他一起。"老太太纠正着，表情复杂地看着我手里的笔记本，接着给我讲述起事情的原委来。

〔08 · 盛城梦的来历〕

老太太和盛城是自由恋爱，在他们那个年代，这并不常见。

两口子一直很恩爱，因为没有孩子，所以有大量的时间来专注于兴趣爱好。二人恰好都对中国的传统文化甚是痴迷，对金钱物质没什么追求，觉得吃喝不愁足矣。二人算是情投意合，日子过得平凡又充实。

盛城之前是在大学里教书，老太太也是一所重点高中的老师。二人本身就出自书香门第，自小深受熏陶，所以平日里最大的爱好就是读书。

闲暇时，各自手捧一本书，伴一杯清茶，就是夫妻日常生活的惬意时光。两人从没有过脸红、拌嘴，一晃就这么过了几十年。

按说生活本应该像这样平淡地继续下去，可没承想，临老了突然有了转折。

盛城在临近退休的时候，查出了绝症。

当时已经是末期了，老两口四处寻医问药，可还是无力回天，只能眼看着盛城一天天地被疾病折磨，日渐衰弱下去。

可能是对生活有太多不舍，在得知自己时日无多之后，盛城的意志非常消沉，一直无法接受现实，无论老太太如何开导安慰，都没有任何效果。盛城只是整日躺在床上，一言不发，即便偶尔讲话，也都是在诉说自己有很多退休后的规划再也无法实现了。

见到朝夕相处的老伴，无论是精神还是肉体都如此痛苦，老太太心中难过，却也无计可施，只能以泪洗面，祈祷着会有奇迹发生。然而奇迹并没有出现，老太太却等来了另一种转机，这也是那个梦的起源。

据老太太讲述，有一天她突然发现，盛城恢复了精神头，整个人甚至显得有些亢奋。

一开始老太太还担心，盛城这是病入膏肓，出现了回光返照。等到细问之下才得知，原来是盛城在头天晚上做了一个奇怪的梦。

盛城梦见有一个不得其面貌的黑影来告诉他，有了治愈他的方法。

梦很离奇，但盛城对此深信不疑，认定了这是上天念他一生没做过什么坏事，教书树人，给予他的恩赐。

老太太听后，起初没放在心上，只是欣喜于盛城的精神状态很好。她想让盛城多说些话，就顺着盛城的话头，问他具体是什么方法。

然而等到盛城仔细讲了一遍，老太太着实吃了一惊。

因为盛城告诉她，这个方法竟然是让盛城活在她的梦里，并且，还可以按照盛城想要的方式活着，就和他本来预计中的退休生活一样。

这只需要盛城把规划中的未来记录下来，然后交给老太太每日重复阅读，不停地代入，具象地去想象每一个细节，最终映射到梦里。这样盛城就会跟随着老太太的想象，也进入梦里。

虽说为了让盛城活下去，老太太愿意做任何事，但盛城所说的方法，任谁都会觉得是天方夜谭。

老太太知道，这可能是盛城求生欲望太过强烈，导致他做了梦，或者也有可能是癌细胞入脑，导致思维产生了混乱。

所以，老太太只是装作很兴奋地要一起尝试，算是给了盛城慰藉。事实上她并没有当真，同时也悄悄预备起盛城的后事来。

可盛城却一门心思地钻了进去。从这天开始，盛城每天都要强撑着身体，在书桌上奋笔疾书，写满一个又一个笔记本。

老太太想劝他，可又不忍心打破盛城的幻梦，就始终没开得了口。

后来想着这样盛城起码不至于每日活在绝望当中，她干脆也就听之任之了。

因为知道时间所剩无几，盛城几乎昼夜不停。

终于在一周后，盛城写完了要写的东西。

也许是拼命写作耗掉了最后的精力，没两天盛城的病情就急转直下，撒手人寰了。在弥留之际，盛城还不忘嘱咐老太太要收好那些笔记本，等着他回来。

老太太自然是哭着答应。

这相伴一辈子的人，说没就没了，老太太用了好长一段时间才从悲痛中恢复，这才有勇气去翻看那些笔记本。

看见熟悉的字迹，老太太不免睹物思人，又看见内容写的都是盛城永远不会拥有的退休生活，老太太更是悲从中来。兑现承诺也好，自我疗伤也罢，老太太真的开始每日阅读起笔记本里面的内容来。

盛城留下的文字很多，光通读一遍就要耗费不少工夫，更甭说要反复阅读了。

好在老太太正需要借此打发空闲，转移注意力，不知不觉地一整天就过去了。

只不过人毕竟上了岁数，想象力不如年轻时。对于具象想象这一点，老太太还是有些吃力的。

但所谓铁杵磨针，在连续坚持了一周之后，老太太完全熟悉了内容，对内容的想象也变得水到渠成，几乎可以随时在脑海里勾勒出对应文字的画面了。

可梦却一直没有出现，无论老太太在睡前多么努力，入睡之后的梦都是毫不相干。所幸，老太太对此本就没有太相信，也就谈不上失望。

之后的日子，这种阅读就像是一个习惯，没有所谓的目的，渐渐成了自然。就如同很多每日诵经念佛的信徒一样，无非老太太读的是老伴留下的文字罢了。

就连老太太都没有想到，她就这么不知不觉地坚持了两年。当然这期间老太太也曾动过停下来的念头，但望着空荡荡的房子，倍感孤寂，最终还是继续了下去。大概和很多老年人一样，老太太也找不到更好的心灵寄托了。

只要读着那些文字，她就总感觉老伴还活着。不知道是不是长期的阅读真的有了效果，在之后的几年里，老太太惊异地发现，自己开始真的在梦中看见了那条古街。起初梦中的一切都比较模糊，转瞬即逝，可随着时间的推移，渐渐地真切了起来。

老太太开始能看清每一栋房子、每一块石板砖、每一片瓦。同时，这个梦出现得也越来越频繁，持续的时间越来越长。

终于有一天，老太太在梦里看见了盛城站在院门外。

这简直是一个奇迹。

老太太无法形容她当时的心情，总之是百感交集，激动地醒了过来。

那晚她一夜没有再睡着。

至此，她终于相信了盛城所说的话。她庆幸自己一直坚持了下来。老伴真的从梦里回来了。

于是老太太对整件事更加投入了，每天耗尽心思地试图让梦变得更完整。

事也终于遂了人愿。老太太渐渐可以开始和梦中的盛城交谈，像以往那样过着平淡日子。那个大宅子，仿佛变成了她真正的家。

即便梦中的盛城一直很机械，一言一行都像是在循规蹈矩地遵循剧本，但对老太太而言，这已经足够了。

按说故事到这儿，如果可以就此收尾的话，怎么着都算是一个憾中补缺的结局。

可惜事情并没有如此结束。

随着做那个梦的次数变多，老太太发现盛城也越来越不对劲儿。就像是预设好的脚本被用光了，盛城开始变得无法正常交流，总是说着一些毫无逻辑的话，而后也渐渐地不再有自主行动，就像是一个完全照搬老太太行为的提线木偶，一举一动都和老太太保持一致。老太太走动，盛城才迈步。老太太坐下，盛城就因此坐倒在地上。

起初老太太以为是自己耗神过度，梦变得不稳定了。

用了几个晚上老太太才意识到，盛城留下的文字再多，可终归是有限的，无法支持梦一直做下去。

眼见着失而复得又即将失去一切，老太太再度陷入伤心之中。

那晚再做梦的时候，老太太在那个大宅子里，躺在床上一直没起来，闭着眼睛不愿面对现实。看见如同行尸走肉般的老伴，就如同再次看着他死去一样。

可这时，老太太突然听见，盛城却像是有了动静，等到她睁开眼去看，盛城的动作又停下了。

如此反复了几次，老太太终于确认，盛城并不是变成了一具空壳，而是因为这个梦是她的，盛城会被自己的感官所影响、同化。

有了这个念头之后，老太太专门又做了几次实验，分别遮住眼睛，捂住耳朵，捏住鼻子，尽量屏蔽了自己的感官，果然盛城就正常了一些。

老太太因此重拾了信心，但这并不是长久之计，更何况即便屏蔽了感官，那也仅仅是相对而言的，是做不到完全屏蔽的。而盛城，自然也无法完全恢复常态。

于是在思索了很久之后，老太太做了一个大胆的决定。

她决定在梦中，毁掉自己的感官，让盛城彻底解放。

〔09 · 大胆的尝试〕

这个决定并不算冲动，老太太仔细权衡了利弊。

首先，就算在梦中失去感官，换得盛城重新活过来，在老太太看来，无非是两口子一个在白天现实里活着，一个在夜里梦中活着。等同于用可以接受的代价，将人生的一半分给了老伴。

其次，在真正实施前，老太太是做了充分验证的，并且是有步骤地操作的。虽然这个过程在常人看来过于惊悚。

但结果证明，在一次次地对自己狠心下手之后，盛城真的像是活过来一般，如同我和庞叮在梦中见到的那样。

老太太讲到这儿忽然停了下来，似乎回忆自残这件事让她很难受，不停地揉着额头。

我没想到那个梦的起因竟然是这样，有些被震撼到了。我也没敢细想具体的画面，这老两口的确是真爱，但老太太的行为我总觉得有些过于极端了。

设身处地想的话，如果换作是我，即便是在梦里，我会做出同样的选择吗？这是在自欺欺人，还是另一种方式的死而复生？盛城真的算是在活着吗？

这似乎是一个哲学命题。可我并不是当事人，没资格发表什么意见。

于是我问道："那你怎么又被关到笼子里了？"

因为人越来越老，脑子不够灵光了，老太太无奈道："我有些支撑不住那个梦了。"

"你是指……？"

"你已经见过那条古街了吧？"老太太解释着，"之前那条街应该比你见到的要更长，更繁华。"

我思索了一下，明白了老太太的意思。

梦依托于人的大脑，里面的场景、环境乃至于出现的人和物，都是需要大脑的运算来创造的。倘若大脑随着年龄增长而退化，创造梦的能力也必然会随之减退。

这么说来，难怪那条街上的其他宅子都是大门紧闭的。这是因为老太太的大脑，已经不足以维持那么多可以交互的具象场景了。

实际上她梦境的真正范围，就是盛城所在的那户宅子。这也解释了，为什么几次见到盛城，他都没有走出过大门。

想到这儿，我不禁继续问道："那笼子是哪来的？那个笼子应该不是在一开始的计划之中吧？"

我回忆着那个笼子，看起来明显是现代工艺制作的，放在那个古风环境里很不协调，应该是后来才出现在梦里的。

老太太被我问得愣了一下，半晌才指点我拿起另一个笔记本，让我翻到最后。

我直接翻到了封底，这个笔记本的最后几页应该是后写上去的，用了不同颜色的笔。

我读了一下，顿时大吃一惊。这几页写的都是那个笼子的场景，竟然和我在梦中的所见一模一样。

文字的下面还有几行像是注脚一类的，写着如果处在更狭小密闭、行动受限的环境之中，可以让梦更稳定，人的行为可以更不被束缚。

看来老太太已经掌握了创造那个梦的窍门！她可以根据所需，任意添加东西进去。我心说，这样的话，倘若不是老太太年老体衰、脑力不足，岂不是她在那个梦中可以和造物主一样了？

我们每个人做的梦，都可以通过长期练习达成这种效果吗？只要脑力允许的话，每个人都是一个世界？还是说我们所在的这个世界，本来就是某个更高级别生命的一场梦？

我不由得联想得有点远，半晌才回过神来。

"那手指是怎么回事？这里面没写手指的事情。"我继续问道。

"那是老盛的主意。"老太太表情有些复杂地说道，"老盛说这是他想到的解决办法，让他身体的一部分和我不停地融合，这样总有一天我不需要屏蔽感官，他也可如常活着。就像是让梦认同了老盛也是梦的主人。"老太太试着解释道，"这听起来有点深奥，你能理解吗？"

我下意识地摇摇头，这跟听没听懂老太太的话无关。

我只是注意到了一件事，如老太太的话所说，盛城合着是知道自己是在梦中的，他也知道自己本来并不存在。那之前他招待我和庞叮，根本就是在顺着我们演戏。可他为什么要那样做呢？真的是担心硬来有可能敌不过，准备暗中下手的？还是盛城对此根本不在意，只是代入了自己的人设，避世赋闲，偶感无聊，碰见人聊聊天解闷？

明明在老太太的梦中，莫名其妙地出现两个陌生人，盛城理应感受到威胁。他就不担心我们破坏了这个梦，导致他自己也消失吗？

一时间我脑子越来越乱了。我总觉得这之中我遗漏了什么重要的部分，只是我暂时没有想到。

老太太忽然叫我，将我拉回现实。

"年轻人，现在事情也清楚了。我不知道你是怎么进入我梦里的，这个岁数了，对很多事情也不好奇了，只是……"老太太很礼貌地说道，"只是这是我的梦，也是我的家事，所以希望你以后不要来打扰了。现实还是梦里都不要，可以吗？"

我"啊"了一声。老太太说得没错，无论那个黑影是因为什么将我引到老太太梦中的，这说到底都是人家的家事。老太太无论做什么，都是人家的自由，我没资格干涉，也没有道理不请自来。更何况就算这一切有关联，老太太也没有任何义务要帮我。

于是我道："我明白了。可我之所以进到你梦中是有原因的……"

我还想试图跟老太太商量一下能否再进到她梦里，起码让我找到黑影引领我入梦的原因。

可老太太却站起身，一副送客的架势，打断我道："年轻人，我说得够清楚了吧。我老了，没精力去在乎别人了。"

我见状只好叹了口气，心知再说什么也没用了，只得说了声打扰了，起身准备离开。

老太太将我送到了房子门口，看着我出了门，像是要确认我真的会离开。

我轻咳了一声，把楼道里昏暗的声控灯叫亮。这栋楼毕竟有些年头了，即便亮了灯，光亮也仅仅能让人勉强看清楼梯。反倒是老太太家里的光照出来，在地上映下了我的影子。

我迈出去，人刚准备转过身来和老太太说再见，突然我整个人像是过电一样打了个冷战。

因为我猛然注意到，此时映在楼道里的影子，不仅有我的，也有我身后老太太的。而老太太的那个影子，轮廓很清楚，颜色明显比我的影子要深。

我一眼就认出来，这是那个印在床板底下的影子，也是那个团雾之中的影子。

〔10·真相〕

之前一直没注意到，或者说之前的光没有恰好照得这么明显。老太太刚才在房间里，特意让我坐在了光源附近，所以根本看不见她的影子。这一定是她刻意为之的！老太太果然有古怪！

我停下了动作，人刚转身到一半，所以姿势就很怪异。

老太太还在身后问我怎么了。

我很想把话挑明了问她，可不知道为什么，此刻我觉得脊背发凉，有点没勇气看老太太的脸。

这毕竟不是在梦里，现实中的恐怖要来得更强烈。

我用指甲狠狠地掐自己手心，提醒自己要镇定。人冷静之后，思维也变得敏锐起来。

跟着，我脑海里瞬间像是闪过了什么。等到我意识到忽略了什么事情，人本能地就回过身来，猛地挤开老太太又冲进了房里。

当下也顾不上害怕了，我几步就回到了那间卧室，任由老太太在后面追赶着大叫。

我重新拿起那个笔记本，快速地翻到最后几页。因为我要确认一件事，一件我刚刚光顾着想其他而不小心忽略的事。

那就是写有关笼子的这几页，明明应该是后来才写上去的这几页。

笔迹竟然和之前的是一样的！这笔记本上的文字，全是同一个人写的！都是盛城的字！

只不过因为换了笔的颜色，加上当时也没仔细注意，所以只在大脑里留下了一个瞬间印象，成了盲点。

等到这时候反应过来，我只觉得毛骨悚然。

盛城不是死了吗？怎么还可以写东西呢？这老太太一直就没讲真话吗？

老太太此时也奔回了卧室，迎面看见我拿着笔记本。估计是知道自己被识破了，她停下了叫喊，只是不动声色地看着我。

我看向老太太，下意识地就想找她的影子。只是整个房子里的灯现在都开着，根本看不到。

我用余光扫了一下，房间里没有称手的家伙，转念一想老太太应该也打不过我，于是我就把注意力集中在老太太身上，避免她藏着什么武器，搞突然袭击。

两个人就这么对峙了好一会儿。

我终于开口问道："你到底是谁？"

我之所以这么问，是因为我想到了一个可能性，一个看起来无比离谱，却在当下又很合理的可能性。

我意识到，眼前的这个人可能根本不是老太太，而是盛城。

我不知道盛城用了什么方式，也许就是在梦中我所见的那些手段。囚禁老太太，喂她吃……他并不是在梦里活了过来，而是直接占用了老太太的身体。

正因如此，盛城在最开始才不会担心梦是否被人破坏，因为他根本不会因此消失。严格意义上来说，做梦的人就是他自己。

这也解释了，为什么我和庞叮在眼看着就要干掉盛城的时候，梦会突然消失。明明老太太当时在暗室里，没办法这么及时地察觉到发生了什么。

因为让梦醒过来的人，是盛城。如同我让庞叮揥晕我，让自己醒过来一样。

我不知道这一切要如何用我已知的知识解释，如果站在心理学的角度，老太太思念至深，每日代入自己就是盛城，在长久的心理暗示和主动寻求之下，老太太变得人格分裂，出现了一个和盛城一样的人格。

这勉强算是一个答案。

可事实上呢？

老太太主动创造梦境，又舍身让梦中的盛城拥有了自我意识。盛城使用了手段，将老太太囚禁于梦中，自己代替老太太醒了过来，真正地活了过来。在日夜中，在梦境与现实里，用不同的两个人的身份存在着。

这也许是另一个答案。

我无法探究这两个答案究竟哪一个是正确的，反正无论是什么过程，结果是一样的。那就是眼前这个老太太，在对我说谎。

她必然与我老婆的噩梦有关系。

老太太听见我问话，嘴唇微微动了一下，但没出声，似乎在犹豫。

于是我又问："你是盛城？"

老太太的脸色明显变了，终于开口道："我是谁跟你有关系吗？"

"跟我老婆有关系。"我道，"你甭再用什么家事搪塞我了。老太太一心对你，千辛万苦地想让你活着，你就是这么报答她的？"我遇见了，我就要掰扯一下这个道理。

老太太嗤之以鼻，缓缓道："有谁会信你呢？"

"不需要别人信我。我给你一个机会，你身上的黑影，我在别的地方见过，先给我解释清楚。之后你把老太太放了，不然你总要睡觉的吧？"我略带威胁道，"每当你睡着，我就会准时出现在你梦里。一次不行，我会去两次，两次不行，我就去无数次，直到干掉你为止。你有信心几天不睡觉？你这把老骨头熬得住吗？"

老太太——准确地说应该是盛城，盯着我的脸迟疑了半晌，估摸着是想到了我和庞叮在梦中有多难缠，这才叹了口气，无奈地问："你夫人也看见黑影了？"

"黑影是在我家里出现的，我也看见了。"我问，"那个黑影究竟是什么？为什么和你的影子一样？"

盛城没回答问题，只是喃喃道："那快了……快了。"

"什么快了？"我急忙追问，"你别跟我云里雾里的，我的耐心有限。"

"她是不是已经没有梦了？"盛城问道，"你能出现在我梦里，证明你还是安全的。"

我立刻紧张起来，盛城果然知道内情。

我急忙道："对。我就是因为这个才寻来的。她先是做了一个怪梦，在发现黑影之后梦就消失了。你究竟知道什么？"

"黑影……"盛城像是陷入了回忆，过了一会儿才沉吟道，"和我当初一样。"

"坐下吧。"盛城说着，瘫坐在了床上道，"如你所说，我是把老骨头了，跑不掉的。"

我见他像是真的妥协了，就也坐回到垫子上。刚才虽然只是站了一会儿，但精神一直高度紧张，弄得我有些肌肉僵硬。但我没敢完全放松警惕，将胳膊搭在了背后的桌子上，保证自己能随时迅速起身。

"生老病死，我们都知道是天经地义的自然规律。我活了大半辈子，生离死别见过太多了。每个人都会有那么一天，没什么大不了的。"盛城缓缓道，"一开始我也是这么认为的，所以查出病之后，我只是害怕了一个晚上，真的就只用了一个晚上，我就接受了现实。

"当然，遗憾和不舍还是有的，但我更多的只是坦然。古往今来，那么多康健之人都能为情为义、为国为家而坦然赴死。

"我盛城一生坦途，只不过是顺寿殆尽、病入膏肓罢了，有什么无法接受的呢？

"所以在最后的那段日子里，我安然无虑，除了偶尔体感不适，过得挺舒服的。"盛城说着，目光垂了下来，"反倒是内人更加痛苦一些，世间皆是如此，撒手而去的人了然转身，剩下的人才会浸于苦痛。当时与其关注于自己必定的终点，不如担心内人之后要走的路。你是能理解的吧？"盛城抬眼问道。

我看着盛城。眼前的明明是老太太，但你知道说话的是另一个人，这让人感觉很不真实。

我道："我能理解。但以现在的情况来看，你也并没有所谓的坦然赴死啊。"

"是啊。"盛城点点头，惭愧道，"因为后来出现了那个影子。一开始影子出现得很不起眼，它可能在家里的边边角角，可能看起来像是一块污垢，可能你以为它只是你上了年纪或是疾病导致的视觉问题。总之，你根本不会注意到它，也没人会在意它。而后……"

盛城深吸了一口气说："而后随着时间推移，影子会越变越大，变得越来越明显，变得不再像是一个巧合，变得……像是真的一个人的影子。它会在各种各样的地方出现，很快又消失，就像是它故意展示给你看一样——它可以自由行动。你见过影子，你也知道会是什么样的。这期间甚至有一段时间，那个影子是我大腿上的淤青。起码当时我曾一度以为那是淤青。"盛城语气越来越激动道。

"你是说影子会变大？它变成了和人一样大小之后发生了什么？"我紧张地问道。

〔11 · 奉献与自私〕

我回忆着床板底下的影子，已经是真人尺寸了。如果真如盛城所述，那个影子恐怕早就出现在我家里了，只不过没有人注意到。我不由得自责起来，如果不是这段时间我一直耗在医院的事里，是不是就能早点察觉到这个异样了？对于家庭，我显然失职了。

想到这儿，我忍不住捶了自己一拳。可眼下事情已然如此，再自责也无济于事了。如果不是之前在医院梦里的探究，恐怕更无从寻找解决之法。

我只能这么安慰着自己平静下来，专注听盛城的回答。

盛城低着头，没有直接答话，也不知道是在故意吊胃口，还是在回忆细节。

过了一会儿才见他抬起头来，眼圈已经红了。

"之后……"盛城声音低了下去，"之后梦就没有了，是那种真正的没有了。每当睡过去的时候，人都像是真正地死去了。我没办法跟你形容出来，那不是一夜无梦、睁眼就天明，而是坠入了一种绝望，无边无际的绝望。我也是因此才知道，原来死亡之后，所谓的虚无，和我们以为的虚无，并不是一种感受。你没经历过，你不会知道那种感受有多么可怕。"

盛城不自觉地摇着头："如果那就是死亡，我不想死了，更不敢死了。"

盛城边说边微微颤抖着，人缩成了一团。

"我老婆也提过这件事，虽然我真的没办法感同身受。"我说道，"你因为怕死，才把你老伴搞成这样子？你于心何忍呢？"

"我是怕死！怕死不丢人！"盛城猛地喊出声来，整个人抖了一下，"你没体会过，你尽管说风凉话！如果你也有这么一天，你早晚会变得和我一样！"

我摇摇头说："如果所有人的死亡都是那样，我会接受的。就算不能接受，我也不会以折磨亲人为代价。"

"代价……"盛城不停重复着我的话，"代价……"

我见他似乎要崩溃，不敢再刺激他，只好又道："人都是自私的。我不同意你的做法，但不代表我不能理解。

"你之前讲的应该大部分是真的吧？你留下这些文字，然后让你老伴创造梦境，让你在梦中活过来。之后你囚禁她，占了她的身体。对吗？"

盛城有些机械地点头。

"你老伴也是主动弄坏了五官是吗？"我继续问道，"这就是占据她身体的方式，是吗？这些你是怎么知道的？"

"是那个黑影告诉我的。"盛城带着哭腔道，"在梦没有了一段时间之后，突然有一天我重新做了梦。梦中那个黑影找到我，告诉了我这个能活下来的方法。"

我道："所以从最开始，你就知道老伴会为了你实现这一切。在梦中的你还没拥有自我意识之前，或者说在现实的你还没死的时候，你就断定你的老伴会为了你自毁身体。这对你来说根本没有风险，因为一切都是在你的预料之中的。你最了解那个和你相伴一生的老太太，会愿意为你付出什么。"

盛城依旧点头，眼泪已经从他满是褶皱的皮肤上滑落下来。

"那些和笼子相关的文字，已经是你计划初步成功之后写的了吧？你已经开始可以使用老太太的身体了，但是不够稳定，所以你接着亲自去完善了那个梦。我的推测对吗？"

盛城不再有动作了。但我从他的表情能看出来，我猜得没错。

我盯着盛城，只觉得胆寒，同时为那个老太太感到不值。我从没想过所谓的自私到极致和奉献掉所有，能在一对夫妻身上同时看到。

我以为所谓的爱情，会随着岁月被揉碎，成为两个人的终极黏合剂，使两个人变成共同体。也以为人对于生命的认知，会在变老的过程中最终归于淡然。可眼前盛城的所作所为告诉我，是我太天真了。总有人会超出你对下限的想象。

我很想暴揍盛城一顿，可想了一下还是放弃了。毕竟身体是老太太的，打坏了得不偿失。

既然事情已经明了了，接下来盯着他把老太太放出来才是更重要的。至于那个黑影，盛城似乎对其也没有更多的了解了。

从他的描述来看，黑影似乎是和人一样的智能存在。

这样的话，我琢磨着是不是当初跑到常英梦中送照片的也是那个黑影呢？照片也是黑影拍的？对于一个影子来说，的确很难被注意到，倒真是无敌的偷拍者。

常英和盛城又都是在庞叮梦中的那栋楼里，也就是说，黑影必然也是和那栋楼有关。可它为什么又跑到我家了呢？如果说是来找我的话，倒是合理的，因为我也在那栋楼里。可明明做怪梦的，后来又失去梦的，都是我老婆，怎么会突然牵扯到她了呢？

我一时间有些焦虑，盛城是得了绝症之后才开始看见黑影的，我不知道这两者之间有没有必然联系。

老婆这么年轻，身体一向还可以，但我知道有些疾病的发展是很隐蔽的。梦有没有办法解决再说，我有必要先带老婆去做个全身体检。

这么考虑着，我觉得不能再在这里浪费更多时间了。

于是我道："老太太也这么大岁数了，早晚还是有一天要死的。你现在是捡了条命，可又能维持多久呢？放弃吧……我不想来硬的，所以我希望你听劝。"

盛城眼神空洞，脸对着灯光，过了许久终于点了点头。

我见状就继续道："我会监督你，希望你别耍花招。"说着我掏出电话来给梁棉拨了过去，很快梁棉就打着哈欠应了声。

他可能睡得有点迷糊，以为我还在酒店里，第一反应是我困在厕所里需要他送纸。等到我简单说明了一下情况，梁棉才如梦方醒地连"啊"了几声，表示会立刻赶过来。

酒店距离盛城的家本来就不远，接着等了十几分钟，梁棉就风尘仆仆地进了门。

梁棉进了屋之后，可能是怕遭背后偷袭，一直很警惕地盯着盛城。我看见他手里还攥着一块不知道从哪捡来的大石头。我害怕他一不小心真的闹出人命，就劝他给放下了。

一个使用老太太身体的老头子，估摸着在现实里也闹不出什么风浪了。更何况面对的是两个年轻力壮的大小伙子。

这么想着，我心知事不宜迟，就把坐垫让给梁棉，让他在床边盯着，顺手从兜里掏出特意从医院开出来的安眠药，要盛城吃了。

而后我也就地躺了下来，吃了两片药，准备入梦。

那老太太的身体对安眠药很不耐受，不一会儿我就见梁棉对我比手势，告诉我盛城睡着了。

可不知道是因为地板太硬，硌得人不舒服，还是因为越着急入睡，大脑越无法放松，总之我生生地躺了半天，愣是没有睡着。

最后实在没办法，我加了一片药，又挪到客厅的沙发上，这才终于渐渐地有了睡意。

可就在我迷迷糊糊、似睡非睡之际，不知怎的，我突然就想到，盛城之所以答应放弃，会不会也是他的一个圈套？

因为他已经掌握了在梦中所谓"夺舍"的方法，有没有一种可能，是盛城早就计划在老太太身体快不行的时候，换一副躯壳侵占呢？而我和庞叮，正是那主动送上门来、再好不过的人选，所以盛城在最初见到我们的时候，才会如此热络，为的就是让我们放下戒备，便于他动手？

一想到这儿我瞬间就精神了，人不自觉地坐了起来。

这下我不敢贸然入梦了，生怕这是自投罗网，可一时间又想不到什么万全之法，只得下意识地看向卧室。

梁棉是一直坐在门边的，为的也是提防盛城逃跑，看见我起来，他就悄声问我怎么了。

我把我的顾虑说了一下，梁棉就突然脸色一变，问我："那庞叮现在在哪儿？"

我经他这么一提醒，也才反应过来。之前醒来时，我和庞叮所处的位置不是在我的梦里，应该算是盛城梦境的外围。按照之前的经验，庞叮应该还在原地呢。倘若盛城重新做梦，庞叮多半还会回到盛城的梦里。

我暗叫不好，庞叮并不知晓现实里发生了什么。如果盛城诡辩诱她着了道，一切就都完了。

我这下也顾不上别的了，麻溜地躺回到沙发上。我心说如果再不入睡，我恐怕就要用上梁棉带来的大石头了。所幸，我很快就睡了过去。

〔12·解救〕

和猜测中的一样。入梦后我人果然就站在那条街旁边，四周没见到庞叮。我不敢耽搁，直奔盛城的宅子而去。我一路上叫着庞叮的名字，可没人回应。

宅子的门是大敞四开的，冲进院子，正房里也没见到人影，就连盛城都不知道去了哪里。

盛城要比我早入睡很多，多半已经和庞叮碰面了。这让我的心悬了起来，不由得提高音量叫着庞叮的名字，赶去里屋搜索。

人刚进里屋，我就依稀听见了庞叮的声音从那个暗室里传出来，伴随着"叮叮当当"的金属碰撞声。

我心说坏了，看架势庞叮已经被禁锢了。我赶忙钻进暗道，同时大声警告着盛城别乱来。

谁知却听见庞叮在里面回应道："黄医生，盛城只剩乱了，没法来啦！"

我这下长出了一口气，看来庞叮没事。这时我正好钻出了暗道，借着摇晃的油灯光抬眼一看——

我整个人就愣住了。

只见此时盛城被关在那个笼子里，缩成了一团。那老太太则手足无措地站在笼子边上，似乎不太清楚发生了什么。而庞叮正一边围着笼子转悠，一边对着笼子时不时抬脚猛踢，嘴里还不停念叨着："就你是坏老头儿啊？就你是坏老头儿啊？"

看见我进来，庞叮解释道："黄医生，这个老头儿想偷袭我！太不讲武德了！"

我忍不住有些想笑，冲盛城道："你果然是贼心不死啊。"说着学庞叮的样子也上去踢了一脚，盛城只是抱着头，没做任何回应，像是终于认命了。

我感慨着，最终还是得来硬的才能解决这一切。所谓贪生怕死，形容盛城再贴切不过了。

我看着盛城，他此时的状态让我很解恨，不由得想多看一会儿。

同时，我把现实里新知晓的事情给庞叮讲了一下。庞叮听后差点尖叫出来。看了看一旁可怜的老太太，庞叮怒不可遏地就去开笼子的门，说真是关进去早了，应该多揍一会儿。

我这才看见盛城几乎是遍体鳞伤，连衣服都破了几个窟窿。看来之前庞叮是下了狠手。想着既然人都关进去了，就别再放出来徒增风险了，我劝住了庞叮。

庞叮就只好悻悻地摇晃着笼子，骂道："快消失吧，老坏蛋。"然后长出了口气又说，"骂完好舒服啊！"

我对盛城道："放弃吧。让你老伴回来。"

盛城终于抬起头来，看着那老太太，似乎欲言又止。接着他小心地把自己的手指，从笼子缝隙伸了出去。

庞叮见状，牵着老太太的手，让她握住了盛城的手指。

老太太突然就变得很激动，整个人都微微颤抖着。她猛地松开手，捂住了自己的脸，哭了起来。

我不知道老太太这是委屈，还是意识到了这是最后的告别。不只是她对盛城的告别，还有对这横跨了十几年之久的努力告别。

　　我很想安慰老太太，但她听不见我的声音，只得作罢。等到我把视线转过来再看向笼子，就发现盛城已经消失了。

　　这一切明明就是在梦中，但我脑海里还是浮现出一个词——如梦一场。

　　之后的事情就毋庸赘述了。我们安顿好老太太，就先一步离开了古街。

　　我用和之前同样的方式，离开了梦境。醒来后匆匆喘了几口大气，我就回到卧室叫醒了老太太。

　　老太太醒来后迷茫了很久，不敢相信自己真的从梦里出来了，一直在抹眼泪。我和梁棉安慰着她，尽量详尽地讲述了一下事情的经过。

　　老太太听后就一直缓缓摇头，不知道表达的是失望，还是无奈。

　　我想可能两者都有吧。

　　又过了将近两个小时，天都大亮了，老太太才终于能缓缓开口说话了，但口齿很不清楚。可能是在梦中长期无法说话，表达能力也随之退化了。

　　但我听懂了老太太是在表达感谢，并且还想下厨留我们吃饭。

　　我看老太太的身体状况，甭说做饭了，可能走路都费劲儿，就先在手机上给她订了三天的外卖，婉言谢绝了她的好意。

　　之后因为惦记着家里，我决定先回酒店小憩一下，等恢复精神可以开车了，尽量在今天赶回去。

　　老太太颤颤巍巍地要送我们到门口。等到我们下楼了，我又看见她站在窗口和我们挥手。

不知道为什么，这就跟治愈了一个患者一样，让我感觉很欣慰。

直到回到酒店，这种感觉还让我胸口暖暖的。

为了节省时间，我连衣服都没脱，就直接躺下了。因为安眠药的药效尚在，我几乎瞬间就睡了过去。和庞叮集合后没多久，梁棉也入梦赶了过来，将我们接回了我的梦中。二人一车就在公交站休息，扯闲天。

我们分析了一下那个黑影。我总觉得无论是常英的梦，还是盛城的梦，都是那黑影鼓捣出来，专门借此对付我们，就像是在我们的前路上布置好重重陷阱，就等着我们挨个跳进去。

可他为什么要这么做，始终是个谜。

庞叮就怀疑那个黑影有可能也是那栋楼里的某个人，为了自保来先下手为强的，毕竟她庞叮心狠手辣、杀人如麻。

我笑着说你现在已经对自己的定位如此清晰了吗？

庞叮就玩命点头，装着凶狠的语气说："没办法，本人太辣啦！"

两个人这么开着玩笑，倒是轻松了不少。至少把盛城的那档子事暂时遗忘了，算是做了个心理按摩。

不知道过了多久，我突然听见一阵嗡嗡声，与此同时我意识到应该是我设置的闹钟响了，人就跟着醒了过来。

可我拿起手机却发现，并不是闹钟，而是一个陌生号码打来的电话。我看时间已经中午了，本以为是我给老太太订的外卖出了状况，谁知接起电话，就听见那边问道："请问是黄匡正医生吗？"

我"嗯"了一声，那边就自报家门道："冒昧打扰您了，我也是通过医学院的同学找到您的联系方式的。我这里是同舟精神病院，我是精神科的医生。"

我吃了一惊。精神病院？什么意思？别告诉我其实我根本不能进入别人梦境，而是得了妄想症。我诧异道："您有什么事情吗？"

"哦。是这样的，有件事想请问您。我这里有一个病人，叫陈千法，请问您认识吗？"

因为安眠药的作用，我头脑并不清醒，下意识地摇摇头，又马上想到这是在打电话。

我道："不认识。怎么了？"

"呃……不认识……"对方好像很意外，迟疑了一会儿，才又道，"是这样，我们这里这个叫陈千法的病人，说要杀掉您。"

我立刻打了个激灵，指名道姓地要杀我？我自认为平日里行端影正，也没和什么人结过怨。别说心理科没机会收红包，就是有，我也从没动过歪心。怎么莫名其妙地有个精神病人来寻仇呢？

"您确定找的人是我吗？"我问，"我的确是医生，但我和他没有瓜葛啊。"

"嗯，我也知道很冒昧，您没有义务协助我们。"对方解释道，"但现在病人还没有过暴力伤害他人的实质行为，所以我们无法一直留他入院治疗。这边担心病人出院后，有可能会对您的安全产生威胁，还是……"对方犹豫了片刻，"还是希望您可以亲自过来一下。因为这个病人的病情……有点奇怪。"

"怎么奇怪了？"我下意识地问道，"他做噩梦了？"

"您见到就明白了，电话里真的三言两语无法和您解释清楚。您稍等一下……"

电话那边似乎被临时打断了，过了一会儿，对方才重新道："您是不是还有一个叫庞叮的朋友？病人刚刚说也要杀掉她。"

我简直是目瞪口呆，不由得把梁棉叫醒了，好确认自己不是在做梦。

对方是精神科医生，平日里见到的病人那么多，连她都说病情奇怪，恐怕这事真的不简单。不仅知道我，甚至还知道庞叮，我心说那个叫陈千法的病人，难不成也是和那栋楼有关的？

　　我思索了一下，同舟精神病院所在的城市，我们回去正好会经过，短暂停留的话，顶多耽搁半天时间。

　　保险起见，我决定还是亲自去看一下有什么玄机。

| 第四章 |

寻梦

〔01 · 陈千法〕

于是我在电话里应了下来，和对方约好了时间，确认了具体地址。对方感激地连连道谢，说她姓郭，到时会和我对接。

挂了电话，我人还是有些发蒙，直到用冷水洗了把脸，才觉得彻底清醒了。

梁棉被我叫醒之后，看见我在打电话，就很识相地一直没出声，等到这时才问我发生了什么。

我把电话的内容给他讲了一遍，梁棉就耸耸肩，说他以后改行画漫画算了，跟我出来这一趟，把几年的故事素材都积累够了。

我心说的确，这几天发生的事情接二连三、跌宕起伏的。只是不知道整件事是因此变得明朗，还是更迷雾重重了。

人既然已经起来了，我和梁棉就决定抓紧启程。二人就近在酒店的餐厅吃了顿便饭，填饱了肚子就开车上了路。

一路无话，开了两个小时有余，我们就抵达了同舟精神病院。因为快到之前我就知会了那个郭医生，车刚停好，她就已经在大门口迎我们了。

有点意外的是，这个郭医生看起来很年轻，应该刚毕业不久，人长得很漂亮，也非常热情。梁棉就一直很主动地和她搭话聊天。

郭医生一边简单介绍着医院的情况，一边领着我们去了她的办公室。

我虽然也是医生，但专科的精神病医院我是头一次来。

之前唯一的了解也仅仅是听某个同校毕业去了精神病院工作的师哥偶尔讲的工作趣事。

所以进了医院之后，一路上我不免一直在东张西望。和想象中不同的是，我本以为精神病院会看起来森严冰冷，和很多影视剧里展现的一样，结果一路看下来，整个医院的环境干净舒适，采光尤其好，比我所在的医院漂亮多了，弄得我还很羡慕。

进了郭医生的办公室，我发现比我的诊室要宽敞太多，甚至还有沙发和几个盆栽。我就只能感叹是自己选错专业了。

郭医生安排我们在沙发上坐下，给我们拿了两瓶瓶装水，又出去交代了一下，回来告诉我们在给病人做准备，之后才讲起那个病人的病情来。

郭医生说，病人是前几天才送进来的，是第一次发病，但发病已经有一段时间了。

一开始患者的家属只是当作中邪，到处拜求江湖术士，可天南海北地折腾了一圈，患者的症状不轻反重，这才下定决心送医。

患者具有很强的攻击性，会毫无预兆地打砸身边的人和物品。无论认识与否、关系远近，患者身边的人，几乎每个都被袭击过。

虽然目前还没有造成太大的伤害，最多也就是破皮擦伤，或是淤青红肿，家属也愿意包容，但有好几次是波及了陌生人的。家属连番赔钱道歉，求情安抚，还是被弄得身心俱疲。

事实上，家属已经对其尽力严加看管了，将患者关在房内，几乎整日守着。但毕竟家人也是要生活的，总会有无暇顾及的时候，只要稍不留神，患者就会趁机逃脱。甚至有几次，患者居然乘坐飞机或是高铁去了其他省市，试图攻击陌生人。

家属费尽千辛万苦才终于将人寻回来，至今也不知道从未出过远门又身无分文的患者是如何做到这一切的。

总之，这种情况一连出现了几次之后，家属生怕患者早晚会闯下大祸，也心知这样下去整个家庭会一并被拖垮，这才终于狠心把患者送了进来。

患者入院后并不配合治疗，也可以说是病情导致他无法配合治疗，并且始终带着很强的敌意。

郭医生几次诊疗都不太顺利，也险些被打。但郭医生医者仁心，一直没放弃，终于在上次与患者的对话中，突然听患者提起了我的信息，说要杀掉我。

郭医生认为这可能是患者精神分裂症的最初刺激来源，猜想是不是我曾经伤害过患者，或是因为类似误诊之类的事情，给患者留下过精神创伤。

她因此调查了一下是否有过相关的医疗纠纷，并且着重又去询问了患者家属。没承想，这一问之下，令她大吃一惊。

患者家属被她提醒，才想起患者在发病之初，曾经画下过几幅画，上面也有黄匡正的名字。当时家属以为这是患者被一个叫黄匡正的污秽上了身，这才去寻访所谓的高人求破解。而后操办了几次法事，钱花了不少，患者却始终未好。

家属这才终于接受，患者是真的有了精神疾病。而那个黄匡正的名字，没准就是患者无意从哪里听到的，精神错乱无意写下的罢了。加上整个家庭被患者搞得手忙脚乱、焦头烂额，患者再也没画过什么东西，久而久之，也就把这事给忘了。

如今郭医生问起来，所幸画还没丢，家属就翻找出来，交给了她，其余的也没再多问。也不知道他们是真的完全信任医生，还是在患者入院之后，摆脱了累赘，不想再打破宁静了。

郭医生说到这儿，从抽屉里翻出一沓东西，递给我。"画在这里，后面是患者的资料。"郭医生道，"画得和你本人挺像的。"

我端详着手里的画。这幅画应该是用彩色蜡笔画的，我给女儿也买过一套，画风虽然很粗糙，但我一眼就能看出来，这画上的人是我，神韵和特征抓得很准。

画的正上方也真的有用黑笔写着我的名字。整幅画因为是个半身像，加上那个名字，猛地一瞅跟通缉令似的。

我翻了后面的几张，发现都差不多，无非是换了几种颜色罢了。

看了一会儿，说实话，我并没有觉得有什么太奇怪的。

我虽然不是名人，但照片是可以很轻易就在我们医院的官方网站上找到的，同样也是类似的半身像。患者既然知道我姓甚名谁，又知道我是个医生，自然可以找到我的照片，再照着照片画下来，没什么大不了。无非只是能说明这个叫陈千法的患者有点绘画天赋。

我这么想着，就顺手把画递给梁棉，他毕竟是专业的，让他看看兴许能发现端倪。

之后我就边翻看着患者的资料边问道："听你说的，这个患者只是精神分裂的标准症状啊，哪里奇怪了？我不知道他是怎么认识我的，你也知道这种精神病人没法用正常逻辑来评估，说不定是他偶然看到我的信息，加上自身妄想，认为与我有不共戴天之仇了？至于那个庞叮……"

我刚想说庞叮可能才算是奇怪之处，因为她是我的一个病人，这个陈千法不应该知道庞叮。

然而没等我说出口，我就扫见了患者资料上的一行信息。

我忍不住抬头看向郭医生。她冲我微微点头，意思很明显，我现在的这个发现才是整件事的奇怪之处。同时，我也明白了为什么患者家属一开始会如此认定患者是中邪了。

因为这行信息是：陈千法，既往病史，先天性眼球发育不良，导致婴幼儿时期视力完全丧失。

我感觉脑袋"嗡"的一下。这个陈千法是个盲人！而且是从出生开始，就完全看不见的那种。

那他是怎么知道我的长相的？而且还能那么准确地画下来？

〔02·盲人视物〕

对这种先天失明的人来说，就算他对很多事物的形状可以通过触摸来感知确认，但他根本无法知晓这世间万物的颜色究竟是什么样的。他无法理解黄皮肤的黄是怎样的，也无法明白红嘴唇的红又是怎样的。

那他是如何把这些颜色准确地用在那些画上的呢？更甭说要精准地构图和落笔描线了。还是说他的家人在说谎？是别人画的，或者是有人在旁手把手地指导？那这处心积虑地搞这么一套东西，又有什么目的呢？

患者之前在家属的看管之下可以逃跑，他一路上又是怎么旅行的呢？

一个全盲的人独自出走，是很困难并且危险的。尤其是还要到完全陌生的城市。

可这个陈千法却做到了，这实在令人匪夷所思。

这不是天方夜谭吗？

我愣了半晌才算缓过神来，我问道："这个陈千法是真的从小就盲了吗？会不会仅仅是弱视，在装盲人？"

"我一开始也无法相信，所以很严谨地确认了，是真的看不见。"郭医生道，"这的确很奇怪不是吗？"

我做了个深呼吸，连话都说不出了。一时间只觉得满脑袋的问号，挤得头快炸了。

"这画是盲人画的？"梁棉举着那些画道，"我倒是真听说过盲人作画，但毕竟是少数。画成这样，这个星球上不可能有人能做到。要么他就不是真盲，要么他就不是真画！"

"那如果两者都是真的呢？所以希望二位可以帮忙找到答案。"郭医生冲我问道，"您准备好见患者了吗？可能对方不容易交流。"

我想起梦中的那老太太的状态，心说总不至于比那个还难沟通吧。

我深吸了一口气道："走吧，你我都是医生，解谜其次，看看能不能治愈他才是关键啊。"

虽然我人是亲自来了，但这事毕竟过于玄乎。郭医生可能是怕我临门退缩，见我应下来，她很欣慰地连连点头，之后就领着我们去了走廊尽头的一个房间。

不知道为什么，在那个房间门前，郭医生整个人的动作都放轻了，拧门把手的时候都小心翼翼的。

弄得我也不由得有些紧张，这场面看起来和很多恐怖片的桥段一样。

梁棉倒是挺心急，门刚打开了一条小缝，他就挤过脸要去看，但被我拦住了，只好又排在我身后。他小声嘀咕道："这怎么弄得跟排队上厕所似的？"

我没搭理他，注意力全放在了房间里。

就见郭医生探头进去，像是和里面的人确认了一下什么，接着才把门打开，请我们进去。

这个房间并不大，又没有什么多余的陈设，所以门刚打开，我一眼就扫完了全貌。

整个房间没有窗户，但灯光给得特别足，甚至有些过于明亮，一开始眼睛还没有适应，觉得还有些晃眼。房间的墙壁上都贴了海绵垫，估摸着是防止病人发病时自残的。房间的正中央摆着几把椅子。

此时一个看起来三十岁出头、瘦削的男人，正对着房门坐着，身上穿着约束衣。

我心知这个人就是陈千法，不由得打量着他。

让我有些意外的是，这个陈千法，并不像很多常规印象中的精神病患一样——蓬头垢面、神情呆滞，反倒拾掇得干净利落，发型都像是精心打理过的。

可能是灯光的缘故，他整张脸看起来面无血色，跟开了滤镜似的。眼睛的确是紧闭着的，下巴微微抬着，给人感觉趾高气扬的。

他身后还站着一个虎背熊腰的汉子，看着装应该是护工。

郭医生刚才应该就是和他确认了一下是否安全。

我在门口站了足有半分钟，可还是没想到要如何做开场白。

这不是个普通的病人，我总不能和平日里出诊一样，问他是不是情绪不对，只得先拽了把椅子面对着陈千法坐了下来，心说他既然声称认识我，那我干脆自报家门看看他什么反应算了。

可还没等我开口，就听陈千法忽然说道："我终于见到你了。"

他的语气很平淡，并不像是在对一个非杀不可的仇人讲话，面部也没有多余的表情，只是将脸对着我。即便他的眼睛紧闭着，但我还是仿佛能感受到他的目光一般。

虽然已经有了心理建设，可还是让我有些吃惊，陈千法用到了"见"这个字。

我忍不住问道："我知道肯定很多人这么问过，你是真的可以看见吗？"

陈千法没有接话，转头对着坐在我身旁的梁棉问道："你又是谁？"

梁棉被问得一愣，就听他含糊道："我看过你的画。"

陈千法轻蔑地动了一下嘴角，又把脸对向我："这不是你请来的什么眼科专家吧？看岁数也不像啊。"

我有些哭笑不得，只是摇摇头。

短短几句话的工夫，陈千法似乎一直在有意无意地展示着他的确可以看见。甚至我刚刚摇头的动作，也说明了我潜意识里已经接受了这一个设定。或者说，他拥有的可能并不是所谓的视力，而是一种我们目前无法理解的，可以观察周遭的方式。

难不成是传说中的特异功能？我在心里嘀咕着。

按理说作为一个接受过正规教育的医生，不应该相信这些东西，起码之前的我，是一定不会信的。可近来的种种遭遇，让我的世界观正一点一点地被颠覆。说实话，这让我越来越无措，尤其是面临这种无法用常理解释的事情时，我不知道该以科学还是幻想为思考的出发点。

我悄悄掐了自己一下，眼下不是该分神的时候。

于是我顿了顿继续问道："我听郭医生说，你想杀掉我？我们有什么过节吗？"

"过节？你认为这种只能算是过节吗？"陈千法低头想了一下，抬头面向我问道，"那个叫庞叮的怎么没和你一起过来？"

"你也认识庞叮吗？怎么认识的？"我道，"你从哪里见到我和庞叮一起的？"

　　这个问题其实是我抛出的一根针。我和庞叮在现实中只在医院里见过，倘若这个陈千法说出别的地点，那必然可以推定是在梦里。虽然这依然无法解释为什么陈千法在现实中可以看见东西，但起码顺着这根针有机会将一切都串起来。

　　结果陈千法压根儿就没接我话茬儿。

　　他只是调整了一下坐姿，看起来约束衣让他很不舒服。最终他只能佝偻着身子又抬头面向我，忽然把声音压低了下来。

　　"你一直在问我问题，我倒是想问你一个。"陈千法一字一顿地问道，"你们到底是什么东西？"

　　我被问得一愣。听他的语气，这句话并不像是在骂人，而像是真的想要得到答案。

　　"你……什么意思？我没太明白。"我道。

　　"呵。"陈千法笑了一下道，"我改变主意了。"

　　"什么主意？"

　　"我不想杀你了，我要让你活着。而且我要让你平平安安、毫发无损地活着。我要你亲眼看着，我这双手……"陈千法说着，用下巴指了指被套在约束衣里的两个胳膊，继续道，"我这双手，是怎么一下一下，把你身边所有你珍惜的东西带走。我觉得吧，只有这样，你才能稍微有那么一点儿反思，反思你们曾经做过什么。"

　　陈千法停顿了一下道："对吧？"

　　我是彻底一头雾水了。听陈千法的意思，还真是对我和庞叮有深仇大恨。可我之前和他素昧平生，怎么就招惹到他了呢？

　　看这个架势，恐怕也是积怨已久了。

　　我估摸着，他之所以没有对我咆哮、怒骂之类的，完全是因为穿着约束衣。单纯的言语泄愤，对他已经没有任何意义了。

这反而证明他一旦有机会，恐怕真的会付诸实践来报复。

如果是针对我的，那倒也罢了，可他现在分明是在威胁我的家人。这我不能容忍。

于是我严肃道："你如果愿意交流，我就坐在你对面，可以听你慢慢把话讲完，讲到你没话说为止，有什么误解，我也愿意给你解释清楚，但如果你拿我的家人威胁我，我也希望你能清楚，有些人之所以是一个好人，那完全是因为他选择了做一个好人，而不是他没有做坏人的能力。如果只有变成坏人才能保护自己的家人，哪怕是要变得比坏人更坏，我不会有一点儿犹豫，你明白吗？"

陈千法半晌没说话，只是将脸对着我，最终"呵"了一声道："我明白了。"

我道："那你现在可以回答问题了吗？我、庞叮和你有什么瓜葛？"

"今晚你就知道了。"陈千法冷冷道，"郭医生，我很累，我想回病房休息。"

〔03 · 夜晚会来袭〕

虽然我很想继续追问下去，但眼下这个架势，谈话也只能到此为止了。

郭医生还试图打打圆场，可那陈千法压根儿就不再吭声了。最后郭医生只能有点尴尬地又把我们领回了办公室。

那陈千法没有明说，但我隐约觉得他那句话一定和梦有关。指不定他还有什么我们不知道的手段，可以在梦里下手作恶。

这么想着，我也不打算在医院久留了，跟郭医生匆匆寒暄了几句，告诉她这件事我会继续调查，让她放心。

之后我就和梁棉就近找了家酒店住下。目前一切都不明朗，我怕贸然回家，反而会把祸端引回去，只能又跟老婆通了个电话，告诉她我要在这儿多耽搁两天，先观望一下陈千法这件事的进展再说，让她不用担心，有什么事情第一时间通知我。

打电话的时候女儿一直吵着要跟我讲话，说想我了。老婆心知我这边一定有事要忙，所以刚跟女儿聊了两句，她就把电话要回去了。老婆告诉我，女儿正巧有个亲子作业，她们在娘家还是有稍许不便。而且，娘家人总怀疑我们两口子闹了什么矛盾。老婆本来就不会说谎，生怕说漏嘴让老人徒增担忧，考虑再三，还是决定回家等我。她让我放心，家里一切她应付得来。我在电话里听见女儿在不情愿地撒娇，不由得有点心酸，心说无论付出什么代价，我都要拼命保护好她们母女俩。

梁棉可能是被陈千法展示盲人视物惊到了，话一直都很少。

等到我打完了电话，他这才如梦方醒似的冒出一句："这事不太对劲儿。"

我问他："有什么发现吗？"

梁棉就道："那个陈千法好像是故意要引我们到医院来见面的。"

我一听也是开了窍，梁棉说得没错。

之前听郭医生所述，陈千法已经全国各地跑过了不少地方，加上他根本不会因为眼盲受限，简直是畅通无阻。

如果他真是与我有不共戴天之仇，又知道我姓甚名谁，还是个医生，很容易就可以查到我坐诊的医院，从而直接找上门来寻仇，就像梁棉最开始找到我一样。没必要兜这么大一个圈子。

这么说的话，我心说这个同舟精神病院难不成有什么门道？是陈千法特意选择的见面地点？

甚至他之前装疯，表现得有攻击性，一切都是为了被送进同舟精神病院做铺垫？

这一切全都是在他的计划中的？可这么做又是为什么呢？一定不会是仅仅要复仇这么简单吧？还是说这个地点是他复仇的必要前提？

我回忆着在同舟精神病院里的每个细节。似乎没什么值得注意的地方。一时间我是毫无头绪了，只得走一步算一步了。

陈千法既然说是今晚，必然夜里是会出幺蛾子的。

我和梁棉商量了一下，因为不知道陈千法究竟有什么手段，所以决定由我入睡，去梦里调查，梁棉就负责守夜，防止现实中有什么状况发生。这样相对稳妥一些。

此时也已近傍晚，我们叫了个外卖，填饱了肚子，之后把酒店的房间稍微布置了一下，两把椅子一把抵住了门，一把放在了床边留给梁棉。

眼看着天一点一点地黑了下来，窗外街道上的路灯刚亮，我就抓紧躺上了床，寻思早些入梦，去和庞叮通下气。

但毕竟时间太早，我这一天即便开车很累，可一时半会儿也还是没能入睡。最后没办法，只好用了两片之前剩余的安眠药。梁棉又打开电视放了点一听就困的新闻节目，我这才终于迷迷糊糊地睡了过去。

发现自己入梦的第一时间，我就叫庞叮的名字。可空旷的四周，无人应答。那张庞叮经常会坐的长椅上也没有人影。

我猜想她可能是在那个公交车站，于是寻了过去。可是意外的是，还是没见到庞叮。我心里隐隐有些不安，但我的梦毕竟挺大的，没准庞叮就是和之前一样四处闲逛去了。

于是我就决定去那长椅上等她。可我人还没等走到长椅边上，就发现有些不对劲儿。

匆匆几步凑过去，我顿时吃了一惊。

只见那张孤零零的长椅上，不知道什么时候有了零星的几小摊血迹，散在椅座和四周的地面上。

我伸手摸了一下，血迹甚至还没有完全干掉，应该就是不久前才留下的。

我心说不好，这八成是庞叮的血迹。她这是被人袭击了吗？

可这是在我的梦里啊！就算之前种种诡异的发现，证明了有人可以进出我的梦境，那也得是我在做梦才行啊。怎么在我没做梦的情况下，还有人可以进来袭击庞叮呢？

可倘若这一切是在我入梦之后发生的，那也太电光石火了吧？

在我入梦时两人还在缠斗，然而我从梦中睁开眼的这一刹那，不仅袭击者，就连庞叮都瞬时无影无踪了？

我入梦后的第一反应就是习惯性地看向这张椅子，我可以百分之百确定没有发现任何人。

这种长椅的椅背是镂空的，椅子腿就是四根手腕粗细的金属棒，即便可以遮挡一部分视线，那也绝无可能藏下一个人啊。

更何况，在场的起码是两个人。

我蹲下来仔细查看着椅子，越看越觉得心凉。因为我发现椅子上不仅有血迹，还有很多磕碰或者是刀砍过的痕迹。

如果说我之前还抱有幻想，也许是庞叮不小心弄伤了自己，此时是去找地方包扎了，可现在事实已经说明了一切，这里分明是经历了一场打斗。

对方并不是赤手空拳而来的，而是携带了武器，摆明了就是奔着害人来的。

这一定是陈千法做的。

可他是怎么做到的呢？

我不敢坐在椅子上，生怕破坏了什么还未发现的线索，只得就地蹲了下来，一边喊着庞叮的名字，一边思考着是否有什么疏漏。

我不知道人入梦时有没有一个所谓的缓冲区。假定这个缓冲区是存在的，也就是我人还没进入梦境之前，梦境已经先形成了，等待着我进入，类似先由大脑创建场景。或者说梦其实一直就没有彻底消失，而是被储存在大脑平日里不会使用的区域。

人在清醒时无法调动大脑中这个区域的信息，只有在入睡时才能调动，这样一来，就如同庞叮在我清醒时也可以在我梦中活动一样。

只要我不死，我的梦就一直是客观存在的，而这时那个陈千法，或是别的人用什么手段先行进入了我的梦，猝不及防地袭击了庞叮，之后将庞叮掳走，只留下了现场的血迹。

这样倒是可以解释得通了。

可对方又是怎么进来的呢？难道这就是陈千法要引我去同舟精神病院见面的原因吗？

我正这么想着，忽然就听见远远地传来了一声奇怪的动静，扭头一看，我忍不住"啊"了一声。

只见从庞叮梦中开始，而后我梦中也出现的那栋楼，那扇很久前就已经无法打开的门，此时不知道被什么人从里面推开了。

我心跳到了嗓子眼，眼睛都不敢眨了。而楼里面的人像是在故意吊我的胃口一般，迟迟没有出来。

我只能看见他缓缓伸出了小臂，凭空挥动了几下，像是在试探着什么，又像是在和我打招呼。

我实在忍不住了，于是叫道："是谁啊？庞叮吗？"

楼里面的人听见我的喊声，像是终于确认了没有危险，从楼门里闪身出来了。

我定睛一看，长出了一口气，果然是庞叮。

看来甭管什么袭击者，到头来都得被庞叮拿下。我估摸着她可能是为了保险起见，又发现那扇门不知道什么时候可以打开了，就躲到了楼里。就算再能打，一味逞强浪费实力，也是没意义的。

我问道："你受伤了吗？"

庞叮边向我走来，边低头查看了一下自己的胳膊和腿，摇摇头。

我说："那就好，我还以为这血是你的，究竟发生什么事了？"

庞叮就道："我也不太清楚。我坐着好好的，突然就感觉身后有人，等我意识到那个人不是你的时候，对方已经用刀砍过来了，我下意识地跟他过了几招，他就跑掉了。"

"跑哪儿去了？你看清他的长相了吗？"我问道，"现实里发生了一些事，有个叫陈千法的人。"

"陈千法？"庞叮寻思了一下，摇头道，"我不认识这个名字。我也没看清他的样子。"

说着庞叮指向了那栋楼："他往那里去了，所以我才追进去了。"

"他能进那栋楼？"我诧异道，"我也觉得那个陈千法和那栋楼有什么联系，说不定他也是楼里十三个人之一。"

"是吗？"庞叮略带遗憾地说道，"可惜我没看见他的长相，而且进去了我也没找到，楼里所有人都不见了。"

"不见了……"我不自觉地重复着庞叮的话，思索着整件事要如何串起来。

"先坐下吧黄医生，我们从头捋一下思路。"庞叮指了一下长椅上没有血迹的地方。

"好。"我坐下道，"你刚才就是这么坐着，对方是毫无征兆地出现的，对吗？"

"对的。他就出现在我站的这个位置。"庞叮走到了椅背后。

"然后他也没出声，直接动手的？"我继续道。

"对的。"庞叮的语气突然放轻了。

我还想问对方拿的刀是什么样子的，可没等张嘴，我突然感觉庞叮猛地动了一下。我本能地侧头一看，就见庞叮正挥着一把刀朝着我劈了下来。

我想躲，可此刻已然来不及了。我只感觉肩膀一凉，跟着就是一阵剧痛，余光看见血已经从衣服破开的口子里涌出来了。

"你干什么？"我大叫着站起身来。

庞叮却丝毫没有要停手的意思，半个身子顺势探过长椅，用刀刺了过来。

〔04 · 假冒的庞叮〕

这次我已经有了防范，后退了一步。庞叮刺了个空。

与此同时，我也意识到了，眼前这个人绝对不是庞叮。我不知道他是怎么做到易容的，而且还是在我的梦里。

庞叮之前八成也是被他的易容骗了，才着了道。他当时多半冒充的是我。

我道："你是谁？"

"庞叮"的脸逐渐扭曲了起来，这个表情有几分熟悉。我顿时想起来一开始在医院里守夜，观察庞叮入睡的情境。她在睡着时也曾经有过同样的表情。

"怎么装不认识了？"见第二次没有刺中，"庞叮"反而不再着急了，手垂了下来，有些调笑道，"黄医生，是我啊。"

我说："你没必要跟我演了，这种桥段太老套了。你要真是个汉子，你告诉我你是谁。"

"是谁？你不是口口声声地说可以做一个坏人吗？"

"你是陈千法？你是怎么进到我梦里的？"我盯着他道。

"庞叮"，或者此时可以说是陈千法，用刀背轻轻地敲着长椅，绕到了长椅前面。我只好后退了几步，与他保持一定的距离。

"怎么回事啊。"陈千法感叹道，"你怎么好像很怕我？放心，通常来说，反派是不会这么快就解决掉主角的，不是吗？"

我道："那庞叮在哪儿？"

"在哪儿？"陈千法装模作样道，"你过来一点儿，黄医生，我悄悄告诉你。"见我不为所动，陈千法又道，"看来你们的关系也没那么好嘛。你也不在乎啊。"

陈千法低头看了看手里的刀："你啊，真是多心了。我刚才啊，是故意砍偏的。"

他话音刚落，突然猛地抬手，把刀甩了过来。我虽然注意力一直放在他的手上，但我压根儿没想到他还能搞一手飞刀。

我下意识地缩了一下脖子，可还是没有躲过去，刀硬生生地扎进了我锁骨的位置。我只觉得疼得半个身子都动弹不得了。

我想用手把刀拔出来，虽然作为医生我知道这样有可能会增大失血量，可眼下有个武器在手，起码胜算多一些。

可我还没来得及动作，就觉得身体一软，瘫坐在了地上。

我这才注意到，之前肩膀挨的那一下，伤口极深，我的上半身几乎都被血浸透了。我感觉眼前一阵一阵发黑，大量失血让我很快就失去了意识。

最后一个记忆是陈千法慢慢地走到我身边，将刀子拔了出来。他同时还说着什么，可我已经无法听清了。

与此同时，我几乎在酒店的床上蹦了起来，从梦中醒了过来，把梁棉吓了一跳，连忙问我怎么了。

我顾不上跟他解释，只能咬着牙用手捂住在梦里受伤的地方。

皮肤是完好无损的，但那些痛感却没有消退，我半个身子都有些疼得发麻。这种感觉很难形容，如果非要比喻的话，我觉得很像是那些截肢患者在截肢后会产生的幻痛。

我在床上缓了足有十几分钟，吃了些止痛药，才觉得稍微适应了一下身体。勉强活动了一下，左胳膊还是有些抬不起来。

但我也无暇顾及这些了，赶忙把梦中的遭遇和梁棉说了一下，告诉他陈千法果不其然来梦里寻仇了。现在庞叮生死未卜。

梁棉也是大吃一惊，一连"啊"了好几声，眼睛都瞪圆了。他告诉我现在刚晚上八点，我才入睡没一会儿，而且，梦里的那个人不可能是陈千法！

我连忙摇头道："不会错的，一定是他。"

"可……"梁棉错愕地翻出手机，递给我道，"那这是怎么回事？"

梁棉的手机开着对话框，从头像和备注上来看，和他聊天的正是同舟精神病院的郭医生。对话框里有若干个郭医生发来的视频，看时间正是在我入睡时发来的。

我点开一个视频，刚看了一眼，瞬间就觉得像是一盆冷水从头浇到脚。

从视频拍摄的环境来看，应该是精神病院的某个活动室。里面有一些病人，有的在下棋，有的在聚精会神地看着电视新闻。而画面最中央的一个人，正在来回踱步，既像是在散步，又像是在思考着什么。

这个人正是那陈千法！

我难以置信地又一连看了接下来的其他视频。除了拍摄时间稍微晚了一些，内容几乎是一致的。无非是陈千法从踱步变成了去观看其他人下棋或是打桌球，如果他这种情况可以算作是"看"的话。

甚至我还注意到他给一个下棋的病人指点棋路。

总之陈千法并没有睡觉！起码在我入睡的这段时间里，他一直是清醒的。他的确没有可能进入我的梦境里。

那我的梦究竟是怎么回事？我身上的痛感甚至都还未消退啊。难不成陈千法有同伙？所以那个人，才会知晓我在医院里讲过什么话。

可陈千法被关在医院里，他又是如何跟同伙通气的呢？

看郭医生发来的视频，这段时间也没有人来探望或是与陈千法通过话。

听梁棉说，他是特意请求郭医生帮忙盯梢的，为此郭医生主动要求了值班。所以倘若陈千法那边有任何风吹草动的反常现象，郭医生是会告知我们的。

这样一来的话，陈千法没机会和外界接触。

我心说难道那个同伙，也是精神病院里的一个病人？这才是陈千法要来入院的目的——与同伙会合？

一时间我想得头都大了。不过所幸倒是转移了一些注意力，身体没那么痛了。

无论如何，我觉得都要再回那医院一趟。

现在时间还早，所以在我入睡期间，精神病院里同样睡觉的病人应该并不多，加上此人必然在我去过医院之后，与陈千法有过某种形式的接触。

所以如果陈千法真的有同伙，想要查到应该并不是什么难事。

于是我活动了一下关节，觉得自己没什么大碍了，起码可以应对突发状况了，就匆匆穿好衣服折回了医院。

路上梁棉已经通知了郭医生，告诉她我们又有新的线索要追查。虽然其中的缘由很难解释，但郭医生也没细问，只是按照梁棉的请求提前准备好了一个名单。

名单里面也就是在我去过医院之后，与陈千法曾经在活动室接触过，又回到病房休息的病人。

所幸名单上的人并不多，只有三个。

可是让人有些灰心的是，我们在经过仔细调查之后，发现这三个人都没有真正入睡过。其中两个甚至连床都没上，自顾自地在病房里撒欢。剩下一个倒是上了床了，结果只是缩在床头哭哭啼啼的，非说地上有鲨鱼在游。

他们都不具备条件，调查一下就又陷入了僵局。

我和梁棉只好又回到郭医生的办公室里想对策。

梁棉主张事情既然已经如此，不如干脆再去找那陈千法对峙，看看能不能再套出什么话来。

我却一直在犹豫，不知道为什么，我总觉得有什么重要的关键点被我遗漏了。

假定陈千法真的没有同伙，我梦里的人就是他本人，那他究竟是怎么入我梦的呢？

思索了一阵子，我脑子里突然闪过了一个念头，这让我不禁头皮一阵发紧。

我急忙对梁棉道："我要再睡一下，你也要睡。在车站等我。"

话刚出口，我才反应过来郭医生也在场。

我只好又对她道："郭医生，我们需要借用一下你的办公室，有件事我需要去验证下。这期间还望你再帮我们盯着陈千法，最好他的一举一动你都录下来。"

郭医生虽然不明就里，但好在作为精神病医生，各式各样的怪人也算见多了，我这种没头没脑的话，指不定听过了多少。

所以她只是愣了一下，估摸着也知道不是该多问的时候，就应下来，把办公室留给我们，又从柜子里翻出了一个大靠枕给我，告诉我这是她平日午休用的。既然要在办公室里睡觉，有这个能稍微舒服点。之后她就开门出去了。

我和梁棉就立刻操办起来。我们将办公室的两张单人沙发拼到了一起，虽然局促了一些，但蜷缩着还是可以勉强躺下一个人，又把郭医生的办公椅和茶几稍微组合了一下，成了一个躺椅。我试了一下，还算舒服。

之后两个人就各自躺下，我是之前就吃了安眠药，其实药效一直就没过去，完全是强打着精神在挺着。这会儿躺下来，瞬间困意就漫了上来。

我又回到了梦中的长椅旁，第一时间就环视了一下四周，生怕再次被袭击。所幸这次没见到陈千法。

之前长椅和地面上的血迹都还在，包括上次做梦时，我被砍伤留下的，不过都已经干了。

这次一看，才发现真的是好大一摊血。我不知道相对来说这是不是一件好事情，毕竟我受了这么重的伤，还全身而退了。

从庞叮留下的血迹来看，她应该伤得比我要轻。

我回忆起一开始庞叮给我讲过，在别人的梦里死了，就永远没办法醒过来了。

我祈祷着她可以化险为夷，虽然我们相处的日子不长，但想到她一直在我的梦里，孤零零的一个人，我感觉我有责任和义务保护好她，就像保护好我的家人一样。

我希望她是顺利逃到了什么地方，暂时躲了起来。

这么想着，我也不敢再耽搁，立刻跑去了公交车站。让我有点意外的是，梁棉此时已经在公交站停着等我了。

见我上车，他就不停地鸣笛，感觉有点像是在炫耀他入睡够快，也有点像是在问我接下来要做什么。

我想了一下告诉他，只需要向前开。

梁棉立刻照做。公交车很快就飞速地向前驶去。

〔05 · 陈千法的手段〕

不一会儿，前方就出现了熟悉的一团浓雾。梁棉提醒着鸣了一下笛。

我解释道："如果陈千法可以来我的梦里，那我们也一定可以进入他的梦。"

虽然我还没厘清因果关系，但按照之前的那些经历，所有找上门来的这些人，或者说与梦有关的这些人，一旦与他们接触过，我就可以进入他们的梦了。

"没错，一定是这样。"我顿了一下说道。

事实上我是在给自己打气。因为其实我心里并没有底，我只是依照着我的推理逻辑，认定了陈千法的梦已经打开了出入口。

梁棉却像是有些不解，继续鸣了几声笛，车速也慢了下来。

　　虽然听不见他说话，但我知道他的意思。陈千法此时应该还没有入睡，如果要去他的梦里找线索，我们这是来早了。

　　但事实上，这才是我急于入梦要来验证的事情。

　　因为出于思维惯性，我之前一直忽略了一个问题。

　　我知道，只有睡着的人才可能进入我的梦境，如同我需要入睡才能进入别人的梦境一样。所以在看到郭医生发来的视频后，我怀疑梦中袭击我的人并不是陈千法，而是他的同伙。

　　可如果他根本没有同伙，来袭击我的压根儿就是他本人呢？那他究竟是怎么做到的呢？

　　我想，这只有一个可能，那就是陈千法根本没有醒来，无论他在视频里看起来多么活蹦乱跳，但他的的确确是在睡梦中。

　　这种情况其实并不算罕见。事实上，生活中即便自己没有亲身经历过，那起码也会听说某人或是某人的亲朋好友遭遇过。

　　当然，像陈千法这种极端个例，需要单独分析。可说到底，这些在医学上终归都是同一个称呼，那就是"梦游"。

　　既在做梦，又在行动着。甚至在很多报道中，有些梦游的人，可以掌握自己清醒时根本就不会的技能，做完成超出自己能力范围的事情。

　　我不知道像陈千法这种可以盲眼视物的能力，是否也跟梦游有关。但我估摸着，起码多半可以从他的梦中找到线索。

　　正这么想着，公交车已经钻进了浓雾之中。

　　我的心怦怦直跳，也分不清是因为紧张，还是因为马上要验证我的猜想，人有些兴奋。

　　这团雾比之前遇到过的都要浓很多，置身其中，四周瞬间就黑了下来，仿佛所有的光线都被雾阻隔掉了。

车开了好一会儿，一直也没驶出这团雾，显然这团雾覆盖的范围也比之前的要大上不少。

我小心翼翼地盯着窗外，什么也看不见，甚至连雾气都看不到。

这时，我突然意识到有些不对劲儿。我之前一直把注意力放在窗外，无暇顾及别的地方，而这会儿猛然反应过来，不知道什么时候起，不仅是窗外，就连整个公交车内，都变得黑漆漆的，什么也看不见了。

我试着用手在眼前挥了挥，标准的伸手不见五指，就像是陷入了绝对的黑暗当中，我只能听见车还在向前开着的声音。要不是我坐在椅子上，甚至都很难分辨哪个方向是车头了。

这不同于列车驶入隧道，那种突然的明暗变化会让人立刻发觉。眼前的黑相对地有了一些过渡，所以我压根儿就没注意到。

我心说不好，即便是在梦里，这显然也有点诡异。

我急忙叫道："梁棉停车！这里黑得不对劲儿！"

梁棉也像是猛然醒悟，急刹车停了下来，开始有规律地鸣笛。

幸好我早有准备，一直双手抓着扶手，人只是因为惯性晃荡了几下，但上次入梦弄伤的胳膊还是被扯得一阵剧痛。

我顾不上喊疼，等到车停稳了，立刻摸索着下了车。

在这种绝对黑暗当中，又不知晓四周的环境究竟如何，我心知稍有不慎就会迷失，所以只能将一只手搭在公交车身上，围着公交车转了一圈，另一只手尽量向远处伸，希望能碰到什么东西，来分辨一下四周的情况。

然而除了能感受到脚下是平坦的路面，我什么都没有发现。

倒是梁棉的鸣笛声始终没停，像是在提醒着我什么。等到我绕到车头的位置，摸到了车灯，我才明白。

公交车的大灯罩是热的，证明车灯是开着的，可我此时却看不见半点光亮。难道是这里有什么东西会把所有的光线都吸收掉？

于是我道："梁棉，我现在什么都看不见了。你能看见东西吗？如果可以，你'嘀'一声，不可以的话，你就'嘀'两声。"

我话音刚落，立刻就听见公交车的喇叭响了一声。

这下我更纳闷了，梁棉是可以看见东西的？那我是怎么回事？难不成是我瞎了？

这么一想，眼前的黑暗的确不同于以往所见的任何黑暗。非要形容的话，这已经不算是黑了，压根儿就是空无。平时即使闭上眼睛，我们透过眼皮也是应该有略微的光感的。

可此时我真觉得像是失去了视力一般。我瞪大眼睛，把脸对着公交车灯，我贴得很近，脸上的皮肤已经能感受到大灯传来的温度了，可我依然什么都看不见。

我顿时有点慌乱，缓了一会儿才镇定下来。这毕竟是在梦里，醒来后应该就会恢复了。但这种突然成为盲人的感觉，还是让人很难适应。我总算是切身感受到那些因为意外突然致残的人的心理变化了。

我问道："那我们现在已经出了那团雾了吗？"

我听见梁棉"嘀"了一声，就又问道："那我们现在已经进入陈千法的梦了？四周有什么东西？"

问完这句话，梁棉鸣了一声很长的笛，给了我肯定的答复，同时又像是有点着急。

我这才反应过来，对于一辆公交车而言，他能表达出来的信息太过有限了。早知道有今天，我俩应该在清醒时学习一下莫尔斯电码，那样现在就可以有更多的交流了。

但不管怎样，起码现在真的进入了陈千法的梦，这也证明我之前的推测是正确的——陈千法就是在梦游。

既然已经得到了答案，眼下我认为还是不宜久留。陈千法的梦里指不定会有什么凶险呢，加上我现在又看不见，但凡碰见点状况根本没办法应对，很容易交待在这里。

想到这儿，我就摸索着打算回到车上。可人刚迈上车门的台阶，我突然又觉得不能就这么回去。

因为我意识到，可能这次才是探索陈千法梦境的最佳时机。

从之前的情况来看，庞叮是在我入睡之前就被袭击了。也就是我在清醒的情况下，陈千法就已经可以进入我梦里。

这样一来，陈千法是随时可以在我的梦中守株待兔的。

这次好不容易没碰到他，他多半可能以为是我还没睡觉。指不定此时此刻，他就在我梦中的某个地点埋伏着。

我这次入梦后没有耽搁，所以溜得很快，没准正是侥幸赶上陈千法恍神了，没发现我。我心说既然如此，不如就正好打一个时间差，趁机先探探敌情。

于是我转身又走回了车头的位置。梁棉似乎非常意外，一连"嘀"了好几声，震得我耳朵生疼。

等到我捂着耳朵，把我的打算讲了一遍，就听见公交车发出了几声空踩油门的动静。

我道："陈千法的梦里肯定是有某种建筑的吧？按经验来说应该距离我不远，你指引我去。一声是向前，两声是向左，三声是向右，四声是后退。"

我说着，开始将身体面向不同的方向，确认建筑的位置。

等听到公交车的喇叭，我停了下来。

之后我道："现在开始，靠你了，'猛梦号'！"

再之后的过程极其冗长。我和梁棉反复尝试了好多次，用了好一段时间才稍微建立了一些默契。其中有几次我甚至完全迷失了方向，连重新回到起点都费了很大工夫。事实上这套操作，远比我预想的要难上很多。

人在没有视力的情况下，尤其是对于我这种刚失去视力的，就连直线都很容易会走偏。很多时候我以为自己是在前进，其实压根儿就是在原地兜圈子。

所幸在磨合的这段时间里，我也逐渐适应了当一个盲人。最后终于在梁棉一步一步的指引之下，我逐渐接近了陈千法梦中的建筑。

等听到梁棉的长鸣之后，我停了下来，伸手向前摸去。

我终于摸到了一面墙。

〔06·陈千法的梦境〕

说实话，我当时差点就哭出来。

虽然这就是一面触感上很粗糙、那种非常常见的刷漆水泥墙，可我却感觉摸到了一个什么里程碑似的。

我手摸着墙，开始沿着墙向一侧探索。这面墙并不长，很快我就摸到了转角处。转过身去，再走了几步，我就摸到了一扇感觉上应该是木质的门。

我摸索着找到了门把手，拧开进去，身体瞬间就感觉到四周的温度陡然降了下来。我应该是进入了某个室内。

我知道之后梁棉就没办法再给我指引方向了。

我顿时提起了十二分精神，一边感受着手上的触感，希望能摸到一些可以当作路标的痕迹，一边用另一只手小心探寻着。

我做了个深呼吸，继续向里面走去。

让我意外的是，我刚又走了几步，始终摸在墙上的手，就又摸到了一扇门。材质和样式应该和我之前打开的一致，可这次我没有敢贸然进去，我担心这么门中再进门，一来二去的很容易找不回返程的路。

我只好先把门打开一个小缝，算是做了一个记号，就继续向前走。可是很快，我就又摸到了另一扇门。这下我有点奇怪，干脆又向前多走了几步，果然在前方，还有更多的门。

我在脑海里想象了一下，现在的场景感觉上很像是那种酒店或是旅馆里，一个房间挨着一个房间的走廊。

我留意了一下两扇门之间的间隔，越想越觉得自己的判断没错。

陈千法的梦里怎么会有一家酒店呢？难不成他因为自己是盲人，所以很羡慕可以到处旅行出差住酒店的人？所以在梦里不自觉地创造了这个环境？

但我并没有在门上或是周围摸到类似房号一类的标志。联想到外墙的手感，想必这里就算是一间酒店，估摸着也只是那种破旧的乡镇小旅馆。

我不知道这条走廊究竟有多长，但显然前面还有更多的房间。以我现在的状况，自然是不可能每一间都探索一遍的。

我决定干脆先不往前走了，从我身边的两个房间下手，倘若这里真是酒店的布局，那这两个房间里的陈设也应该是一致的。就算看不见，摸一遍也能知晓个大概了。

于是我直接推开了之前打开门缝的门，摸索着走了进去。

人刚站定，我就立刻闻见了一股很重的霉味。手摸到的墙面，也是阴阴冷冷的，异常潮湿。不用看就能感受到，这个房间恐怕已经荒废许久了。

我下意识地在墙上找了一下灯的开关，反应了一下，又觉得自己有点可笑，就沿着墙向房间的深处走。

在我的想象中，我应该很快就会碰到床一类的家具。然而我走了好一段距离，却始终什么也没摸到。这个房间似乎大得出奇。

我猜想可能是我选错了方向，记得大学刚毕业的时候，我曾经去过一个地广人稀的小镇旅游，当地的酒店房间非常大，陈设却少得可怜。

我心说，难不成家具是放在房间的另一头了？

于是我就折身又走了回去，这次刚走了几步，我突然就打了个冷战，因为我清晰地听见，走廊的远处传来了一声重重的关门声！接着就是一阵有些急促的脚步声，由远及近，很明显是朝着我的方向过来了。

我心说这下糟了，八成是陈千法回来了！

一时间我很想躲起来，可四下根本没有容身之处。我只能快走几步，希望争取把门先关上，起码算是个防御。

可此时视力受限，加上事发突然，我又生怕弄出动静反而暴露了自己，所以即便我尽了最大的努力，动作还是不够迅速。就在我刚摸到门框的时候，手都没来得及碰到门把手，我就听见那脚步声停了，我感觉到对方站在了我面前。

说来也惭愧，那一瞬间，我的cpu（此处指大脑）好像崩溃了似的，我无法做出任何一个动作。

或许我潜意识里也知道，此时无论做什么，都只是徒劳，只能愣愣地站着。这不同于以往所遭遇的任何恐怖场景，压根儿没有视觉的冲击，反而让我觉得心都被揪紧了。

我也算是彻底明白了那句话，恐惧来源于未知。而此刻我面对的就是彻彻底底的未知。

人在看不见之后，其他的感官会变得异常敏感。此时我已经能听见对方近在咫尺的呼吸声，甚至还能感受到因为呼吸带来的微微的空气流动。

对方也和我一样，一动不动的，像是知道我看不见，所以故意在玩弄我的心态一般。

我们就这么面对面站着，足足有几秒钟。

这几秒钟，对我来说却像是几天那么漫长。甚至在刹那间，我都有了鸵鸟的心态，觉得既然我看不见对方，那对方是不是也看不见我呢？

就在这个念头刚闪过的工夫，对方突然猛地尖叫了一声。这一声太过于突然，我本身就在高度紧张当中，这下差点把我吓得背过气去。

我本能地整个人缩了一下，跟着就听见对方急匆匆的脚步声，那人跑向走廊深处了。

尖叫声回荡在整个走廊里，接着就又是一声"砰"的关门声。

这下反而把我搞蒙了，等回过神来，我才反应过来那个尖叫声听着有点耳熟，像是庞叮的声音。

我叫道："庞叮，是你吗？我看不见了！你跑什么啊！你回来！"

我摸索着追出去，循着关门声的方向一边走一边继续喊："是我！黄匡正！"

可庞叮却没有任何回应。

我不由得更焦急了，加快了脚步，几乎要小跑起来，一直摸在墙上的手都被磨得生疼。然而走着走着，我突然觉得事情好像有点奇怪。

如果对方真是庞叮，见到是我，完全没理由要逃跑啊。而且刚才我俩明明还面对面站了好一会儿呢。

从庞叮的行动来看，她应该是可以看见东西的。就算这里乌漆墨黑，但刚才距离那么近，她不可能认不出我啊，更何况我还出声了啊！

想到这儿，我突然觉得一阵凉意从脚后跟直冲后脑勺。

因为我意识到了另一件事。

刚才我和庞叮面对面站着，她一动不动，不发一言，又突然尖叫逃走，怎么感觉是和我刚才一样，大脑被突如其来的恐惧弄得瞬时宕机了！之后反应过来，庞叮才本能地尖叫着逃跑了？！

这么说的话，庞叮一定看见了什么无比恐怖的东西，能让她吓到呆滞，会是什么呢？显然不可能是熟识的我吧？

难不成，是在那个房间里，有什么东西当时正站在我身后？

回想到刚才的场景，我溜进房间里，沿着墙伸手探索的时候，一个东西就待在房间的另一个角落，一动不动地盯着我？

这实在让人觉得胆寒。而且，是不是此时此刻，那个东西已经从房间里出来，同样静悄悄地跟在我身后呢？

我不由得停下了脚步，犹豫了一下，我深吸了一口气，将手向身后探去，同时也做好了心理准备，指不定自己会摸到什么诡谲怪诞的东西。

虽然这个举动，有点像在作死的边缘试探，但我想，倘若真是被什么东西跟上了，那早晚都是要面对的，不如趁着现在主动求证，起码还算条汉子。

然而我胳膊挥了几次，却什么也没碰到。甚至我还鼓起勇气回身走了几步，还是什么都没摸到。

这让我一时间有点怀疑自己，刚才是草木皆兵了。没准来的那个人都不是庞叮，只不过是声音接近罢了。毕竟只是一声尖叫，的确也有可能听错。

既然庞叮可以在我的梦里存在，说不定陈千法的梦里也有什么人，猛地见到一个外来者，被吓到倒也符合逻辑。

这么想着，我觉得我无论如何都要找到那个人才行。有关于陈千法梦中的一切，可能都会在那个人身上得到解答。

于是我就继续向前走，只不过这次动作轻了许多，耳朵里一直留意着身后的动静。

这条走廊的确很长，也是因为我行动太过缓慢，走了将近十分钟，我才终于摸到了走廊尽头的墙壁。可眼下又有了新的难题，之前只是通过声音判断对方跑到了这里，但究竟进了哪个房间我是不得而知的。

我试着喊了几声，希望对方可以主动现身，但没得到回应。我就只好用最麻烦的方法，开始一个房间一个房间地开门找。

我先打开了走廊尽头的房门，站在门口屏住呼吸，仔细听着房间里的一切。

从感觉上，这个房间里应该是没有人的。但为了稳妥起见，我还是进去摸索了一圈，中途还故意突然做了几个大动作，试图吓得对方露出马脚，结果反倒一个不小心，撞到了柜子一类的家具上，弄得我一阵趔趄，脑门撞得生疼。最后确认真的没有感受到任何风吹草动，我才退出来，准备去开另一个房间。

有了前几次的经验，我轻车熟路地摸到了隔壁房间的门把手。就在我已经开始拧门把手的时候，我突然下意识地又把手松开了。

因为此时我猛然发现，在我视野的边缘，似乎看见了什么东西。我确认了一下，竟然是这扇门的门缝里微微透出来的光！

我又能看见了？！一时间我激动得手都有点发抖了。这种重获光明的喜悦感，只有真正经历过黑暗的人才能了解。我眼泪都差点掉下来。

一连确认了好几遍，不是自己的幻觉，但同时我也发现，我并不是完全恢复了视力，而是只有一只眼睛有了部分的光感。

这里所说的部分，并不是对于光亮有了部分的感知，而是我的视野中大部分仍是黑暗，只有一小块的范围可以看见东西。形容起来的话，就像是自己戴上了一副眼罩，只在其中一只眼睛的位置开了一个小口子，有点像是管中窥物。但即便如此，这些视力也足以让我分辨周遭的很多东西了。无非就是观察起来要麻烦一些，需要不停地调整角度。

〔07 · 重获光明〕

我扭着脖子环顾了一下这条走廊，的确和我猜测的一模一样。从装潢到布局，这里完全就是一间破旧的老式酒店。

头顶的灯昏昏暗暗的，还是用的那种最老式的裸露的黄灯泡。

走廊里并没有看见其他人，我身后也没跟着什么东西。这倒是让我放心了一些。

观察了一阵子，我才想起自己应该要先找人。

于是我又敲了敲面前的这扇门，尽量很礼貌地问道："里面是有人在吧？我没有恶意，你不用害怕我。我只是想来询问一些问题。"

房间里的人久久没有回应，我心说难不成是我找错房间了？

我挪了两步到旁边的房间门口看了一下，门缝里并没有透出光来，门把一拧也就打开了。

那人必定就是躲在开灯的房间里。

于是我又回身过来问道："我知道你在里面。啊，对不起，这样说好像有点吓人，但是你要怎么才能相信我呢？我是个医生，我叫黄匡正。"

我希望自报家门可以让自己显得真诚一点儿。

这次对方依然没有回话，但是我在门缝里看见光被挡住了。那人显然就站在门边。

我心说这门要是有个猫眼什么的就好了，我虽不算仪表堂堂，但看起来肯定不是凶神恶煞的。我自认为长得还挺有亲和力的，起码之前的很多病人都这么说过。

"你不是黄医生！"突然，里面的人回话了。这次我可以断定了，说话的人必定是庞叮。

我急忙道："庞叮，是我啊。我你都听不出来了吗？"

"听得出来，所以你才不是。"庞叮警惕地说道。

"什么意思？"我问道，"刚才你为什么要跑啊？"

"因为你不是黄医生。"庞叮有些机械地回答道。

我压根儿没想到有生之年我会面临这个问题，我如何证明是我自己。琢磨了一下，我道："那你问我问题，问只有黄匡正才会知道的问题。"

"这……"庞叮犹豫了半晌问道，"我们第一次见面的时候是在哪里？"

"医院，我的诊室。"我不假思索地答道。

"那我们聊了什么呢？"

"你问我相不相信这个世界上有鬼。"

"之后呢？"庞叮追问道。

"之后你给我讲了你一直做的噩梦，我就安排你入院，守着你做梦。"

"好。"庞叮肯定道，"既然你说我是你的患者，那么我想知道，我那天挂的号是多少号？"

我忍不住"啊"了一声，仔细在脑海里回忆了半天。但这种旁枝末节的事情，我死活是想不起来了。毕竟一天要见那么多患者，而这对于我来说又是每日重复的工作。即便庞叮是个特别的患者，但对于挂的多少号，我的确没有特别留意过。

我心说完了，自证身份居然失败了。

我有些无奈道："这我真的不记得了。你应该可以理解，挂号对于我们医生而言只是一个排序，患者的名字我能记住不少，但没道理可以记住这些号码……"

我还想解释，却听见门锁被"咔嗒"一声打开了。

门浅开了一条缝。

庞叮道："我现在暂时可以相信你，你可以进来。但如果你真是黄医生，你应该知道，我很能打的。劝你不要耍花样。"

我连声称是，伸手推开了门，就见庞叮正警惕地站在房间的最角落，眼睛都不眨地死盯着我，显然她是开了门锁之后就飞速地退了回去。

我见状也没敢贸然进去，问道："你是不是之前被冒充我的人袭击了？我也被冒充你的人偷袭过。那个人叫陈千法，这里应该就是他的梦。"

庞叮一言不发，依旧盯着我。

我换了一个角度才能完整看全她的脸。庞叮的脸上挂着血迹，额头上还有一个挺大的伤口，不过已经结痂了。

整个房间的布局非常简陋。一张床头都已经掉漆的木头床靠墙摆着，旁边还有一个很旧的玻璃茶几，一旁是一个看起来像是二十世纪八十年代风格的木头衣柜，上面还有那种有磨砂图案的老式穿衣镜。

猛地一瞅，感觉自己像是穿越了似的。

庞叮此时就缩在衣柜的一侧，与我隔着床站着。

见我一直没有多余的动作，庞叮似乎没那么紧张了，有些感叹地说道："对，我被人揍了。不对！我们是打了个平手！"

听见庞叮这么说，我反倒安心了不少。

我道："既然打平手，那你为什么躲到这里来了？"

庞叮有些不好意思道："什么叫躲！这明明是中场休息返回更衣室休整！"

"对，对，对。"我道，"所以你现在确认我是我了吧？"

庞叮语气上轻松了不少，可表情却始终绷着，用视线扫着我的脸，迟疑道："你没答上那个问题，所以我相信你。那个人叫陈千法是吗？他似乎比你想象的要更危险。"

"怎么危险了？"我道，"合着答不上来的反而有用是吧？那早知道第一个问题我就说不知道就完了。"

"不是。你还没理解我的意思。"庞叮严肃道，"他可以在你入睡之前就进入你的梦，所以理论上他可以知道你所有的事情。你忘了吗？你说过的，梦只是大脑创造出来的。"

啊？知道我所有的事情？我琢磨了一下，顿时吃了一惊。我终于明白了庞叮真正指的是什么。

可以在我入睡前就进入我的梦境，说白了就是可以任意进出我的大脑啊。这样一来的话，难不成那个陈千法可以调用我大脑中储存的任何信息？也就是说，即便很多事我忘记了，但事实上只是那部分记忆我没办法调用了而已，依旧是储存于大脑之中的。

所以这也是为什么，人在临死之前，在所谓的走马灯时，会想起很多早就遗忘的记忆片段。

那如果陈千法可以任意调用我的记忆信息的话，的确是太可怕了。这已经不是自己等同于完全赤裸地站在对方面前的问题了，从另一个方面来讲，陈千法甚至比我本人还要了解我本人的过往。

我心说这都算进入哲学的范畴了吧。到底陈千法是怎么获得了这种能力？从一个残障人士，简直一步就超脱了凡人。

我愣了足有十分钟，脑子里简直一团乱麻。但事已至此，姑且只能先从梦里出来再做打算。

于是我道："那咱们不能在这里了。我带你回我的梦里，之后再仔细研究这件事。"

说着我就向前走了一步，就见庞叮下意识地缩了一下身子。

我纳闷道："你怎么了庞叮？为什么还怕我？你还不相信我吗？"

庞叮有些欲言又止地看着我，咽了口唾沫道："黄医生……我相信你。可是……"

庞叮说着，小心地指了指衣柜上的穿衣镜。

"可是咱们可能不太容易走得掉……"庞叮小声道。

我顺着庞叮指的方向看过去，在我站的这个位置，看不见镜子里有什么。于是我就又挪了几步，调整了一下角度。

这次抬眼看过去，就在我看清镜子的一瞬间，我整个人就如同过电一般地抖了一下。瞬间我就明白了庞叮之前为什么在见到我之后会吓得尖叫着逃跑了。同时这也解释了，为什么我之前突然失去了视力，而现在我也只是一只眼睛的一部分可以看见东西。

这根本不是因为庞叮被冒充我的陈千法袭击过，而是我身后真的一直跟着什么东西。

因为在镜子里，我清晰地看见有一双干瘪瘪、脏兮兮的手，正罩在我的双眼上。而我之所以能看见部分东西，是因为其中的一只手，微微地打开了一个指缝。

〔08·致盲的原因〕

"这什么时候跟上我的？！"这下轮到我叫出声来了。

我想要看清身后究竟是什么，同时本能地要去掰开那双手。可我胳膊刚抬起来，就听见一声似笑非笑的动静，跟着就看见一个人影从我身后一晃，像是直接撞进了那个衣柜里。与此同时，我的视力顿时就完全恢复了。

我使劲儿挤了挤眼睛，适应了一下光线，同时也在确认自己刚才真的没有看错。

刚才那东西的动作太快了，几乎一闪而过，即便距离如此之近，我却什么也没看清楚。

我道："庞叮，你看清是什么了吗？那东西一直跟着我？"

"对。"庞叮也是被刚才发生的一切弄得有点恍神，半晌才道，"它一直躲在你身后，躲得特别好。从你进房间开始，我就想找个角度看一看究竟是什么，可是那东西就像贴在你背后一样。我又不敢明说，怕那东西害你……"

我依然心有余悸。想到刚才自己一个人在走廊里，甚至还回身去摸，不由得鸡皮疙瘩都起来了。

如庞叮所说的话，那东西在我转身的时候，想必也一并跟着转身了，所以我才什么都没有摸到。

我定了定神，自从开始穿梭在梦境之中，几乎发生的每件事，都会重新刷新我对恐怖的认知。好在这个过程也勉强算是循序渐进，不然一开始就让我碰到这种事情，非得吓出 PTSD（创伤后应激障碍）来。

不行，我必须得知道那东西是什么。我想了想道："如果它真是要加害于我，应该早就可以动手了。难不成是故意在玩弄我？"

这么一想我竟然有点生气，伸手就想去拉那衣柜门。

庞叮这时也站在了我身旁，摆出一副随时开打的架势。我看见镜子中的我们俩，站在衣柜前，都如临大敌。

我简单地做了一下心理建设，调整了一下呼吸。

"我准备打开了。"我提醒庞叮。

我说着，手已经放在了衣柜门上。这种衣柜并没有外露的门把手，而是直接在衣柜门板上掏出了一个凹陷。我指头抠进去，就感觉摸到了很多灰尘。这个柜子应该和这个建筑一样，太久没有人打开过了。

我在心里默数了三个数，手一发力，直接将衣柜门完全拉开了。

我和庞叮瞬时向两侧闪了一步。

借着房间里的灯光，我打眼一看，顿时就吃了一惊。只见在衣柜里，竟然靠坐着两具尸骨，看样子已经死去很久了，已经完全白骨化了，显得他们身上的衣服空空荡荡的。

两具尸骨的头都是耷拉着的，从尸骨的姿势来看，感觉应该是死后被人搬运到这里藏匿的。

我心说合着我是真的见鬼了？刚才跟在我身后的就是其中一具尸体的亡魂？这是特意引我发现他们的尸体，好安葬他们，让他们入土为安的？既然这是在陈千法的梦里，难不成这两人就是我想要找的那个重要线索？

这么想着，我就蹲下身来，想要翻找一下尸骨。

我虽然是学心理学的，但毕竟也是医学院毕业的，这种骨头架子在学校里有很多，早就见怪不怪了。对我来说，这东西一点儿也不吓人。

然而没承想，我刚要伸手，就感觉庞叮在后面摇我肩膀。

"黄医生……"庞叮的声音有些发抖，"这俩人……"

一开始我还想安慰她，料想小姑娘可能这辈子第一次见人体骨架，觉得害怕再正常不过了。可等我听见庞叮接下来说的话，我跟着也忍不住打了个冷战。

就听庞叮小心道："黄医生……这俩人的衣服……怎么有点眼熟啊……"

我瞬间就猛然反应过来，刚才打眼一看这两具尸体，的确有那么几分熟悉感。但当时我也没多想，只以为是联想到了上学时见到的人体骨架了。

等这会儿庞叮一提醒，我定睛一看，立刻就站了起来。

庞叮说得已经足够委婉了。事实上这两具尸体的衣着已经不能说是眼熟了。这分明与我和庞叮穿的衣服一模一样啊！

这是怎么回事？这两具尸体是我和庞叮？我俩已经死了？合着我俩才是亡魂而不自知？

我生怕自己看错，强装镇定又去仔细对比确认了一番。这下我甚至还在尸骨的手腕上，找到了和庞叮所戴着的同样的手链。不仅如此，就连我脚上穿着的鞋都有同样的一个污迹。

"不会有错了，这两具尸体，就是我们。"这实在太过于震撼，我过了很久才终于冒出一句话来。

"那……那我们现在是活着还是死了？"庞叮不解道，"不对呀，黄医生，如果这两个人是我们，我们现在就是鬼魂了！那刚才遮住你眼睛的是谁呢？我在这里，而你被遮住了，那一定还有第三个人啊！"

"对啊……"我忍不住沉吟道，"否则这一切太不符合逻辑了。"

我思索了一下问道："对了庞叮，你为什么会躲在这个房间里？"

"我来的时候，只有这个房间的灯是亮着的，其他房间的灯都是打不开的。后来我听见外面有声响，就出去看，才发现走廊的灯也亮了。然后我就被你吓得又躲了回来。"庞叮回忆着道，"对，没错。我当时试了好几个房间的开关，灯都不亮。"

那这个房间就是整个梦的主体了。尸体也在这里……一定还有什么其他线索。

想着，我脑海里突然闪过了什么，顺手把衣柜门关上，开始查看起嵌在衣柜门上的镜子来。这种有磨砂图案装饰的镜子，现在几乎已经看不到了。

我记得很小的时候，在长辈的家里曾经见过。早前这种东西还算新潮物件，是很多二十世纪八九十年代的小两口会选择的新婚家具，很多类似的镜子上还会用同样磨砂的方式，写上一些结婚日期或是"百年好合"之类的吉祥话。还有当时的一些工厂、机关，会将小几号的梳妆镜作为纪念品或是优秀员工奖励，上面基本也有类似的留念日期，或是单位名称。总之这东西很有年代代表性。

刚才只是粗略打量，知道上面有图案，而此时我想要找的，就是类似日期或名称一类的东西。

果不其然，我很快就在镜子的右下角，找到了几个字和一个日期——新婚大喜，1986 年 7 月 24 日。

这倒是很符合整个房间的年代感。

我回忆着之前看过的陈千法的资料。如果我没记错的话，他应该是 1987 年生人。

这样一来的话，这里又是他的梦。

我心说这个环境会不会就是陈千法小时候实际的生活环境呢？是他记忆里最深刻的场景，所以在梦中不自觉地创造了这个主体。

虽然陈千法自小就视力全失，但这周遭的细节，基本是可以用触摸分辨出来的，尤其这镜子上的图案。就连我都可以用指头感受出那几个字和日期来。

我回忆着自打进入这个梦之后的每一个细节，我什么也看不见，一切只能用手来摸索。

我突然有了一个大胆的猜想。

我所经历的一切，就是陈千法曾经在梦中感受到的一切。

一个先天盲人的梦中，依然是无法看见东西的。因为他脑海里没有直观的形象去帮助大脑来想象，来创造梦境，所以即便是在梦里，仍没有光明。

而我之后的遭遇——不小心获得了部分视野，发现了罩住双眼的那双手，在衣柜里找到了我和庞叮的尸体。

想到这儿，我忍不住张大了嘴。

我拍了拍庞叮，缓了缓才难以置信地说道："我好像知道陈千法为什么这么恨我们了。"

〔09 · 复仇之心的由来〕

"啊？那咱们到底怎么招惹到他了？"庞叮不解地问道。

"如果我没猜错的话，我这次入梦的感受，都是陈千法曾经在梦中的真实遭遇。"我解释道。

他长久生活在没有光明的世界里，即便在梦中也是如此。他一定曾经抱怨过上天不公，觉得生命无望，因为自己的残疾痛苦万分，甚至嫉妒每一个健全的人可以拥有亲眼看见这个世界的机会。

而突然有一天，也许是一个巧合，也许是一个意外，陈千法发现自己其实并没有真的瞎掉，而是被人夺走了视力，就像我刚刚发现那双手时一样。

"这……"庞叮惊愕道，"黄医生，你的意思是说，陈千法也发现自己的眼睛是被人用手罩住了，所以才看不见？而……罩住他眼睛的人……"

我深吸了一口气，点点头继续道："对。他一定发现，罩住他眼睛的人，是我们俩。"

所以他才会如此痛恨我们。从小到大，陈千法因为自己眼盲，指不定受了多少委屈，吞下了多少苦楚。无数次的心灰意冷，数不清的生活打击，用了巨大的代价才最终与自己达成和解。

可他这时突然发现，自己的磨难并非来源于命运，而是两个与自己无冤无仇，却又要用如此方式折磨自己的人。

新仇旧恨如此一并涌来，我倒是能理解他的愤怒。几十年来，所有累积的负面情绪，都化成了仇恨；所有以往积压的痛苦，都变成了复仇之心。

而从现在的结果来看，他当时就展开了报复行动，在梦中干掉了我们。这就是为什么这里会有我们两个人的尸体。

"可我们明明什么也没做啊！"庞叮有些委屈道，"我明白了。这和那个常英一样，我们应该又是被人诬陷了！"

"没错。如果这样反推回去的话，很有可能陈千法也是受到了什么人的引导。"我忍不住揉了揉额头道，"一直有人想用借刀杀人的方式置我们于死地，这恐怕也跟那栋楼有关系。"

"是我在连累你呀黄医生……"庞叮听后撇嘴道，"早知道我就不该来找你。"

我摆摆手道："这什么话，当医生就是要治病救人。而且你忘了？我也在那栋楼里，无论你找不找我，我都跟这件事脱不了干系。现在这样起码不是坐以待毙。"

"嗯……"庞叮低着头想了一会儿，像是下定决心一般，抬头道，"黄医生，我这小身板子就算粉身碎骨也会拼命保护你的！不对！呸呸！太不吉利，我就算身首异……不对！！！我就算留有全尸也会拼命保护你的！"

我忍不住笑道："知道不吉利了，说来说去还都是跟死沾边的。咱们先回我的梦里，在这儿一直待着也不是办法。梁棉还在外面等着呢。"我望向走廊的入口，刚转身准备领着庞叮出去，忽然我就怔了一下。

也不知道为什么，我总觉得好像还是有什么地方不对头。是梁棉送我来的。我是从车上就变盲了。我下车的时候还对着公交车大灯测试过，什么也看不见。我和梁棉配合了很久才让我找到了这个走廊。

那如果我真是因为被罩住双眼才瞎的，既然庞叮可以看到我身后有人，那梁棉为什么没发现？

尤其是我在公交车头的位置站了很久，梁棉没理由看不到的！

还是说，那个人，也就是那双手，是我进了走廊之后才跟上我的？

这没道理啊，那双手拿开之后我就恢复了视力，显然它就是令我致盲的原因。

这么说的话，梁棉是明明发现了异样，但故意没有提醒我？这又是为什么呢？

想到这儿，我猛然像是被迎头泼了一盆冷水。

之前那个陈千法可以化成庞叮的样子偷袭我，我心说，不会他这么大本事，居然还能变成和梁棉一样的公交车来忽悠我吧？

所以这个地方，压根儿就是陈千法有意安排我来的？那岂不是明摆着就是一个陷阱了吗？

我顿时不敢停留了，也顾不上解释，立刻拽着庞叮的手腕向出口狂奔。

庞叮被拽得"哎呀"了一声，跟跄了几步才跟上了我。两个人跌跌撞撞地就从走廊里冲了出来。

我四下一看，没见到公交车的影子。

这更加坐实了我的推测，显然我们被困在这里了。于是我只好将庞叮又拽到墙边，匆忙说明了一下现在的情况，提醒她要留神。

可说着说着，我不禁又有点起疑。

这人在一连串的未知当中，是很容易有各种疏漏的，就如同在乱麻之中瞎扑腾，只能抓住一根是一根。但一旦找到一个好的切入点之后，很多问题就会抽丝剥茧般地主动暴露出来。

而此时我终于开始有些厘清了头绪，这才意识到我一开始就忘记探明的一个问题。无论那个梁棉是真是假，我终归是被他送到这里来的。

那庞叮又是怎么来的呢？她怎么平白无故可以进入别人的梦呢？

我看向庞叮，庞叮也看着我，但没吭声。

我看她的表情，仿佛猜透了我的心思一般，眼角调皮地微微挤了一下。

我问道："庞叮，刚才忘记问你了，你是怎么到这里来的？"

庞叮笑了一下，缓缓道："黄医生，我一直就在这里啊。"

我被这句话吓了一跳："你一直就在这里？你怎么可能一直在陈千法的梦里呢？你不是庞叮？！"我说着，人已经后退了一步。

"我是庞叮呀，黄医生。"庞叮不动声色地继续道，"如果我不是她，我就应该会害你了呀。可我没有害你呀。"

我感觉身上的汗毛都竖了起来——"不是她"。

这三个字不就是摆明了说眼前的这个人并不是庞叮吗？

合着从一开始我就被玩弄于股掌之中了？我骂道："你是陈千法吧？先假装梁棉送我来，又扮成庞叮戏耍我？！"

"没有……"庞叮说着，嘴角却忍不住地上扬。

"黄医生，你不记得了吗？我们第一次在梦里对话的时候，你就这么怀疑过的。"庞叮继续道，"你再好好回忆一下？"

"如果你想不起来了，我来告诉你呀。"庞叮贴到了我面前。

我彻底被这一切弄蒙了。或许是我并没有蒙，而是潜意识地直接躺平了，放弃了思考。不知怎的，总之这次我并没有躲开。

我目不转睛地盯着庞叮的嘴，眼见着她嘴微微张开，一切就如同慢动作一般。我等待着她即将说出的话。

可就在这时，正当我感觉即将要听见庞叮说出的第一个字时，我耳朵里却忽然传来了一声巨响！

这下震得我下意识地就捂住了双耳，人本能地就猫了一下腰。

等到我再抬起头来，却见面前的庞叮不知道什么时候已经消失了。

不仅如此，就连周围的环境都已经改变了。

我竟然又坐在了公交车里，车还在行驶当中。但此时车在不停地鸣笛，吵得人耳朵生疼。

我分辨了一下，确认这辆车就是梁棉。而车正前方的不远处，正是一团乌突突的雾。

〔10·梦中梦〕

这算是怎么一回事？难道时光倒流了不成？一时间我如坠云雾。

我忍不住喊道："先停下！"

梁棉听见我的声音，马上停了下来，与此同时也不再鸣笛了。

我缓了一会儿，确认刚才在那间破酒店里的记忆并不是我的臆想，应该都是真真切切发生过的事情。

那这样的话，眼下的一切又该怎么解释呢？

我很想询问梁棉，但显然这种情况下我俩是很难有效沟通的。

于是我犹豫了一下道："我要醒过来，等会儿我叫醒你。"

说着，我站起身来，将身上的外套脱下来，系在公交车的栏杆扶手上，做成了一个可以用来上吊的扣子。

按照之前的经验，我人只要在梦里昏死过去，就会在现实中醒过来。

此刻我准备故技重施。我的动作一气呵成，但在将头伸进扣子前，还是不免本能地有些紧张抗拒，只能大叫了一声给自己提气，才一咬牙把脑袋伸了进去。

可公交车的扶手栏杆毕竟不够高，我只能蜷缩着双腿，用一个类似跪着的姿势，才可以将所有的重量集中在脖颈处。

这说起来简单，但实操起来却难度爆表。因为这和普通的自缢不同，我一边要控制着自己的求生本能，让自己不要挣扎，尤其是在濒临窒息的时候，人因为痛苦，会不自觉地用脚支撑地面；一边还要绷紧全身上下的肌肉，保持住一个姿势，从而更快地让自己失去意识。

所以一开始我折腾了半天，始终没有成功。最后不得已，我又将衣服换成了腰带。又尝试了几次，终于在几番痛苦之中，我彻底失去了意识。

醒过来的一瞬间，我直接从躺椅上摔了下来，瘫坐在地上许久，才算喘匀了气。

也不知道是因为在梦中肌肉用力过度，还是因为窒息缺氧，我站起身来，只觉得头重脚轻，摇摇晃晃。

我见梁棉还在睡着，就挪过去摇醒了他。

梁棉睡眼惺忪地看了我好半天，才意识到自己已经醒了。他扶着头坐起来问我："刚才到底是怎么了？为什么看见雾却不进去了？"

我就只好把我在梦中的经历给他讲了一遍，并且也讲明了这次我入梦要验证的东西，就是怀疑陈千法事实上一直在梦游。

梁棉越听眼神就越奇怪，半晌才道："不可能，你一直在车上，压根儿就没下去过，甭说这里面还有我的戏份了。"

说着梁棉想了一下又道："不过你说得倒也靠谱，回头真的有必要学一下莫尔斯电码。在里面只能哔哔叫，弄得老子也烦死了，跟被人消了音似的。"

我的注意力全在梁棉的前半句话上。

我一直在车上？

梁棉显然没必要骗我，更何况这是在现实里，不存在有人假扮他的可能性。

那这样说的话，我岂不是真的往返于现实和梦境太多次，导致精神错乱出现各种幻觉了？像我这种情况，已经是精神分裂症的典型症状了。这不由得让我有些心焦。

我又开始仔仔细细地回忆起梦中的一切。那些感受太过真实了。

酒店阴冷的房间、失明后的恐慌、衣柜里的尸体，还有和庞叮的对话……

想到这儿，我突然意识到了什么。

如果说整段经历中最不真实的部分，应该就是和庞叮最后在墙边的对话了。

那时的庞叮一反常态，显得实在过于诡异。因为印象太过深刻，以至于我能记住她最后说的每一句话。

之前匆忙之中也没工夫细琢磨，这会儿想起来，怎么感觉那个庞叮虽然诡异，但却并不像是要加害于我的意思，反而每句话都有些意有所指似的。

她说我们第一次在梦里对话的时候，我就这么怀疑过。

我当时怀疑过什么呢？

我只能继续在回忆里追溯。好在对方点明了是第一次在梦中的对话，而那次对话对我来说也是印象极其深刻。毕竟那是我第一次在梦中和一个真实的人聊天。

真实的人……

想到这儿我突然明白了那个庞叮的话是什么意思了！一切顿时豁然开朗。

我不自觉地整个人都猛地站了起来，这下把梁棉吓了一跳，差点把靠枕砸过来。

我道："我明白了！那不是幻觉！！！"

因为这个发现让我有点亢奋，我忍不住一连把这句话重复了三遍。

"黄大夫……"梁棉见状小心翼翼地问道，"您……真没事？"

听见梁棉的话，我这才反应过来刚才的举动实在太过于像精神病发作了，只得连忙摆手解释道："抱歉，我有点失态。我在梦里没下车是真的，但我的那些遭遇也是真的。"

"什么意思？"梁棉依旧没敢放松警惕，放下抱枕，手搭在一个花瓶上问道。

"我做梦了。在梦里做梦了。"我继续道，"我第一次在梦里和庞叮交流的时候，曾经怀疑过一个问题，就是庞叮有可能并不是一个独立真实的人，而是我在梦中想象出来的。而这次碰见的那个庞叮，就是提醒了我这事。所以可以证明，这次的庞叮的确真的是我想象出来的，而且是在梦中梦里。"

"哦……"梁棉长出了一口气，把手收了回来道，"这就可以解释得通了。早前我就做过挺多次梦中梦的。合着你是在车上太过无聊，困倦到又不小心睡着了？"

梁棉接着又道："那不对啊。那这样一来，等于那个梦里所有的事情都是你想象出来的。那有关于陈千法的事情，岂不是也没谱了？"

"不会。"我几乎一字一顿道，"那个梦真就是解释了陈千法为何会恨我们，并不是我大脑的想象。"

"啊？"梁棉被绕得一头雾水，连忙道，"等会儿……等会儿……我有点迷糊。"

我道："你不用迷糊，我能给你讲明白。我在梦里又做了梦对吧？"

"对啊！你不刚说了吗？"

"那陈千法可以进入我的梦里对吗？"

"没错啊。"梁棉眯着眼睛看着我道，"你不是怀疑陈千法在梦游吗？看似醒着，其实是在你梦里憋坏水呢。"

"所以在这两点都成立的情况下，是否可以说明，陈千法在我的梦里也可以再做梦？"我盯着梁棉的眼睛道，"你想象一下，我的梦是一个圈，陈千法和我都在这个圈里。而我再次做梦，就是一个在圈里的更小的圈。陈千法的梦中梦也是一样。

"那倘若这两个小圈有交集呢？或者说，倘若这两个圈是重合的呢？"

梁棉惊愕了半晌，还从兜里掏出手机来真画了几个圈，之后难以置信地问道："你的意思是，你在梦里做梦的时候，陈千法也在你的梦里做梦了。所以你在梦中梦里，其实去了陈千法的梦中梦？不对，这太拗口。就是你俩的梦中梦其实连接到一起了！"

"没错。"我点头道，"这样很多事情就都符合逻辑了。而且陈千法是在我的梦里，自然再做梦的时候，我甚至可能都不需要你作为媒介，直接就可以进入他的梦中梦。"

"我去……这太牛了！"梁棉感叹道，"这要不是我也参与了，光听你说，我肯定认为你是这里的病人。"

我笑道："别说你了，我都有些怀疑自己是个病人。而且我刚刚说的，还不是最颠覆常理的。"

"啊？"梁棉明显紧张了起来，"你别告诉我真跟电影一样，咱俩现在其实还是在做梦的呢。"

"不是。"我指了指自己的眼睛道，"我可能知道陈千法为什么可以看见东西了。"

〔11·盲人可以看见东西的原因〕

"为什么？"梁棉的好奇心完全被我调动起来了。

"因为他在梦里可以看见。"我不自觉地闭上眼睛，想象自己就是陈千法，继续道，"我问你，假如一个盲人，可以在梦里看见东西，那他到底还算不算是一个盲人。"

"肯定算盲人啊！梦这东西，毕竟是虚拟的。"梁棉道，"而且要是一个人后天因为意外变瞎了，那他做梦的时候应该也还是能看见东西的吧？毕竟那些视觉记忆还在大脑里呢！"

"你说得没错。"我肯定道，"那我顺着你的思路讲，如果一个盲人，在梦里能看见东西，而他的梦和现实一模一样。我是说所有的东西都一模一样，就连时间都是同步的，确切地说，梦境和现实的两个世界是完全吻合的。并且，这个人在做梦的时候，一直是在梦游，在现实世界中可以任意行动。那……这个人还算是一个盲人吗？"

"这……"梁棉迟疑半晌，表情都凝固了，却说不出一句话来。

最后他低头想了半天，才终于道："所以陈千法只不过是用了另一种方式看见了世界。难怪他能在你梦里又做梦，常规意义上的睡觉对他来说已经不能算是休息了吧！他得在你梦里再睡觉才算？"

"这……"梁棉又停了好久才道，"这是什么妖魔鬼怪？所以这孙子才能全国各地到处跑，这能力是哪来的？那他的梦也太宏大了吧？他的大脑受得了吗？咱严谨点说，陈千法的梦境可包括整个地球了！"

我摇摇头："不知道。但其实他的梦不需要多宏大。他只需要创造他视线内的梦境就行了。你想象一下，就像……"

"就像蝙蝠？"梁棉抢先道，"只不过他是用梦境在大脑里重塑了周遭的环境。"

"差不多，只不过我想说的是雷达。"我道。

"不行。我得当面问一下那孙子。"梁棉猛地站起身来，就要往外走。

我其实也正有此意，见事情都解释清楚了，说话间的工夫我的身体也缓过来了，就跟在梁棉身后出了门。

两个人刚走到楼道里，迎面就看见郭医生急匆匆地朝我们走过来了。郭医生一脸惊慌，似乎见到了什么了不得的事情。

我心知这必是陈千法那边出了幺蛾子，就连忙问她怎么了。

郭医生可能走得太急了，加上人受了惊吓，起初说话一直断断续续的。

等到她喘匀了气，人也平静下来了，才听她讲道："陈千法有点吓人，可能不是有点，是特别吓人。"

我虽然不知道郭医生究竟看见了什么，但联想到梦中陈千法的德行，就忍不住点头附和道："你先别慌，我们现在就去会会他，刚才有了新发现，正好想跟陈千法对峙一下。"

谁知郭医生听后却表示，先不要跟陈千法见面，希望先让我们看一个东西。说着就把我们往楼下领。

此时整个医院已经看不到其他人了，走廊里空空荡荡的。

病人们应该都已经休息了，周遭特别安静，只有我们三个人的脚步声，显得十分突兀。等我们走到了一楼，郭医生将我们领进了一个房间。

看样子应该是监控室，桌子上摆着几台显示器，显示器里分隔出了若干监控画面。

郭医生将其中的一个画面全屏化，小心翼翼地指着屏幕里的人。

我一眼就认出那个人是陈千法。

令人奇怪的是，陈千法并没有躺在床上，而是端端正正地站在病房中央。

此时病房里的大灯已经关了，只剩下镶嵌在床头墙体里的一盏小夜灯亮着，所以整个画面并不是太清晰，只能看清夜灯光照范围内的东西。

而陈千法就像是刻意而为之，整个人迎着灯光站着。也许是监控摄像头有些老旧了，像素不太高的缘故，画面里陈千法的脸惨白得有些吓人。

他双眼紧闭着，一动不动的，给人的感觉十分诡异，就像是一具站立着的僵硬的尸体。

郭医生在旁解释，本来监控是由医院的保安负责盯着的，但今天我们来了，她担心有什么不该被外人所知的事情不小心传出去，就把保安支开了。

从她盯着监控开始，陈千法就一直站在这里，压根儿就没挪动过地方。

我看着屏幕里的陈千法，看他这个架势估摸着是在我的梦里进入了梦中梦，说白了就和梁棉讲的一样，对陈千法来说这可能才是真的休息。

可一时间我又不知道如何跟郭医生解释这件事，就只能安抚她道："陈千法的病情有些特殊，这种情况你不要太担心。你可以理解成他就是在睡觉罢了。"

可郭医生却不停摇头道："不是的。他一定没在睡觉。"

梁棉就道："这人天生骨骼惊奇，站着睡觉算是他'超能力'的一种吧。还有更诡异的呢……"

"他真的没有在睡觉。"郭医生重复道,"不信我证明给你看。"

说着郭医生就从兜里掏出手机来,缓缓放在耳边,眼睛却死盯着屏幕。"刚才我朋友打电话给我,"郭医生继续道,"我顺手就接了,但我也没敢放松,一直是看着陈千法的。"

"可是……"郭医生说到这儿,声音有些发紧,"他之前一直一动不动的,可是这个时候他突然也把手抬起来了。起初我也没太在意,还一边跟朋友聊天,一边想着用笔把这个动作记下来,免得之后忘了。直到我发现陈千法的动作有点奇怪……"

"怎么奇怪了?"我不由得也紧张起来,追问道。

"我看见陈千法也把手放在了耳边,做出了和我一样接电话的姿势。"郭医生小声道,"他是怎么可能知道我在打电话的?"

"我知道你们可能会认为这是巧合,但请相信我,真的不是……"郭医生重复道,"绝对不可能是巧合,因为我在把电话放下的时候,他也把手放下了!"

"啊?"我的注意力本来已经被郭医生吸引了,听到这儿立刻转头向屏幕看去。

心说这陈千法的本事真有这么离谱吗,居然能从摄像头反窥回来?我虽然不了解摄像头的具体构造,但大致的原理起码是清楚的。说白了就是把拍摄到的画面转换成信号传输回来。要说被什么黑客入侵了倒有可能,但说破大天也只是能得到摄像头拍摄到的画面信号而已。而这边只是显示器,并没有可以捕捉画面的设备。陈千法无论如何是不可能通过摄像头看见监控室里的情形的。

可倘若不是通过摄像头,那必然是跟梦境有关系。但这依然无法解释啊。

就算陈千法可以借梦视物，可他人是被关在病房里的，视野理应也是受限的。况且他的病房压根儿就和监控室不在同一楼层，隔着恨不得半栋楼呢。

难不成真被梁棉说中了，陈千法的梦已经夸张到了如此地步，可以创造和现实世界完全同步的整栋医院？

可就算他真有如此通天本领，他总不能在梦里还能透视吧？而且不仅可以透视，还能看清距离自己这么远的郭医生，简直不可思议！

我越想越觉得头大，我本以为凭之前掌握的线索，可以在和陈千法新的对话里掌握主动权。可如今只觉得有些受挫，陈千法身上指不定还有多少超出我们认知的事情没有被发现。

我和梁棉对视了一眼，就见梁棉撇着嘴，一直无奈地晃脑袋。

好在屏幕里的陈千法却没有像郭医生说的那样，抬起手来做出打电话的姿势，而是依旧如木桩一般杵在病房里。

郭医生对此有些意外，不停地把手机放下拿起来好几次。可陈千法还是没有任何动作。

郭医生生怕我们不相信，人显得有些焦急，嘀咕道："不对啊，怎么这会儿他不动了……"

我见状倒是觉得轻松了不少，兴许刚才郭医生碰见的真就是一个巧合中的巧合。陈千法现在毕竟是在"睡觉"，会抬手挠个痒痒之类的，正好动作和郭医生打电话的时间同步上了，严格意义上来说是说得通的，也不足以大惊小怪。

然而正当我准备安慰一下郭医生，要她现在安排一下和陈千法的会面时，我突然就听见梁棉"咦"了一声，跟着郭医生就连忙拍我肩膀要我看屏幕。我再次扭头看去，就见屏幕里的陈千法真的把手缓缓抬了起来。

他的动作非常僵硬，手肘都没有弯曲。整条胳膊，就像是一根停车场出入口的挡车杆似的。

夜灯的光打在他身上，从视觉上看起来说不上来地诡异。

我感觉一旁的郭医生已经吓得快要叫出声来了。

我的心跳也噌噌加速，眼睛都不敢眨地盯着屏幕。就见陈千法把胳膊抬高到了耳朵的位置，停了下来，像是想要摸到高处的什么东西，接着他将食指伸了出来，平移着胳膊顿了三下。

我这时才猛然意识到，陈千法这是在对着摄像头比画。对应着他点的那三下，恰好是我们三个人在监控室里所处的位置！

他果然可以知晓监控室里的一举一动！

不知道为什么，我顿时大气都不敢喘了，总感觉监控室里有一双眼睛盯着我们。

我眼见着陈千法将胳膊放下，之后他就诡异地笑了一下。

正当我们三个人都全神贯注地等待着陈千法下一步的动作时，屏幕突然黑了。

|第五章|

困梦

〔01 · 黑〕

三人都被这番景象弄得一愣。

梁棉挤过来检查了一下，确认并不是屏幕坏了，而是陈千法房间的摄像头像出了什么问题。

郭医生也在一旁指点着，梁棉又将监控画面恢复成了初始大小，其他房间的监控画面都在正常运行着，唯独陈千法房间的看起来就是一个黑块，十分惹眼。

我想了一下，眼下也只能直接找陈千法当面聊聊了。

虽然这明摆着很有可能是一个圈套，但这毕竟是在现实世界的医院里，我们又有人数优势，谅那陈千法也闹不出什么大风浪来。

这么想着，我就向郭医生要了他们医院的病房门禁卡。

卡也是保安留给她的，郭医生起初想直接交给我，后来可能琢磨着自己一个人也不敢继续在监控室待了，就决定和我们一起过去。

于是三个人又穿越了大半个医院，去了病房区。

路上我顺手在洗手间外面顺了个木头把的拖布，算是当个防身的家伙。等真进了病房区，发现这里还有值班的护工，这才有点尴尬地又把拖布给放下了。

郭医生把整个病房区走廊的灯都给点亮了，弄得有点灯火辉煌的意思。这光照一足，人自然就有安全感，心里也算是有底了。

之后，郭医生就交代护工听着点动静，好随时过来帮忙。

三个人就来到了陈千法的病房门前。

郭医生敲了敲门，见里面无人回应，就用门禁卡刷了电磁锁。门锁"哔哔"了两声之后就开了，门自然地打开了一条缝。可我们谁也没敢贸然推门，而是不约而同地屏住了呼吸，听里面的动静。

病房里安静得出奇，什么也听不见，也没见到一点儿光亮，似乎就连那个夜灯都被关了。

我只好对着门缝小声道："陈千法，是我，黄匡正。我想和你聊聊。"

我之所以压着声音，倒不是因为害怕，而是怕打扰其他病人休息。

可这次依然没有得到任何回应。

我只好把门缝推开一些，又问了一遍。

结果里面还是一片死寂。

这下我身旁的梁棉有点按捺不住了，骂了句，抬手直接把门全部给推开了，跨步就想进去找人。

可他人前脚还没等落地，就猛地被郭医生给拽了回来。他人一个趔趄，失去平衡，差点把郭医生都给带倒了。

等到梁棉刚站稳，正要问郭医生这是什么意思，突然他自己也意识到了眼前的情况有点不对劲儿。

梁棉整个人就怔了一下，回头难以置信地看着我，问道："这怎么这么黑啊？"

而此时，我除了下意识地点头，竟忘记了要张嘴说话，视线被房间里的黑暗完全吸引。

刚才梁棉推门的时候，我生怕被偷袭，所以注意力全部投进了房间里。

起初我也并未察觉有什么异样，见陈千法没有趁机冲出来，我还琢磨着可能陈千法依然是在梦中梦里休息。而后我才注意到，房间里的黑暗看起来特别令人不舒服，可一瞬间我也说不出个一二三，只能认为是自己的心理作祟。

等到郭医生拽梁棉时候，我这才反应过来，这房间里的漆黑很不正常。

首先这走廊中明晃晃的灯亮着，即便那屋里再黑，按理说怎么着也会有光映进去。然而所有的光线就像是被什么东西阻隔了一般，就在门框的位置，仿佛有一条光与暗的分界线一样。任你走廊的灯再亮，房间里的黑暗依旧无比完整，不会受到任何沾染。

我之所以称之为"完整"，是因为这种黑暗给人的视觉感受就像是一个固体似的。形容起来的话，就像是一个完全漆黑的东西被塞进了这个房间里，占满了房间的每一寸空间，跟光线压根儿就已经没有任何关系了。

这倒是解释了监控为什么会失灵，我估摸着摄像头其实并没有坏，而是完全被这种黑暗包裹，什么也拍不下来了。

其次，不知道为什么，我总感觉这种黑暗看起来无比熟悉，让人本能地畏惧。可我一时间又想不起来，只得一直呆站在原地，盯着房间，在脑海里搜索。

梁棉和郭医生见我一直没有任何动作，自然也不敢轻举妄动，两个人小心翼翼地后撤了两步，将门的位置让出来，站到了我身后。

他俩这么一挪开，我视野里就只剩下面前的黑了。

突然，我打了一个激灵，赶忙眯起眼睛，尽量排除掉余光中其他光线的干扰，向那黑暗望去。

与此同时，我终于弄明白了为什么会觉得这黑暗熟悉了。

因为这种黑暗，是我在梦中变盲时所感受到的那种，完全失去了所有的光感，那种绝对的黑暗。

我忍不住看向走廊，确认自己并没有瞎。

可这让我更加摸不着头脑了。难不成我还是在梦里？否则这现实世界怎么可能出现这种异象呢？

还是说那陈千法真是个异能人士，这是他鼓捣出来的所谓神通？

这下我终于忍不住道："梁棉，咱们的确是醒过来了对吗？"

梁棉被问得"啊"了一声，伸手就掐了自己脸一下道："有痛感。是……是现实吧。"

"不。"我道，"你忘了，你在梦里也会有感觉。我在梦里挨过揍，也会有痛感的，只不过有那么点儿不一样。"

"那这咋确认？跟电影里一样转陀螺？"梁棉看向郭医生道，"那如果是在梦里，这是谁的梦啊？她又是谁想象出来的？"

郭医生听后看看梁棉，又看看我，不解道："你们俩到底在讲什么？没事吧？"表情跟诊治两个精神病人似的。

我只好道："郭医生，眼下三言两语真的没办法跟你解释清楚，但请务必相信我们，无论我们做什么，都是为了查清楚陈千法的病因，还有接下来可能……"

我话还没说完，突然被梁棉给打断了。

"嘘！"梁棉用手指抵住嘴唇道，"先别说话！你们看见了吗？"

我和郭医生一同看向梁棉，就见他表情严肃地盯着门里的黑暗，凑了过去，像是发现了什么。

我立刻警觉起来，结果除了走廊里三个人的呼吸，什么多余的动静也没有。

"你看见什么了？"我压着嗓子问道，同时探着身子，尽量贴近门边。可看见的除了黑暗，还是黑暗。

梁棉没有回答我，整个人像是失了魂一样，自顾自地又上前一步，挤到了我的身前，挡住了门口。

我见状拍了拍他后背，他却没有任何反应。

我顿时心感不妙，八成梁棉这是着了什么道了。这黑暗里指不定有什么幺蛾子。

这么想着，我就想抓住梁棉的肩膀把他给拽回来。

然而还没等我来得及伸手，梁棉突然又飞快地向前一步，整个人立刻没入了房间的黑暗当中，完全消失不见了。

〔02·你看见了吗〕

此刻我也顾不上扰不扰病患了，大叫了几声梁棉的名字。

毫不意外的是，房间里没有任何回应。即便我们明明就隔着一个门框，却感觉像是隔着天差地别的两个世界一般。

这一切发生得实在令我有些猝不及防。

我一时间也不知道是该跟进去，还是要多找几个人来帮忙。

我整个人僵住了半晌，反倒是郭医生先回过神来。她扒着门框，壮着胆子向里面看去，同时叫着梁棉的名字。喊了一会儿，见无济于事，郭医生只得又用求助的眼神看向我。

可我一时间也乱了方寸。

我在脑海里做了无数种假设，难不成这真是什么"异世界"的入口吗？一走进去就不存在于现实世界了？还是说这是所谓"盲人世界"的一种具象展现？

可就算是盲了，声音总该是可以听见的吧？我们叫了梁棉那么多声，甭说这里面仅仅是一个单人病房了，就算是个足球场，他也该听见有人喊他了。

我回忆着刚才梁棉的表现，跟被什么东西上了身似的。

我心说难道他现在是被掌控住了思维，所以才听不见我们喊他的？这样的话，这才是那陈千法诱我们来病房的目的？可梁棉又是因为什么着了道呢？我和郭医生怎么就都没事呢？

思索到这儿，我环顾着走廊，回想着三个人从监控室出来后的一举一动。梁棉始终是跟在我身后的，印象中并没有做什么多余的事情。

除了……

我猛地一阵头皮发紧。

因为我意识到了问题所在。

我们三个人里，梁棉是唯一真正接触过门里黑暗的人。

起初他急匆匆地差点闯进去，虽然被郭医生拉了回来，可当时他的半条腿已经跨进去了。

除此之外，我们三个人其余时间一直是同步的。

我敢断定，这就是梁棉着了道的原因。

有了这个发现，我立刻看向郭医生。从刚才起，她就一直扒着门框，维持着想要从黑暗里随时拽梁棉出来，又时刻提防着，不要反被什么东西拽进去的姿势，所以整个人看起来十分别扭。

所幸，虽然她人紧贴着门边，但身体的每个部位都是和那黑暗有一点儿距离的。

我见状长出了一口气，至少这次没有把她拖下水。

我赶忙提醒道："郭医生小心点，千万不要碰到那团黑！梁棉就是因为这个中招的。这黑暗有点邪门。"

可能是我这话说得有点突然，郭医生听后吓得立刻扭身从门边弹开了。她躲到了我身后，小心问道："所以这黑暗到底是什么啊？"

"我也不知道。"我摇摇头道，"或许我们只能等天亮了，看看到时候这黑暗会不会消散。"

"那……梁棉怎么办？他不会出事吧？"郭医生犹豫了一下道，"要不我们报警？救人要紧啊。"

我一听觉得也是，现在距离天亮起码还有几个小时，这么拖下去，要是真延误了救梁棉的时机，我是肯定无法原谅自己的。至于如何跟别人解释这一切，又有没有人愿意相信我，只能到时候再看了，我唯一能做的就只有袒露事实。

于是我掏出手机来，刚准备拨号，就感觉身后的郭医生像是动了一下。我回头看去，就见她整张脸像是凝固了。

郭医生眼神空洞地面向房间里的黑暗，我问她怎么了，她就僵硬地把手指抵住嘴唇，一字一顿道："嘘！你看见了吗？"

"我看见了个毛线啊？！"又听见这句话，弄得我差点直接骂人了。

郭医生明明没碰到那黑暗，怎么也中招了？

不容我多想，郭医生话音刚落就朝那黑暗走去。我只得立刻挡在她身前，不停地试图唤醒她。

可任由我张牙舞爪，郭医生都没半点反应，迫不得已我甚至还给了她一嘴巴。结果她眼睛都没眨一下，毫无表情。

而且不知怎的，也不知道是这医院的地砖太滑，还是郭医生力气突然变得奇大，我为了拦住她，吃奶的劲儿都使出来了，可整个人却反被她一点一点地推着向前，眼瞅着自己的脚后跟马上就要接触到那黑暗了。

我只得赶忙折身回来，换作在后面拽郭医生的胳膊，同时大叫着，希望护工可以来帮忙。

我嗓子都快喊哑了，可周遭却像是没有任何一个人能听见我的声音。

我只能眼睁睁地看着郭医生的背影和一头乌黑乌黑的长发，正一点一点地接近那更黑的黑暗。

不知不觉间我的胳膊已经有些发不上力了，十根手指都是麻木的。可我依然不敢松手，也不知道究竟这样僵持了多久。

我们距离那道门虽然只有一步之遥，我却感觉像是在跑一场马拉松似的。只不过我要做的，是逃离终点线。

到最后我已经不奢望会有护工来帮忙了，甚至我都开始期盼——有哪个有暴力倾向的病人，八个护工都按不住的那种，从某个病房里冲出来，撞飞我们，上来就是一顿拳打脚踢，破口大骂我影响他休息。只要能保住郭医生，挨顿狠揍我也认了。

可这一切都只能存在于幻想当中。

现实则是，我被郭医生拖着，即便我已经把脚蹬在门框上借力，可还是无法阻止她整个人进入那黑暗。

我不得已放了手，整个人仰面摔在走廊里，只觉得头晕目眩，人都快虚脱了。过了许久我才算缓过神来，从地上爬起来第一时间就掏出手机准备报警。

可不知道为什么，也许是盯着那黑暗看了太久，也许是跌倒时撞到了脑袋。

我看着手机屏幕，总觉得眼前一阵一阵地发黑，就像是郭医生的那一头乌黑长发在眼前晃似的。

这导致我摁了半天，都没法解开我手机的锁屏密码。

与此同时，我瞬间像是明白了郭医生为何会中招了。

那时我叫她从门边躲开，她转身的时候，多半头发正巧扫到了那房间里。说到底，还是被我所连累。

这让我倍感内疚，即使只相处如此短暂的时间，也能明显感受到郭医生是个非常尽职尽责的大夫。而且她本来就跟这档子邪乎事儿毫无瓜葛，完全是为了治疗病患和帮我才陷入险境。

想到这儿，我莫名地就有点想哭。

可眼下我只能强打着精神，解开了手机锁屏。然而正当我要拨号的时候，忽然就感觉自己完全陷入了一片漆黑当中，就像再次失去了视力一样。

我将手机贴到眼前，也感受不到丝毫光亮。

也许是因为之前经历过一次，所以我一点儿也没慌张，甚至有些兴奋。

既然和上次梦中一样，我又盲了，说不定我刚刚经历的一切仍然是在梦里，所以郭医生和梁棉都只是我梦中想象出来的，并不是真的有危险。

这么想着，我反倒轻松了不少。我摸索着想找到走廊的墙壁，试图探索一下四周。

可我刚把头抬起来，人都没等动地方，我突然就用余光扫到了什么，定睛一看，我吓了一跳。我竟然没有瞎！而是这四周真的是彻彻底底的黑暗。

因为就在不远处，距离我一步之遥的位置，我清晰地看见了一处亮光。

那是一片非常柔和温暖的灯光，看起来十分眼熟。我确认了一下，那竟然是我家客厅里的落地灯。

与此同时的一瞬间，落地灯下就真的映出了我家客厅的场景。

老婆和女儿此时正围坐在茶几旁的地毯上，一起玩着娃娃。女儿一脸兴奋地在给娃娃摆动作。老婆就拿着一个大恐龙负责扮演坏蛋。

那个恐龙还是去年女儿过生日我买给她的，当时她特别喜欢，说要捧恐龙当男主角，结果后来在老婆给她买了一个熊猫后，恐龙就只能沦落到当反派。不过那个熊猫的确要比恐龙可爱，脖子上还系了一个小铃铛。女儿每次玩的时候，都故意晃来晃去的，用铃铛的叮当声模仿熊猫的笑声。

我看着眼前这一幕，一时间入了神，不自觉地就向她们走去。

虽然才离家几天而已，但我的确是想她们了。尤其是在刚刚经历那些挫折之后，我真想回家好好抱一抱她们。

想到这儿，我猛然清醒过来，立刻站定了。

眼前的一切并不是现实。

我估摸着客厅场景的位置，应该就是在那病房的黑暗当中。难不成我也中招了？

刚才手忙脚乱想要拦住郭医生的时候，指不定我也不小心碰到了黑暗。这的确很有可能。

这样说的话，眼前的一切难道就是梁棉和郭医生所说的"你看见了吗"？

我料想我和他们看见的场景一定是不同的。

这黑暗当中，似乎是会显露出人心底所期盼的东西。

可即便如此，如果一个人有正常思维的话，理应会反应过来这一切都是虚幻的啊。

无论我怎么想家，也不至于到不管不顾、完全放弃思考就一头扎进去的地步。还是说，仅仅是因为我所看到的场景对我没有那么大的吸引力？因为我知道不久后就会真正地见到家人，所以才有机会洞穿眼前的幻象吗？

那我就很好奇，郭医生和梁棉究竟看见了什么。

这么想着，我心里的石头反而落了地。

既然我也入了套，也只能一条道走到黑了。

那黑暗千方百计地想要让我进去，如今我也没有抽身之法，那就真的去看看它葫芦里到底卖的什么药吧。

于是我做了个深呼吸，朝那光亮走了过去。

〔 03 · 客厅 〕

没用几步我就到了落地灯旁。老婆和女儿依旧在玩耍着，对近在咫尺的我毫无察觉。

这种感觉说起来挺新鲜的，我就跟个鬼魂似的，可以肆意窥视着周遭，像是小时候曾经幻想过的拥有了隐形的超能力。

我干脆也坐在了地毯上，环视着这个我再熟悉不过的场景。

家中的每一个细节都和现实里一模一样，即便我知道自己身处于幻境，还是有些难以置信。

我估摸着这个场景一定是取自我的记忆，可事实上，一圈看下来，我发现整个场景远比我记忆中的还要具体。

说白了，倘若真的让我凭借记忆复刻我家里的环境，我绝对无法做到如此详尽，能原封不动地照搬所有细枝末节。

这么想着，眼前的一切反倒显得有些诡异了。形容起来的话，就是因为太过于真实，反而不够真实了。

所以又坐了一会儿，我就决定去其他房间转转。

我认为这个幻境绝对不是平白无故出现的，兴许在别处可以找到一些线索。

然而我刚准备站起身来，就听见茶几上老婆的手机开始振动。老婆立刻神色就变得有些紧张，迅速地拿起电话，把振动摁掉了。接着她就告诉女儿，不能再玩了，快点把玩具收拾起来。

因为距离很近，我看见那并不是有人来电，而是手机上设定好的一个闹钟或是计时器。

这让我不由得有些奇怪，平日里女儿上床的时间虽然都不是很晚，但具体几点从来都不是固定的。

我和老婆又是那种喜欢和孩子平等相处的家长，所以只要不是太过分，基本是由着女儿的选择来。

女儿也一直很有分寸，从来不会因贪玩晚睡。印象中就没有几次是需要我们去催她睡觉的时候，更甭说还要为此设定个闹铃了。

我心说，难不成这就是所谓的什么线索？于是我就继续安生地坐着，仔细观察着她们。

女儿显然是没有玩够，撇着嘴一直不舍得放下手里的娃娃。

老婆见状就将娃娃硬夺了过去，而后可能意识到自己的动作有些粗暴，就凑过来，摸着女儿的脸，低声安抚道："听妈妈话，先不玩了。"

女儿表情很委屈，可还是点点头，开始帮着收拾茶几上的玩具。

很快，所有的玩具都被塞进了客厅的箱子里。唯独剩下那个女儿最喜欢的熊猫玩偶，女儿搂在怀里，小心翼翼地问老婆："可以把熊猫带走吗？"

老婆显得很为难，犹豫了片刻，却还是摇头表示不行。

女儿这次却没有乖乖听话，可能是太过喜欢这个熊猫了，眼泪吧嗒吧嗒地开始掉，把熊猫搂得更紧了。

老婆只好蹲下身来，一边给女儿把眼泪抹掉，一边继续悄声安慰道："妈妈知道你难过，可是……"

说着老婆小心看了一眼主卧的方向："可是他快要醒了……"

听见这话，女儿明显抖了一下，立刻将熊猫塞到了老婆手里。

我注意到熊猫脖子上的铃铛不知道为什么已经没有了，这才反应过来应该是担心会弄出多余的响声。

之后等到老婆把熊猫也放到了箱子里，两个人就蹑手蹑脚地进了女儿的卧室，门被小心翼翼地关上了。

客厅里一下子就剩下了我自己。

这是什么情况？看完刚才那一幕，我久久没有回过神来。

老婆说"他快要醒了"。

谁要醒了？

我第一反应以为指的是这幻境中的另一个"我"。

既然这场景和人物都一比一复刻了，这里有另一个"我"存在，倒也不足为奇。

可转念一想又觉得不对。

看她母女俩的反应，还有老婆字里行间的意思，她指的应该是一个令她们感到无比忌惮和恐惧的人，此时正睡在主卧室里。

为此，老婆还专门设置了手机提醒，为的就是在那个人醒来前可以躲起来。

而且我现在才反应过来，刚才看她们母女俩虽然玩得看似很热闹，事实上两个人几乎都没有发出过声音，只是两个人的表情很丰富罢了。短短的几句对话，还都是刻意压低了嗓子说的，应该也是担心将那个人吵醒。

我心说，难不成这里的"我"，是一个精神失常、家暴成性的变态男？所以成了她们母女避之不及的怪物？

还是说，这里真的有一个什么别的人，用了不知道什么邪魔外道的法子，欺负她们母女俩？

想到这儿，我脑海里顿时浮现起刚才女儿掉了一地的泪珠子。

我立刻站起身来，一团怒气就直接往脑子里涌。甭管这是幻境还是现实，也甭管那人是"我"还是什么阿猫阿狗，犯我老婆孩子者，我就犯你十八代祖宗。

我几乎小跑着就直奔了主卧，猛地把门推开了。

一打眼，果然就看见床上此时正侧睡着一个人，或者说睡着一个模糊的轮廓。我看不清他的具体特征或是身材，仿佛他整个人被罩了一层光晕似的，朦朦胧胧的。

但我敢断定，这个人肯定不是"我"。

我上前就想抓他的肩膀，将他翻过身来。我倒要看看是什么人敢明目张胆地睡在老子的床上，脸有没有我的拳头硬。

然而我还没等迈到床边，就见那人肩膀扭了一下，像是被我进屋的动作弄醒了。接着，令我猝不及防的是——

我忽然眼前一黑，瞬间再次陷入失去视力的那种黑暗当中。

之后我就感觉到床上的人似乎坐了起来，因为我听见了床垫受力的声音。但那人还是不紧不慢的，似乎并不打算下床。

这下弄得我有点被动，我不知道对方是不是和我一样什么也看不见。

我只好大声问道："你是谁？我们家不允许宠物上床！"

我话音刚落，就又听见了床垫因为受力改变发出的声音，也不知道对方是调整了坐姿，还是从床上下来了，但始终没有答话。

我打起了十二分精神，生怕他会趁黑突然袭击，就做了一个拳击动作里抱架的姿势，这样既能随时挥拳反击，也能保护住头不被击打。

然而等了似乎好一会儿，对方却再也没有新的动作，也听不到任何动静了。

我正在纳闷的工夫，就感觉有人拽了我衣角一下。我下意识地就躲开了一小步，顺势就挥肘打了过去。

没承想，这一肘竟然挥空了。

反倒是一个熟悉无比的声音传了过来："黄医生，我是庞叮，快跟我来，不然就来不及了。"

〔04·这是哪里〕

庞叮？！

我先是一惊，接着心里一喜。

甭管她是怎么突然出现在这里的，也甭管她是真庞叮还是假庞叮，起码证明了我还是在做梦！

难怪这一晚上始终都是光怪陆离的，合着我一直就没从梦境里醒过来！

"黄医生，我要碰你了。你别误伤我哦。"庞叮提醒着，同时我就感觉她轻轻地攥住了我的手腕，"跟紧我。"庞叮说着捏了一下我，领着我就向卧室外面走。

也不知道为什么，我竟然没有半点迟疑。也许是一种直觉，我就是感觉这个庞叮是真的。

而且现在我两眼一抹黑，跟瓮中鳖已然没什么区别了，想害我小命简直轻而易举，没必要再大费周章地假冒庞叮来算计我了吧？

这么一想，我心里更有底了，紧随着庞叮很快就走出了卧室。

我眼睛虽然看不见，但这里毕竟是我家，布局早已了然于胸。

但奇怪的是，我感觉到在出了卧室门之后，我们接着出了我家大门，周遭的环境一下就陌生起来。温度也陡然下降了不少，空气变得很潮湿，感觉阴阴冷冷的。

庞叮一刻没停地继续领着我向前，走了很长的一段路，很显然这远超出我家的面积范围，我们应该是到了一个新的区域。

走了七八分钟，庞叮终于停了下来，我听见她打开了一扇门。

"黄医生，我们到了。"庞叮说着，将我牵进房间里，安顿我在一个位置坐下后道，"这里很安全，你可以休息一下。"

我摸索了一下四周，发现自己应该是坐在一张木床上。床垫很硬，被单摸起来也很粗糙。

我听见庞叮把门关上，锁好，终于忍不住问道："我现在看不见了，这里是哪里啊？刚才那个人是谁啊？你是怎么到这里的？"

这一连串的问题可能让庞叮有些不知从何答起，我听见她叹了口气，半晌才答道："那句话怎么说来的？哦对，小孩变狼，说来话长。不过幸好，我们有的是时间。"

我道："是'没娘'。"

"啊？这句话有什么典故吗？原来如此。"庞叮道，"我就说吗，小孩怎么好端端变成狼了呢。"

"不是。是小孩没娘，说来话长。"我纠正道。

"哎呀！丢人啦！"庞叮不好意思道，"不过这不重要了，重点是说来真的话长呀，黄医生。"

庞叮在我身旁坐下继续道："我没想到还有机会碰到你！幸好！每次你进入梦境的时候我都能感觉得到。哎呀，真是太好了。"

我道："所以你是怎么到这里来的？这里不是我的梦吧？"

"对。不是你的。但我也不知道这究竟是谁的梦。"庞叮疑惑道，"那时我在你的梦里，明明没有感觉到你入梦，我却看见你在长椅旁边溜达。当时我就觉得有些不对劲儿，可还是去找你了。"

"你被一个和我长得一样的人偷袭了是不是？"我道，"那个人叫陈千法。后来我也差点被他搞死，而且我这次到这里来，也是被他算计的。"

"对，对，对！那个人真不讲武德！我被他刺了两刀呢！后来我觉得事态不妙，就只能跑进了那栋楼里，也不知道为什么，那栋楼的门竟然又可以打开了。"庞叮抓起我的手，放在她的脖颈上道，"就这里，现在还时不时地会痛。早晚我要报仇！"

我摸到了一个非常大的疤痕，显然当时庞叮伤得很重。所幸从触感上来看，伤口愈合得很好。

我不由得有些后怕，幸好这只是在梦里受伤了。现实世界里小姑娘的身体应该没什么问题，不然这单纯要祛除疤痕的增生就很麻烦，尤其是对于爱美的女孩子而言。

这么想着，我突然意识到了什么。这么重的伤，怎么好得这么快？

我追问道："庞叮，你来这里多久了？"

"多久？嗯……我其实已经想不起来了。"庞叮感慨道，"但已经久到我足够熟悉这里的每一个地方了。还有……黄医生，我现在也是看不见的。"

啊？我顿时吃了一惊。刚才庞叮领着我走，一直轻车熟路的，我以为她是可以看见东西的，合着她跟我一样现在也是个盲人？

先不说这里究竟有多大面积，就算仅仅是我家的大小，在完全看不见的情况下，彻底熟悉所有环境，能做到来去如常人一般，这就已经需要巨大的时间成本和训练了。更甭说刚才一路走来，这里显然远比我想象的要大得多。

我很难想象庞叮做到这一切究竟费了多少心力和工夫。难道说她的境遇和当初那个常英类似吗？困在这个不知道是谁的梦里，已经不知道多少年月了？

我惊愕了半晌，才道："你在这里已经这么久了吗？"

"对呀……"庞叮的声音听起来有些落寞，但瞬间又故作轻松起来，"不过也是有好消息的！我没有变老。这里的时间只是一种感觉，你知道的吧，就像我之前讲过的那样！我还是美少女呢！"

我点点头，而后意识到庞叮看不见，就只好"嗯"了一声。虽然我俩现在应该是一根绳上的蚂蚱，可我还是不由得同情起她的遭遇来。在长久的暗无天日的梦境中如此存在着，这可能比死亡还要难受。

于是我故意转移话题问道："那你到底是怎么到这里的？"

"我刚才不是讲到我跑进了楼里吗，"庞叮回忆着道，"之后那个坏蛋就对我穷追不舍的，我只好不停地向楼上跑。可是跑着跑着，我就注意到了一扇门，是一扇虚掩着的门。我想躲进去，就把门打开。黄医生，你猜我看见了什么？"

我顿时紧张起来："你看见的不会是一团漆黑吧，就是现在这种失去视力的黑？"

"你怎么知道的？"庞叮惊讶道，"对！就是很奇怪的黑。可是我想，那么黑的地方，躲进去那坏蛋肯定找不到我。于是……"

"于是你就碰到了那黑暗？"我道，"我也是这么进来的。不只是我，还有梁棉和另一个医生。而且我们应该都看见了某种幻境。我看见的就是我家的客厅，还有我老婆和女儿在玩耍。我走进来，没过多久你就找到了我。"

顺着话头，我就将整件事从开始到现在原原本本地讲了一遍，甚至某些细节我还着重重复了几次。

"啊？还有俩人？！"庞叮拍了一下床道，"完蛋了，可惜我只能感觉到你。"

"对，当时我也看见了所谓的幻境。我看见了我的爸爸妈妈正在家里做饭。你知道吗，黄医生，我当时甚至都不在意是不是要逃命了，我就想抱抱他们。"

我轻拍着庞叮的肩膀，因为我听见她在抽泣。

"可惜我进来之后，没一会儿他们就不见了，而且也像是根本看不见我一样。"庞叮带着鼻音道，"之后我就突然什么也看不见了。对，我就是在那时候也瞎了。可我就是不甘心呀，我认定了他们肯定在这里，所以后来我就用尽办法去找他们，看不见我就摸索着找，摸不到我就哪怕头撞墙也要找。可是，我就是没找到。"

"我能理解。"我安慰道，"你想啊，这种在梦里生活的事都碰见了，之前你也讲了，你爸妈多半也是在梦里生活着，所以早晚肯定会见到的，相信我。"

"嗯……"停顿了片刻，庞叮才开口道，"我也相信！不过，咱们还能出去吗？这里每一处我都去过了，并没有所谓的出口。"

我道："那你知道睡在我家卧室里的那个人是谁吗？"

这里会不会就是他的梦呢？我回忆着那个人的轮廓，那人显然不是陈千法，可他必然和整件事有关。而且从刚才的状况来看，这个人在梦里也是需要睡觉的。

我心说难不成和陈千法一样，平日里一直也都是梦游的状态，在梦里再次入睡才能休息？那他和陈千法又是什么关系呢？

我想了一阵，毫无头绪。总觉得整件事太过于复杂，复杂到再次超出了我的认知。

"不知道。"庞叮道，"但我知道的确有那么一个人，可我从来没有亲眼见过他。这里的每个人都只敢在他睡觉时活动，一旦他醒过来，发现了你，你就会消失掉。很多人都是这么消失的。"

"这里还有其他人？"我忍不住站了起来，"都是谁啊？这样的话，梁棉和郭医生岂不是也有希望和咱们会合了？"

"都是陌生人，真正的陌生人，来来往往的曾经有过很多。但奇怪的是，我们根本没办法交流。这有点难形容，大家就像是隔着不同的维度一样，能感觉到彼此，可是无法沟通。我曾经琢磨过，我觉得是因为我们来自不同的梦境，就如同我来自你的梦境，所以我们是可以交流的，而其他人也只能和自身梦境曾经存在过的人交流。"

我揉着额头，来自不同的梦境，合着这个地方是将不同的梦境集合到了一起的存在？

这算什么？我回想起大学时曾经学到过的所谓的集体潜意识。当时我们曾经延伸过思考，猜想人类会不会有所谓的集体梦境这种概念存在。也就是每个人梦的一小部分，是会融合到整个人类集体当中的。这也就是为什么很多人会做那种跳跃性非常强，与自身平日生活毫无关系的梦境，这是因为恰好触及了集体梦境中其他人梦境的部分。

可这仅限于理论猜想之中，没承想有朝一日我真的会亲身经历到？

〔05 · 集体梦境〕

我不由得陷入了沉思，庞叮可能以为是她说得太过于深奥，就继续解释道："黄医生，你还不知道这里的环境吧。房门外面是一条走廊，走廊是有很多房间的，每个房间里都是不同的布局。感觉上应该是不同人的家。我猜想这就是其他人曾经梦中的场景。其中有一些我去过，但有一些门根本打不开。现在我们的这间就是我家的模样。"

"走廊？什么样的走廊？"我追问道。

"很难说。我只能靠手去感觉，应该是挺破败的，类似……"

"类似那种老旧的宾馆？"我忍不住道。

"对！就是这样。"庞叮肯定道。

那岂不是和陈千法的梦境对应上了？我心中暗想，合着刚才我就是从其中的一个房间里出来，到了庞叮的房间。

这下真的难办了，在这种毫无逻辑的世界，想凭借逻辑推理找出逃生之法，简直难于登天。

这搞得我有些手足无措，很是焦虑，却只能强迫自己冷静下来，用手使劲儿拍了拍脸。

谁知我这么一动，就感觉有一阵微微的气流打在了我额头上。

起初我以为是我的手带起了空气流动，可等我停下来，那一阵阵的气流却并没有间断。

这让我有些起疑，这房间里是有窗户的吗？

询问了一下庞叮，她却告诉我这整个地方完全都是密闭的，她仔仔细细地找过的，出口就甭说了，甚至连个蚂蚁洞她都没发现。

我听后就觉得更不对劲儿了，无奈视力受限，我就只能摸索着尽量朝那气流吹来的方向寻过去。

刚走了一步，我不由得停了下来。

因为我突然想到了一种可能，这气流给我的感受，怎么这么像是有人在旁边呼吸吐气啊。

这房间里难不成还有别人？或者说，是什么别的活物？

我和庞叮都看不到东西，一路过来也没留心是否被尾随。难不成这个东西一直跟着我们进来的？是那个之前睡在我家卧室里的人吗？

仔细一想又觉得不可能，我和庞叮前后脚紧贴着进了门，别的东西理应没空当进来。

这让我汗毛都竖起来了，听庞叮的意思，在这个未知的地方，这个房间算是相对安全的一个区域。

所以此时这个发现反而更让人觉得有些胆寒，就类似于，门外即便天惊地破，都不如床边的风吹草动来得吓人。

我道："庞叮，我感觉这房间里好像还有别的什么东西。"

庞叮惊道："黄医生，你别一来就讲恐怖故事啊。"

我想说都这节骨眼上了，我哪有心思开玩笑啊，可没等张嘴，冷不防地就听见房间的角落里有人冷笑了一声。

我和庞叮同时吓了一跳，这房间里果然有别人！

这人是什么时候进来的？既然没办法尾随着进来，我记得庞叮是锁了门的，合着这个人一早就候在房间里等着我们了？

我立刻面向声音传来的方向，如临大敌地大声问道："你是谁？"

对方没有想继续藏匿的意思，又冷笑了一声，竟然还鼓了鼓掌。

接着我就听见一个男人的声音道："你们分析得还有那么点道理嘛。不过有意义吗？刚才把我都听得有点入神了，我想啊，猪场里的猪会不会也会聚在一起讨论，这围栏究竟是做什么用的呢？"

我顿时听出这个人是陈千法，就对庞叮道："你说的坏蛋来了，不过这次从蛋里孵出来了。小心点，他肯定是来寻仇的。"

说着我就想把庞叮拢到我身边，这乌漆墨黑的，两个人一旦太分散，很容易误伤友军。谁知我都没来得及伸手，就听见庞叮从床上直接跳到了地上，直接朝陈千法冲了过去。

接着房间里瞬间就乱作了一团，响起各种家具碰撞和物品跌落的声音。

庞叮叫道："上次的账还没算完呢，今天我正好教教你什么叫小孩变狼，猎人是娘！"

她话音刚落，就听"砰"的一声，像是有什么东西撞击到了墙面上，接着就是更多的碰撞声。

两个人似乎已经扭打在了一起。

我在一旁很想帮忙，可无奈一来看不见，二来对房间的布局也根本不熟悉，根本不敢轻举妄动。我只能大喊道："庞叮别乱来。这样太容易吃亏了。"

可我的提醒此时压根儿毫无用处，又听见了几声嘈杂后，庞叮就"哎呀"一声，显然是吃了痛。

之后我就感觉迎面来了一阵风，下意识地低头想躲，结果整个人却直接被撞了个跟头，栽倒在地上。这下撞得我七荤八素，只觉得尾巴骨一阵剧痛。

同时我听见庞叮在身旁骂道："完蛋了，坏蛋比之前还浑蛋了。"

我这才反应过来刚才撞过来的竟然是庞叮。

庞叮在梦里的武力值一向很高，即便看不见，我也没想到居然和那陈千法相差得如此悬殊。

我赶忙从地上爬起来，顺手抓住了庞叮的腿，生怕她再扑过去，吃了大亏。

我道："不能再打了。这不是我的梦，死在这里就全完了。"

庞叮可能是几次攻击受挫，这下终于听了劝，气喘吁吁地道："不对呀黄医生，他好像能看见我。我一下都没打着，委屈死我了！"

我一听更感不妙，按照之前对陈千法的分析，他的确可以借梦视物，理所应当地在他的梦里，他的视力是完好的，只是我没想到他居然在这里也可以看见东西。

这明明不应该是他的梦了啊！

这样一来我们真的凶多吉少了。我瞬间想起以前在电影里看见过的普通人和隐形人的战斗。而我们眼下的状况，显然要被动太多了。

可我知道，除了搏命，也别无他法了。

于是我将庞叮扶起来，挡在了她身前，又摆出了自以为可以攻守兼备的抱架姿势。我悄声问庞叮："你没受伤吧？"

在听见庞叮给了肯定的答复后，我又道："背靠着我，别出声，只留意面前。"

两个人的后背瞬间就紧贴在了一起，成了一个整体。

我几乎大气都不敢喘了，把所有的注意力都集中在除眼睛之外的感官上，庞叮也默契得没再吭声，房间里一下就安静得听不到半点声音。

我料想陈千法若是动手，必定会有风吹草动，到时我再出手，虽然胜算依然渺茫，但起码是希望所在。

谁知我和庞叮这么坚持了许久，到最后我手臂都发酸了，陈千法却一直没有新的动作。

他就是安静地立在这个房间的某一处，不动声色地看着我们。就像是他之前说的那样，我们真就像是两头任由其宰割的猪一样。又过了足有几分钟，我实在是有些按捺不住了。因为这种等待被袭击的感受，让人很不舒服。

于是我骂道："你不是想报复吗？等什么呢孙子！"

这下陈千法终于有了回应，带着有些戏谑的语气答道："报复？我现在就是在报复啊。"

"你不是想干掉我们吗？怕了？"我挑衅道，"现在你就算看得见东西，不也是只能'看见'而已吗？多什么了？"

庞叮在旁附和道："对，对，对！不过还是个睁眼瞎罢了！"

我想的是，如此僵持下去，吃亏的是我们，不如争取激怒陈千法，让他露出点破绽。

可陈千法并不上套，"哈哈哈"地笑了几声道："我改主意了，让你们死太容易了。我也是经人提醒，你想啊，就你们俩现在这个状态，天地不应，四方不见，没白没黑地缩在这个小屋里，而且重点是永无翻身之日，这不才是更好的报复吗？而且我还有更重要的事情要做。但凡我气稍微不顺，想起早日前被你们俩祸害的人生，我就跑过来看看你们，看看你们要度过的，远比我曾经痛苦过的人生，要漫长更多的人生。这任谁谁不爽啊？你说是吧？"

陈千法边说边笑："真过瘾。想想就过瘾。"

听见陈千法这么说，我顿时有些泄气。虽然我很想反驳，但我知道他说得没错。

如果我和庞叮真会恒久地困在这里，跟死亡比起来，的确要更痛苦。

我甚至有些后悔，刚进入这里时，没有多看我的老婆孩子几眼。

当时我还觉得无非是幻境，没几天我就能拥抱真实的她们了。可谁能想到，会变成这个样子。

我道："陈千法，我知我说的你可能不信，但是在这种情况下，我也没有理由骗你。你是盲人这件事跟我们无关，这中间一定有什么误会，或者说，你可能是被别人利用了。"

"误会？你说是误会就是误会吧。"陈千法的声音移动到了房间的另一头，"人没必要和猪争对错的。"

陈千法的话说完，我就听见门锁被打开的声音。

"还会再见的。"陈千法道，"哦，对了，你们只能靠听了。"

接着就是门被刻意用力关上的声音。陈千法应该已经从房间里出去了。

〔06·逃生〕

庞叮一开始还试图追过去，被我给拦下了。而后她也意识到这样盲目追击根本无济于事，就又在我身旁的地上坐了下来。

即便看不见，我也能知道她是垂头丧气的。

我又何尝不是呢？

我和庞叮半晌谁都没有再吭声，也不知道究竟这样过了多久，时间在这里的确是模糊的，或者说只能算是一种自我感知。

你知道这很漫长，很煎熬，但你无法真正形容出来。这倒真是应了那句俗话，只有经历过的人才懂。

一想到之后这种情况可能会永远持续下去，我就已经提前感受到痛苦了。陈千法的这招的确够毒。

此刻他指不定正在哪里，扬扬得意地享受着报复得逞的快感呢。

想到他那副德行，让我满心不甘，我不能接受自己就这样坐以待毙，真的跟一头待宰的猪一样。

即便不是为了我自己，也要为了现实世界里等着我回家的老婆孩子，还要为了同时被牵扯进这件事的其他人。

无论如何，我都不能放弃。就算是挣扎到绝望，也比绝望着放弃挣扎要好多了。

这么一想，我顿时恢复了些精神。脑子里过了一遍所有看过的关于监狱的电影和小说。很多人都曾在类似的情形下逃出生天，即便那是虚构的，对我而言也算是一种激励。

于是我道："庞叮，你确定这里没有任何出口吗？"

"对啊……"庞叮重重叹了口气道。

"那如果我们创造一个出口呢？"我道，"这地界有什么可以用得上的工具吗？"

"黄医生你的意思是我们自己挖出去？"庞叮嗓子一下就亮了，"我怎么这么笨啊！从来没想过这个法子。"

"可是……"瞬间庞叮的声音又低沉了，"我印象中是没有。这里就连金属勺子之类的东西我都没发现过。之前我想找到个什么东西去撬锁，打开一些房门，所以我曾经找过。"

"没关系，慢慢找，总会有惊喜的。"我安慰着她，同时跪着在地上摸索。

之前庞叮和陈千法打斗的时候，打翻了不少东西。

我听见过类似碗盘之类的瓷器被打碎的声音，觉得兴许那可以派上用场。

很快我就真的找到了若干的碎瓷片，在地上试着划了几下，发现自己过于乐观了。这瓷片的硬度和强度显然都不够用。但我摸索了一整圈，发现唯一相对靠谱的东西，就只有这些瓷片了。为了避免被不小心割伤膝盖，我只得先将瓷片搜集到了一起，之后再另寻他物。

庞叮这时也加入进来，两个人开始进行了地毯式的搜索。和她所说的一致，我们找遍了房间的每一个角落，结果都一无所获。

虽然已经有了心理准备，可我还是有那么一点儿灰心。陈千法既然如此自信地认定我们逃不出去，料想其他房间里应该也是找不到什么了。这一切都是在他的设计当中的。

我们真的就要被永远困在这里了吗？

这么想着，我叹了口气，找了个角落，再次就地坐了下来，算是自我调节一下情绪。

我刚才一直在全神贯注地找东西，这会儿停下来了，才感觉到浑身肌肉酸痛。尤其是膝盖，我摸了一下，裤子都已经磨破了，整个后背也是僵硬得要命，我用力捶了几下，才感觉舒服了一些。

也许真是冥冥中天不绝我，我这么一动，就听见我原本靠着的柜子门"咔嗒"响了一声。

我顿时像是被点醒了，立刻回身拉开了柜门，伸手一摸，我心里就是一喜。

这柜门上是有铰链的，也就是那种将柜门和柜子连接到一起的金属合页，通常都是不锈钢做的！

之前光顾着找物件，倒是真忽略了家具上的零件了。

我立刻叫庞叮过来帮忙，两个人同时发力，几次尝试之后就直接将柜门硬掰了下来。

接着我俩一鼓作气，用同样的方式把房间里所有的柜门都拆了下来。

可能是这绝处逢生的感觉弄得我俩都有些兴奋，同样也是为了多弄点铰链保险，我俩甚至还费了个大劲儿，卸了一扇房门。无奈发现的确太过于费时费力，姑且暂时作罢了。

很快，我们就攒了一小堆的金属铰链。

我拿了一个去墙边做了下实验，用力地挖了一阵子，墙上就真的被挖出了一个小坑。而且那铰链也并没有太大的损耗，看架势这墙体应该不是那种钢筋混凝土。

这让我大喜过望，既然有了法子，之后我们所需要的就是实施这个法子的时间了。

所幸在这里，我们拥有最多的就是时间。

所谓水滴石穿，这次我就要亲身验证一下了。

之后我和庞叮先是在房间里确定了哪一面是外墙，而后选定了一个位置，马不停蹄地开了工。

我俩轮番休息，轮番上阵，即便手都磨破了，也没有间断过。

唯一有点难度的是，很多铰链并没有和柜门完全脱离开。我们也没有工具去拆卸，就只能抱着整个柜门来操作。

也不知道这样持续了究竟多久，墙上很快就裸露出了墙体里的砖头，接着就被挖出了一个坑。到最后就变成了一个可以伸进去一拳的小洞。

于是我们转而就将这个洞扩大，从而能更好发力，挖得更深。可以预见到的是，只要这样坚持下去，我们很快就能抵达墙外面的世界。

我已经在脑海里演练过无数次了，出去之后要如何在现实世界里暴揍陈千法一顿。也许只有这样才能让他真正清醒过来。既然他认定了我是恶人，那我就真的恶一次给他看看。

然而没想到的是，事情却突然在这时有了转折。

就在我和庞叮进行新一轮的换班之后，突然就听庞叮"咦"了一声，接着就听她窸窸窣窣的，不知道在找什么。

我问她："是不是铰链不够用了？我们可以先去别的房间找一下。应该每个柜子里都会有，这里房间这么多，又基本都是住家的布置，这东西应该不会缺。"

结果却听庞叮疑惑道："不是铰链，黄医生，是洞没了。应该就在这里啊。"

听她这么说，我顿时吃了一惊。

洞没了？这东西还能长腿跑了不成？

起初我以为是庞叮刚休息完，因为看不见一时间找错了方向。可等我到墙边摸了一圈，却发现真如庞叮所言，那个我们大费周章地玩命似的挖了不知道多久的洞，竟然真的不见了！

〔07·柳暗花明〕

为了稳妥起见，我甚至整面墙都摸索了一遍，结果除了平整的墙面，连道裂缝都没有！

这做梦了不成？墙还能自我修复的？

我被我这个下意识的念头弄得有点哭笑不得。

我们的确是在做梦啊。可是这梦也太玩人了吧。

我道："不行，我就不信了。这次咱们换班的时候，手别离开墙。我倒要看看这墙能不能连我的手一块吞了。"

说着我就继续开挖。有了之前的经验，这次的挖掘要更顺畅一些。当然其中也有很大一部分原因是我用力更狠了。不知不觉地，墙上就再次有了一个洞。

等到换作庞叮来接手时，我特意把手指留在洞里，确认了庞叮也摸到洞之后，才把手指抽出来。

我们始终保持着这样交替，起初一切进展得很顺利，洞甚至被挖得比前一次还要深了。

然而就在又一次换班的时候，我侧身想把地方让给庞叮，突然就感觉手指像是被挤了一下。

这种感觉异常诡异，形容起来的话，就像是这面墙把我的手指给吐出来了一样。

我顿感不妙，与此同时我就再也摸不到那个洞了。整个墙体一下子又变得完好如初了。除了地面上的碎砖渣，我们付出的努力就像从没有发生过一般。

这下我是彻底蔫了。

我不知道这墙是受损到了一定程度就会自我修复，还是到了一定的时间就会固定重置。总之以我们的速度而言，除非现在手头有炸药，否则无论如何也是撼动不了这个墙体了。

我不由得有些恼怒，把铰链用力地摔了出去。

庞叮还想安慰我，说要不再换一面墙试试，被我拒绝了。

这里如果真是所谓的集体梦境，那么和以往我们经历的那些梦显然是不同的。既然是一个集合，那它必然有相应的一套逻辑。

我猜想这里的所有建筑，和梦境都是一个整体，所以梦境为了稳定，会强行保持在一个固定的状态。这就像是那种常见的雪景球，无论球体里多么复杂繁乱，只要那个玻璃罩没破，它就是完整的。

所有纷飞的飘絮，被吸纳进来的人和梦，无非都是暂时的，早晚都会尘埃落定。而我们此时不过就是在雪景球里瞎折腾的装饰物罢了。作为点缀可以，但想要从雪景球出来，简直是痴心妄想。

因为一旦可以成功，这个集体梦境恐怕也就不复存在了。

我把我的想法给庞叮讲了一遍。

庞叮还嘻嘻笑着夸我的比喻很有诗意，但我能听出来，她无非是在强颜欢笑罢了。因为从我和她在这里的经历来看，我的推测多半是真的。

这也就意味着，我们的确是被困住了。

之后两个人沉默了许久，是真正意义上的许久。

在这里待久了，对时间越发不敏感了。我感觉似乎过了几个小时那般漫长，但也有可能仅仅是几分钟。

庞叮才像想起来了什么："那黄医生，这样的话，像之前那样弄晕你，是不是也没用了？"

我"嗯"了一声，道："这不是单单某一个人的梦了。之前我们发现的逻辑是，人在自己的梦中濒死的时候，会本能地醒过来。其实本质上和那些在梦中被吓醒的状态差不多。而当你处在别人的梦中时，这种濒死也有一定概率可以醒过来，因为你当时的状态其实是很模糊的，既存在于别人大脑的想象之中，也作为一种独立个体存在，所以这就具备了很大的危险性和偶然性。因为大家都清楚，濒死的这种状态几乎是无法自我掌控的。一旦没有在濒死的状态中醒过来，不慎死在别人的梦里，那就永远无法回到自身的梦境或是现实世界了。

"而对比起前两者，这里的情况要更加抽象。"

我怀疑，如果在这里濒死，很可能就会变成一个永远濒死在这里的存在。

我道："我已经尽力表达清楚了，这样说你能理解吗？"

庞叮想了一会儿道："我能。这个地方只负责过程，从不负责结果。因为它只是过程本身。梦这个东西其实本来就应该是没有缘由和结果的。我们每个做过梦的人都知道，不知道为什么梦就开始了，也不知道为什么梦就结束了。而这里直接掐头去尾，只剩下梦了，没有所谓的开始和结束。"

我不免有些惊奇道："你说我有哲理，你这话反倒更有深度了。"

"哎呀，没办法。在这里太久了，除了瞎想也没什么可以做的。"庞叮感慨道，"抱歉一直帮不上你什么，还害你落得这样。黄医生……你可真是个好……"

庞叮话说到一半，突然改口道："黄医生，好像有什么奇怪的动静。"

我瞬时竖起耳朵，果然就听见一阵奇怪的、闷闷的嘈杂声，像是从墙外面传过来的。我把耳朵贴到墙上，就听那声响似乎由远及近。

我想分辨一下这声音到底是什么，猛地就感觉被庞叮推了一下，整个人从墙边飞了出去。跟着就是一声巨响，我只觉得像是有什么东西猛然撞进了屋里。剧烈撞击使得整个房间的地板都摇晃了一下。

飞溅的碎砖渣瞬时扬了我一脸，打得我脸颊生疼。

我下意识地大叫了一声"庞叮你没事吧"，却觉得四周灰尘四起，直接吃了我一嘴，呛得我忍不住直咳嗽。

就听庞叮喊道："黄医生，墙破了！"

我这才反应过来了，胡乱在地上一摸，果然就摸到了一地碎砖。

我连忙道："机会来了！快出去！"

跟着，我就不管不顾、跌跌撞撞地就朝着墙的方向爬。所幸慌乱之中也没找错方向，因为越靠近墙边的地方碎砖越密集。

很快我就摸到了在墙上被撞开的一个大豁口。

我大喊着"庞叮跟上"，人就从豁口挤了出去。与此同时，我就听见耳朵边传来了一声巨响，震得我耳朵生疼，眼泪差点因此掉了下来。

因为这声音再熟悉不过了，这是公交车鸣笛的声音！

〔08·打破"雪景球"〕

梁棉？是梁棉！

我以后绝对坚持乘坐公共交通，绿色出行！公交车真是太伟大了！

我摸索到车身，一刻不敢停地钻进车里。

等到庞叮也循声上了车，就听见一阵公交车发动机的轰鸣声。车在碎砖上颠簸了几下，急速倒车，之后一个急刹，猛地掉头，向前驶去。

我紧紧抓着扶手，身体因为惯性晃得像个钟摆。虽然知道人已经在车里了，即便把我甩出去也还是会在车上，但我还是本能地担心会被留在这个破地界，根本不敢放松。

等到车身不再摇晃了，像是已经驶入了平整道路，我这才终于瘫坐在椅子上，浑身上下都被汗湿透了。

也不知道是因为刚才太紧张，还是因为抓扶手耗光了所有力气，总之我整个人都有点虚脱，说话都有气无力的。

"梁棉，你可真是救了我的老命了。"我用力挤出一句话来。

却听一旁的庞叮已经哭了起来，"呜呜呜"地捶着椅背："我可想死你了，'猛梦号'，不对，今天起你就是'无敌救星宇宙横行油盐不进猛梦号'了！"

我想说"油盐不进"好像不是啥好词儿，但已经累到懒得张嘴了，仿佛之前被困期间所有的疲乏一同找了上来。

只能听见梁棉"嘀"了几声，似乎在安慰庞叮。

之后就连庞叮也都不再吭声了，我估摸着此时她恐怕比我要难受得多，毕竟她困在那里的时间远超过我，身体和精神早就绷到了极限。

车就这么一直默默地开着，也分辨不出来究竟是过了多久。

突然我就发现眼前的黑似乎淡了一些，紧接着我就发现自己可以模模糊糊地看见东西了。而后眼前的一切逐渐变得清晰起来，熟悉的公交车车厢，车窗外正弥漫着同样熟悉的雾。

庞叮应该也是和我一样，我俩茫然地对视了半天，一开始都没适应重见天日的感觉。等到她使劲儿地冲我挥了挥手，我才反应过来自己竟然半晌都忘记眨眼了。

"我能看见了！黄医生！"庞叮激动道，"咱们真的逃出来了！"

我点点头，此时车已经穿出了那团雾，我看见前方不远处正是我梦境中那再熟悉不过的公交车站。

等到车在公交车站停稳，这下我心里悬着的石头彻底落了地。

我对庞叮道："之后我和梁棉要回现实中处理陈千法的事，你在这里务必要小心，知道吗？而且这次出来的只有我们三个人，还有个郭医生可能还困在那里。我得想办法救她。"

"嗯！"庞叮用力地点点头，"黄医生想救的医生，肯定也是个好医生。放心吧，我在这里勤学苦练，争取早登极乐……不对，争取登峰造极！"

说着两个人下了车，庞叮突然又道："黄医生，我有一个小小的请求。你可以过来一下吗？"

庞叮将我领到公交车车头的位置，用左胳膊环住我的背，右手搭在公交车的前脸上。"真是谢谢你们呀，我早就想拥抱你们了。"庞叮喃喃道，"好像在抱我的爸爸妈妈呀……"

我也把手搭了上去，笑着对梁棉道："那我肯定是爸爸。到你发言了，没法煽情你就'嘀'一声呀！"

谁知我这句话刚出口，就感觉脸疼了一下，像是被什么人打了一耳光。我正在诧异，梁棉这是不服气用后视镜抽我了？这也不够攻击距离啊？

还没等细看，我突然觉得身子一沉，跟着瞬间就从梦中醒了过来！

一睁眼就看见郭医生伏在地上，跟我脸对脸，正抬着手。

我下意识地"啊"了一声，可还是慢了一步，又狠狠地挨了一巴掌。

郭医生这才发现我已经醒了，连忙抱歉道："对不起，对不起，我只是想叫醒你。现在我去叫……"

郭医生说着话，回身发现梁棉已经坐了起来，如释重负般地长出了一口气。

"我醒过来发现你们还在昏睡，差点叫急救了。"郭医生接着道，"咱们三个怎么都昏过去了？"

我这时才反应过来我正躺在病房的地板上，四周的黑已经褪去了。

我顾不上爬起来，立刻扭头找陈千法在哪儿，却见陈千法也如我们一般在地上躺着，似乎也昏睡过去了。不知道为什么，梁棉正骑在陈千法的身上，疯狂地抽陈千法的耳光。

他还边抽边道："你知道用脸撞墙多疼吗？！知道用脸撞墙多疼吗？！这是艺术家的鼻子！现在都不通气了！"

我这才反应过来，梁棉指的是梦里撞破墙救我们出去那件事。

我不免想起当时被陈千法在梦里捅了一刀，的确醒过来还是疼得要命。

我道："先别打了。真出了人命，谁也担待不起。他怎么没醒过来？这么挨揍，不可能装睡吧？"

我起身去查看了一下陈千法，生命体征看起来都很正常，但人就是毫无意识。

我心说他难道还在那个集体梦境里？可是转念一想又觉得不对，郭医生都醒过来了。应该是在我们撞破墙壁之后，破坏了整个梦境的完整性，和我之前的推测一样，"雪景球"坏掉了，所以郭医生也得救了。

我看了下时间，在梦里历经了那么漫长的时光，结果现实中才过了几十分钟而已。这还不算上刚醒过来时缓神的工夫，和一开始犹犹豫豫不敢进门耽搁的时间。真正做梦的时间恐怕充其量也就几十秒。

这让我不由得有些后怕，永恒这个东西，恐怕真的可以在那个地界存在。

我道："梁棉，你是怎么找到我和庞叮的？我们在那个梦里都变成盲人了。你没瞎吗？"

郭医生插话道："啊？我也做了一个什么也看不见的梦，吓死我了。我就知道我在一个房间里，叫天天不应的，感觉做了这个梦跟老了好几岁似的。"

看来我们都是去了同一个地方。我道："郭医生，你先别怕，之后我慢慢解释给你听。"

"都一样。"梁棉接话道，"我也什么都看不见，不然你当车能撞墙啊？"

"你不是专程去救我们的？"我意外道。

"救你们肯定是真的，但专程说不上吧。我两眼一抹黑，也不知道自己在哪儿，只能向前冲。你忘了吗？最开始的时候我就给你讲过，我就跟能感受到你们的召唤似的，可以本能地朝着你们的位置奔。"梁棉想了想道，"不然最初怎么在公交车站遇到你们的？这算什么，城市通勤系统安排我当英雄？"

我笑道："你还不如顺口答'是'呢。这样不应景。"

"咱不盲目邀功。"梁棉揉了揉鼻子，"不过这一趟除了疼，倒也不算是没收获。我见了我爷爷。"梁棉的语气低沉了下来，"我已经好多年没有梦见过他了，我就奇了怪了，明明是我跟他最亲，结果这么多年来，从来没有梦见过他。"

我顿时警觉起来，追问道："你之前是在门里的那团黑中看见了你爷爷？"

〔09·想念却又无法梦见的人〕

"对啊！我看见老头坐在沙发上看电视，特开心的样子，还偷喝浓茶呢！我爷爷有结石，小时候我们家里人都不让他喝茶了，但他总偷着喝，自己找不到就让我帮他偷偷找，之后被我妈抓了，他还不承认，非说是我要偷茶叶自己泡澡养颜。我刚五岁，我用养颜嘛！所以我妈给我一顿揍！"

"你妈应该知道是你爷爷指使的，但她没办法明说，只能收拾你。"我道。

"对！肯定是！毕竟我妈当着我爷爷的面打的我，而且说的话我到现在还记得，她说那茶叶上千块钱一两，我胆大包天，居然想用来泡澡，也不怕给我洗成石头人，该诛之！有圣谕也不行！后来我上了小学查字典才知道这几个词啥意思。

"不过我妈其实也没真打，当时只是害怕得哭了，不疼。而且后来我爷爷还偷偷带我去吃了不少好东西。我们爷俩乐呵着呢，上山下水，钓鱼摸虾，时不时还去偷隔壁老太太院子里种的月季花。不过现在想起来，那老太太和我爷爷应该是互相看对眼了，都没了老伴，只是谁也没捅破。

"一到放假的时候我们爷俩还周边游，一路公交车过去。我爷爷老人免票，我不足一米二免票，我俩狠狠地享受社会福利，一兜风能兜半个城市。老头其实特有钱，有时候倒车不知道怎么就倒到了周边乡镇里，碰见卖特产的看着生活困难的农民，我爷爷一买能买一大麻袋，从来不讲价，最后都送给了隔壁老太太，哈哈哈——"

说到这儿，梁棉停顿了一阵子，又道："可惜啊。老头在我上小学的时候就走了。我记得那天我妈让我把所有茶叶都捧到坟前了，上千块一两的东西啊，全撒土坡上了。我当时哭得特别惨……"梁棉哽咽了起来，"就问我妈，为什么生前不给我爷爷喝，等他没了才这么大方。我妈当时也哭，说不给爷爷喝是为了让爷爷有更多的机会喝，这叫作取舍。

"取舍……我后来很长一段时间都在思考这个词。到底人生是尽欢一场散尽烟尘对呢，还是细水长流颐享天年对呢？我到现在也没搞明白，我只知道人生其实很多时候都是未知数，所以可能怎么选择都不对。

"我无数次地想要梦见老头，我是梦见过小时候回到家乡的小院子里，但永远都只是我一个人玩，一个人做着小时候我爷爷带我做的事情。我也不知道这是为什么，但这次我挺满足的。老头看着特别真切，但他看不见我，就像是个无比写实的能亲身走进去的电影一样。我看着他，看着看着突然就瞎了，就跟电影结束时幕布黑了一样。之后我就意识到我在梦里了，就去找你们了，真是长途跋涉啊，我都不知道跑了多久，撞了几次墙，感觉跟过了一年似的。"

梁棉讲到这儿双眼变得有些失神，似乎还沉浸在对爷爷的回忆中。

郭医生从随身的包里翻出几张纸巾，递给梁棉。梁棉没接，只是用袖子抹了一下眼泪。

郭医生用纸巾擦拭了自己的眼角，我这才注意到郭医生也哭了。

"是啊。我有时候也会感慨。"郭医生接话道，"为什么明明特别想念的人，但就是梦不到了。以前有人告诉我，说这就证明那个人已经转世投胎了。可我是医生啊，我怎么可能会相信这个？所以我会思考，我到底是不是真的想念那个人，还是只是单纯地自以为自己在想念。黄医生，你是学心理学的，你应该明白吧？人对自我的了解出错的时候，就是心理病了，对吗？"

我看着郭医生，她此时泪眼汪汪的，只得安慰道："也不尽然。现在的心理学其实就是建立在人类对自身心理的探索之上的，很多都不是定论，只是推论。所以说白了，有些时候我们所谓的心理疾病，只不过是那个人和大多数人的心理活动步调不一致罢了。"

"嗯。"郭医生点头道，"那真的挺巧的。这个房间里有两个人都梦不到自己想梦见的人。"

我"啊"了一声，忍不住问道："你的意思是，你和梁棉一样？你在那团黑里看见了什么？"

"我看见了我妹妹。"郭医生带着鼻音道，"她一个人在书桌前学习，就那么安安静静的，只有翻书声。妹妹一直读书非常努力，从小成绩就特别拔尖。我比她大三岁，虽然我是姐姐，应该照顾她，但其实从小到大都是她在护着我，凡事都让着我，久而久之我也被惯坏了，习惯了，认为一切都是理所应当的。

"那个周末我记得特别清楚，我当时谈了一个男朋友，是早恋，不敢让家里人发现，但我们约好了要一起去看电影。所以我就跟家人说是和妹妹一起去，让她给我打掩护。

"可妹妹周一有考试，她只想复习功课。因为父母答应了她，只要她这次考第一名，就带她去看她一直想看的演唱会，但妹妹还是选择了帮我，就像她从小到大一直以来做的那样。

"她带着书本，自己找了一家自习室，等我们散场。

"那天看的是一部喜剧，挺火的，也挺好笑的，我记得我当时应该是快乐的。你们明白吗，那种只有在少女时期，身旁有喜欢的人时的快乐。

"可是……可是快乐……"

郭医生哽咽得有些说不出话来，她的表述也不太连贯，我知道这是人在情绪极度悲伤时的体现。

我走过去拍了拍她的肩膀："说出来会好受些。虽然这话已经和劝人多喝热水差不多了。"我安慰道，"但的确会管点事的。"

"嗯。"郭医生努力忍住眼泪道，"后来这么些年，我总觉得我那一时的快乐，是用我妹妹的命换的。我就真的想给她道歉，说姐姐错了，哪怕是在梦里也行。可是我就是梦不见她，我认为这是她在怪我，你们懂吗？

"那个喜剧电影的每个段子我到现在都记得，哪怕我就看了那么一遍，后来光看见那个片名我就想哭。可是记忆这东西没办法选择呀，我忘不掉的，就跟我忘不掉从商场影院里出来，就看见人群都在向一个地方奔涌一样。

"我顺着人流循过去，发现所有人都自发地围成了一个圈。妹妹就在圈里，满地都是血，比她身边那个灭火器鲜艳多了。我妹妹才十四岁呀，不都说跟花一样的年纪吗，所以血才会那么鲜艳吗？

"没有人能帮得上忙，也没有人来得及帮得上忙。我也在圈里，可我什么也做不了。我真想用妹妹的书本敲死我自己。这次看见她在翻书，我感觉那声音就像是在割我的心。

"后来……后来我才知道，是楼上的一个精神病人突然发病，丢下来了一个灭火器。

"就这么巧，就是这么巧……

"来来往往不知道多少人，老天就选中了我妹妹。差一寸，差一秒，差一步，我妹妹都有可能躲过去。

"可她不想我等她，她就是这么替姐姐着想，所以提前来商场里等我散场。

"喜剧的终点都是悲剧，对吧，黄医生？可是这个悲剧也太悲了……呜呜呜……"郭医生捂住脸，哭了很久才抬起头来道，"这就是我为什么会成为这里的医生。我恨那个精神病人，但我知道他不是故意的，所以我只能恨我自己，我越恨我自己，我就越想治疗更多的精神病人，我不希望再有熊熊燃烧的生命被一个从天而降的灭火器熄灭。这次我看见我妹妹，我道歉了。虽然她听不到。十年了，我从没有梦见过她一次。她听不到我说话，是故意的吗？她是不是不会原谅我了呢……"

"你千万别这么想。"我连忙继续安慰道，"这些都是那团黑暗给我们制造的幻境，所以没办法沟通，梁棉是这样，我也是这样，包括你没见过的一个叫庞叮的小女孩也是这样。我们都没……"

我话说到一半，突然脑子里像过电一般。

梁棉、郭医生、庞叮，他们三个人都在那团黑里看见了自己现在没办法梦到的人，而且都是他们无比想念的家人。

这倒是可以理解，毕竟那团黑暗的目的就是诱惑我们进去。但离奇的是，他们看见的人都已经去世了。

我想这肯定不会是个巧合吧？！

可为什么我看见的是我依然健在的老婆孩子呢？

〔10·电话〕

我明明经常梦见她们，有时候甚至还梦见起床起晚了，来不及送女儿上学，被老婆骂得狗血喷头呢，害得我半夜就吓醒了。

那这样的话，是因为我潜意识里最珍重的就是她们俩？大家都只不过是看见了自己珍视的对象而已？

我思索了一下，我也有不少去世的亲人。很多长辈跟我关系非常亲密，我也的确很怀念他们。仔细回忆的话，我也像是没梦见过他们。

我心说可能还是我不够想念他们？

我总觉得这中间有逻辑相悖的地方。梁棉、郭医生和庞叮他们仨，怎么说都应该有健在的并且对于他们非常重要的人吧？怎么单单就是我如此另类。

这难道是什么预示吗？预示着我也会失去老婆和女儿？

我顿时惊出一身冷汗。

我是绝对无法接受这种事情发生的！

当即也顾不上是不是深更半夜了，掏出电话给老婆拨了过去。很快老婆慵懒的声音从听筒里传来，应该是被电话吵醒了。我这才觉得安心了不少。

老婆问我是不是出什么事情了，为什么这个点打过来。

我一时间也找不到理由搪塞，只能说是想她们了。

可能是信任我自有分寸，老婆也没多问，依旧还是那老三样，叮嘱我注意身体，记得吃饭，早点回家。

我答应着，心里一阵阵暖流涌动，尤其是在听过梁棉和郭医生讲述的那些往事之后，我越发明白应该在失去之前更珍惜，能拥抱的时候就要更用力一点儿，能依偎的时候就要靠得更近一些。

之前很少会有这种念头，此刻我竟然感激命运的眷顾，让我依然拥有最重要的人。

因为知道明天老婆不仅要上班，还得送女儿上学，又简单地聊了几句，我就不想再多耽搁她休息了。于是我就准备挂电话。

然而还没等说出再见，就听老婆那边嘈杂了一阵子。接着，老婆告诉我女儿醒了，非要吵着跟爸爸通话。

我倒是真的很想听听女儿的声音了，于是央求着老婆就让我跟女儿打个招呼，不然孩子也睡不踏实。

考虑到女儿反正也醒了，老婆就很酷地说了句："三分钟。"电话就递给了女儿。

"爸爸！"女儿兴奋地叫道，"你怎么还不回来呀！我都以为你丢了！"

"那你没去垃圾桶里翻一翻爸爸？"我笑道，"你在家里要乖乖听妈妈话哦。"

"知道啦！我可乖了！每天睡前都给妈妈讲故事，都是鬼故事！吓得妈妈都不敢下床！"女儿炫耀道，"所以现在家里的灯都开着，因为妈妈害怕，哈哈哈。"

"你从哪儿听的鬼故事呀？学校里吗？"我问道，"上课又没好好听讲吧！"

"我自己编的呀！我是小天才！"

"那好！小天才为了保护好天才的小脑袋，你得乖乖睡觉去了，不能熬夜知道吗？"我叮嘱道，"而且妈妈胆小，等我这几天回家了，你吓爸爸，爸爸禁吓。"

"好……"女儿答应道，接着又沉默了一会儿。

女儿像是小心翼翼地低声问道："爸爸……"

"怎么了？"我也装作神秘道，"想偷偷要零花钱？"

"不。"女儿的声音突然冷淡了起来，沉默了片刻，接着猛然带着讥笑的语气大喊道，"你怎么还不来救我们啊？！你怎么还不来救我们啊？！"

我被女儿这话惊得一哆嗦，都没等做出反应，就发现电话已经被挂断了。我再拨过去，却再也没有人接听了。

梁棉和郭医生一直就在旁边，这深夜的病房本就安静，加上女儿最后那两句话声音实在太大，即便没开免提他们都听得一清二楚。

本来见我家庭氛围如此之好，郭医生的表情还很羡慕，梁棉也是笑得很欣慰，毕竟之前他和我女儿相处得很不错。而此刻他们二人的脸色都是一变，几乎同时问我究竟怎么了。

我只觉得额头上的汗都下来了，却也说不出个所以然。

这一定不会是女儿突发奇想地在跟我开玩笑。况且老婆也在家里，就算真是女儿学了什么恐怖故事里的桥段搞了恶作剧，老婆肯定也不会大半夜地给女儿当同伙，陪着她一起演戏的。

救她们！

我脑海里一直盘旋着这三个字。

难道是我困在那个集体梦境里的时候，家里人也跟着遭殃了？

我在那团漆黑中看见的并不是幻象，而是真正发生的现实？

我回忆着刚才跟女儿的对话。当时觉得没什么，只以为是女儿太想我了，现在回想起来总觉得从对话的一开始，女儿就反常得有些诡异，似乎就像是另一个人在装作女儿和我讲话一样。

另一个人？我瞬间看向还在沉睡着的陈千法，这像是这个孙子的行事风格。

合着集体梦境被我们打破之后，他之所以没有醒过来，是因为他去我家了？陈千法是怎么过去的？顺着梦吗？

按照之前的经验，起码需要做梦的人在他附近，或是跟他见过面，他才能进入那个人的梦吧？

我就是见过了他之后，住在医院附近，才在梦里被他袭击了。我家距离这里可上百公里呢，陈千法还能飞不成？

可就算他用了什么法子跑到了我女儿或是老婆的梦里，我刚刚明明是在现实中打的电话啊！他又是怎么假扮成我女儿的呢？所以我还是没醒？这一切还是在做梦？

想到这儿我忍不住给了自己一拳，一时焦急没收住劲儿，疼得我眼冒金星。

可这种痛感的确和梦里是不同的。我可以分辨出来，我真真切切地应该是在现实之中啊！

一时间我彻底没了头绪，只得整个人愣在那里。

梁棉见状还以为我要发疯，试图过来抱住我，怕我再伤害自己。

我这才回过神来，眼下虽然一团乱麻，可依旧耽搁不得。

我必须立刻赶回家去。

于是我道："我家里出事了，陈千法可能去了。"说着我又看向躺着的陈千法解释道，"他人没去，应该是从梦里去的。但我不知道他怎么可以控制我女儿……郭医生你留在这里，拜托你，盯住陈千法，随时保持通话。还有，你叫几个护工和保安陪着你，务必保证自己安全。"

"梁棉。"我道，"还需要你陪我回去。"

"对对对……"我接着自顾自道，"还得报警，先报警。警察可以先到……"

梁棉"嗯"了一声道："幸好我会开车。你这状态我可不太放心。"

我连忙点头，此刻我知道自己表现得很慌乱，这对办事百害而无一利，但我真的无法控制自己。

一想到老婆孩子可能处在危险当中，我都不能说是如坐针毡了，我感觉简直就像是把针毡吞进了肚子里。

我用了足足几分钟才勉强让自己平静了一些，匆匆和郭医生告了别。

梁棉这时已经把车停在医院门口等我了。两个人都顾不上去退房收拾行李，直接就上了路，直奔我家而去。

〔11·归家〕

我终于切身体会到了什么叫作归心似箭了。一路上我始终心神不宁的，只能倚靠着车窗，茫然地看着道路旁的黑暗。

深夜的高速上没什么车，我们开得特别顺畅。可我还是希望能再快一点儿，更快一点儿。

梁棉就在旁一直提醒我，先要保证自己的安全，才能有机会拯救别人，不要自乱阵脚。

我明白他说得在理，事实上我也尽力平复自己的情绪了。可一想到家人安危未卜，我的心率就一直在飙升，几乎透不过气来。

在临出发前，我就报了警，说是家里人可能遭遇了危险。我们片区的民警非常负责，很快就上门探访了一下。

等我们车程刚开到三分之一的时候，那边就打电话过来，告诉我家里人都没事，母女都已经睡下了。之所以电话不通，是因为没电忘记充了。

我知道这多半是那陈千法使了什么手段在瞒天过海，可即便我把事情原委讲出来，民警那边也不可能会相信的，甚至指不定还会把我当作报假警的精神病人。

所以我也只能道谢后挂了电话，整个人更加不安起来。

所幸这路程并不算太远，车一路飞奔，一个多小时后我们总算抵达了我家楼下。

等不得车停稳，我就直接冲上了楼，打开家门大喊老婆的名字，同时也做好了随时和来犯者拼命的准备。

谁知这么喊了几声，却见老婆不紧不慢地从女儿卧室里走了出来，一脸茫然地看着我，似乎是还没睡醒，人还在迷糊着。

我见状就道："女儿呢？家里都没事吧？"

老婆愣了半晌，这才回过神来道："你怎么突然回来了？小点儿声！女儿在睡着。"

"是你报的警吗？"老婆问着，就去厨房给我盛了碗汤放在茶几上，又见梁棉这时已经跟了进来，她就又盛了一碗，接着道，"累坏了吧。怎么突然发神经啊，害得人家民警大半夜来白跑一趟。"

我环视了一圈，家里的一切一如往常，拾掇得特别整洁，没什么不对劲儿的地方。

我就在沙发上坐了下来，继续问道："那会儿给你们打电话的时候，女儿最后说了什么你听到了吗？"

"说了什么？"老婆回忆着，也坐在了沙发上，"你听错了吧？女儿不是跟你说了几句就被我赶去睡觉了吗？不过你倒是真挺有口福的，狗鼻子闻着味儿回来的？你最喜欢的香菜海参汤。我们想背着你偷偷喝的，这下明天早饭的预留泡汤啦！"

老婆说这话时带着笑意，神色自若，看不出任何异样。

我盯着老婆的眼睛，毕竟已经算是老夫老妻了，彼此之间再熟悉不过了。我能确定这就是她本人，不会是任何人假扮的。

于是我道："那可能真是我听错了，这几天实在太累了，保不齐恍神了，虚惊一场总比真的惊吓要好。"

"女儿呢？"我看向女儿卧室道，"我这是临时回来的，事刚办了一半儿，我看眼女儿就得走了，下面还有几个人在等我呢。"

一听这话，老婆顿时板起脸来："你真被女儿说着啦？要丢啊你？而且你要是再不听话保重身体，我们就真把你逐出家门了！"

说着老婆站起身来，比画了一个"嘘"的手势道："别把女儿吵醒了，不然……"

老婆一连用手比画了好几个假装威胁我的手势后，才默默地领着我去了女儿卧室。

我们家的布局，女儿的卧室在整个房子的最里面。我蹑手蹑脚地跟着，顺道正好瞟了一下其他房间。

等到了女儿卧室，看见女儿正在床上熟睡着，抱着她最喜欢的熊猫，小脸蛋一半缩在被子里，可爱得让我恨不得马上拥抱她。

可我还是忍住了，确认女儿没事之后，我就又退回到客厅里。我一口干了那碗汤，汤已经有些凉了，但喝起来味道依然很不错。可能是几日来都没尝到老婆的手艺，其中还有不少"想念"的加成。

梁棉也是喝完了汤后连连竖大拇指，嘴角的香菜都顾不上擦了。

老婆见状就笑道："以后多来家里吃饭，孩子也盼着你来的。"

我点点头道："梁棉已经算是我的生死之交了，以后肯定会经常走动的，不过这次就不多留了，我俩先撤了。你照顾家里，拜托了啊！"

我作了个揖。老婆就装作趾高气扬的样子，轻轻抬手示意我们可以退下了。

可我和梁棉刚走到门口，老婆又轻声叫住我道："这个忘了，手机充不进去电了，你顺道拿去保修吧，这刚买了个把月，质量太差了。"

我接过手机，老婆就顺势狠狠抱了我一下。

"去吧。"老婆示意门外道，"家里有我，放心吧。"

我"嗯"了一声，转身带着梁棉就出了门。

二人刚进楼道，身后的家门就关上了。我径直朝电梯走，梁棉就在后边一边追我一边悄声道："怎么回事黄医生，我挺有眼力见儿吧？刚才一句话都没敢说。你怎么说楼下有人等咱们啊？是不是发现什么不对劲儿了？"梁棉警惕地回头望了望道，"我看嫂子挺正常的啊。"

"一点儿也不正常。"我进了电梯，头也没回道。

"你是说陈千法真在你家里？可是嫂子没睡觉啊。他是躲到你闺女梦里了？"梁棉继续问道，"不对，你打电话的时候，她们两个都醒着呢啊。就算和之前一样，陈千法可以提前进入别的梦，那她们两个只要不睡就是安全的啊。"

"我不知道他躲到了哪里，但我家里肯定是出事了。"我走进电梯道，"咱们回车里，我要睡觉。"

"睡觉？"梁棉意识到我是要入梦，就又道，"所以你到底发现了什么啊？"

"汤好喝吗？"我问道。

"好喝啊！以后我真常来啊，别客套。"

"嗯。但我从来不吃香菜。"我道。

〔12·手机里的信息〕

"啊？"梁棉下意识地叫出声来，赶忙也跟进电梯，低声感慨道，"你们两口子这交流的方式都赶上特工了吧？"

我没再吭声，只是点了下头，脑子里复盘了一下刚才家里的情形。

老婆是个很聪明的人，算准了我必定会回来，那锅汤也肯定是提前准备好的，为的就是给我传达信息——家里有情况。

可为什么她不能直接跟我明说呢？

我们离开的时候，也没有受到任何阻碍，她甚至完全可以借机跟我们一同出门的，而她却还是选择留了下来。

我猜想她肯定是受到了某种威胁或是限制，所以迫不得已，只能用这种法子来表达。可刚才在家中时，我特意装作若无其事地观察过了，其他房间里也没有藏人的迹象。

那么这种威胁，多半就是我们肉眼看不到的，综合分析的话，必定就又是和梦有关了。

我思索着，大致也弄明白了老婆为什么会如此束手束脚，被拘禁在家里了。因为女儿的安全没有得到保障，只有这才是一个母亲最大的软肋。

如果的确是陈千法在作祟的话，他应该是用某种方式挟持了女儿。

想到这儿，我更不敢耽搁了，重新回到车里，把椅子放倒，准备酝酿睡意。

这时我才猛然想起老婆给我的手机来。她肯定不是平白无故这么做的，手机里应该是有更多的信息或是提示。于是我立刻把手机掏出来，试着开机，发现的确是没电了。

我就用车载充电器充了一会儿电，果不其然，手机根本就没坏，没多久就亮了。

我赶忙在手机里翻找着，尤其是备忘录或是那些可以保存文字的聊天软件。奇怪的是，我并没有找到老婆写下的相关只言片语。

我只好继续翻看起相册来。和很多母亲一样，老婆也很喜欢晒娃，为此还专门建立了一个视频账号，所以相册里大多数的照片和视频都是关于女儿的，我匆匆浏览了一遍，倒也没看出什么端倪。

于是我就按照拍摄时间筛选了一下，这下赫然发现从昨晚开始，老婆竟然反常地拍了非常多的照片和视频。

我从第一个开始看起，拍摄的时间应该是在晚饭后不久。桌子上还放着没来得及收拾的碗筷。

内容是老婆躲在冰箱后面，悄悄地偷拍女儿在茶几上画画。女儿起初没有发现，等到看到老婆在偷拍，立刻把画盖了起来。老婆追过去，几番利诱，女儿才扭捏地把画亮出来。

老婆就呵呵笑着给那幅画拍了个特写。

女儿画的应该是一个男孩子，旁边还有一个歪歪扭扭的英文名。我印象中这是女儿的一个要好的同班同学。

老婆意识到了女儿可能是喜欢这个男生，就边拍边给女儿指点，说要在这里填一些颜色，不然画太空了。

女儿就不好意思地说这只是练习，她要等棉花叔叔的专业指点之后才会正式作画。因为这是给那个男生的生日礼物。

老婆就意味深长地"哦"了一声，视频也就到此为止了。感觉上她们母女都挺放松的，和平日里在家的状态没什么区别。

我看的时候都不自觉地带着笑意，女儿真是不知不觉地长大了，不知道等她真正到了谈男朋友的年纪再看这个视频是什么心情。

见没什么异样，我就继续点开了下一个视频。

这次画面里的主角依然是女儿，正聚精会神地看着电视。老婆的镜头扫了一下茶几上的水果，问女儿为什么不把水果吃完。

女儿就回头龇着牙，指着自己少了一颗的门牙，一本正经地说电视上讲过睡前不能吃太多甜的，不然会对牙齿不好，妈妈你看我的牙都掉了。

老婆听后就笑，告诉女儿这是因为她在换牙。

女儿就狡辩，说换牙之后她就会长大了，她不想这么快长大，因为她长大了，妈妈就老了。

老婆听后笑得特别开心，凑过去摸着女儿的头，问女儿："妈妈老了还会爱妈妈吗？"

女儿就冲镜头做了个鬼脸，说爱！但是如果妈妈能帮她把剩下的水果吃完，她就更爱了！

老婆用手指弹了一下女儿的脑门，说："就知道是因为你不爱吃！跟你爸一样，诡辩之王！"

视频到这里就停止了录制。

我看到拍摄的具体时间是晚上九点多，女儿基本上都是这个点看完电视就去睡觉，老婆也会一同陪着去给她讲睡前故事。

这时候家里显然没出现什么状况。但既然女儿会去睡觉，这下终于和梦有了关联，之后的视频和照片应该就是重点了。

所以在查看下一个的时候，我的心跳就跟着开始有些加速了。

第三个依然是一个视频，而且时长很长，足有三十多分钟。

拍摄的具体时间已经是深夜了，应该是和我们在陈千法病房里遭遇那团漆黑的时间差不多。

视频的内容却着实令人奇怪。起初画面摇摇晃晃的，像是老婆没有拿稳手机，我看了一会儿才能分辨出来，这拍摄的环境是我们家的客厅，只不过因为灯一开始全关着，周遭黑漆漆的，只能看清被闪光灯照到的部分。

而后老婆打开了整个客厅的灯，环境顿时变得明亮起来。但随之而来的是画面变得更加晃动，看得人甚至都有些眼晕。

更让人觉得诡异的是，这种晃动会有规律地停顿一下，将镜头对准家里的某个位置。

有时候是沙发，有时候是厨房，有时候是大门口。

老婆在视频里始终没有说话，但能听见她呼吸变得异常急促，像是整个人很紧张。

视频里老婆一直在走动，拍摄的地点也从客厅跟着到了卧室或是洗手间，甚至还有几次是老婆蹲下来，拍摄床下或是沙发和地面的缝隙。

我耐着性子一直把视频看完，却根本没看到什么多余的东西。整个视频拍摄的说到底就全是空镜。与其说是在拍摄视频，倒不如说是老婆在借助摄像头，在家里找着什么，或者说，是试图在拍下什么。

老婆发现了什么？！

我奇怪着，就继续看完了之后所有的视频和照片。这下就令我更加吃惊了。

因为之后无论是视频还是照片，几乎都是这个视频的翻版。无非是时间长短、静态或是动态，还有取景位置不同等方面的区别。画面里一直就没出现过任何人物，也没有什么值得注意的线索。

保险起见，我甚至还从头又翻看了一遍。除了能感受到当时拿着手机的老婆的慌乱，我一无所获。

这是怎么回事？是家里来了什么东西吗？可也没拍下来什么啊。

我思考着，把自己代入进去。

老婆一直在尝试用摄像头记录，那她肯定是注意到了有不对劲儿的地方。可如果她感知到了危险，为什么没有选择求助或是报警呢？

唯一合理的解释是，当时她跟现在一样，已经受到了某种限制。

那这样说的话，看架势此时女儿应该还没有被挟持，否则老婆根本不可能还有闲心在家里拍东拍西的。

所以说这种限制，这时候还并不是出自顾及女儿的安危，而是别的什么？

这么多视频和照片，老婆显然是很笃定自己看见了什么，所以才想拍下来。可从结果上来看，似乎这个东西只能肉眼看见，是摄像头无法记录的？

想到这儿，我猛然一激灵。

不对，可能是我把老婆的目的想反了。

因为我想到了另一种可能。老婆之所以一直在拍摄，并不是想记录下来什么，而是想确认，自己看见的，是不是真实存在的。也就是她已经看见了家里有什么东西，但是一时间不能分辨是不是自己出了幻觉。

这才是之所以把手机给我要传递的信息。

可老婆看见了什么呢？为什么镜头又拍不下来呢？难不成家里真闹"鬼"了？难道真的有些肉眼察觉不到，只能凭借设备来发现的事情？到我家怎么颠倒了？

一时间我大脑的思路有些断了。

梁棉在旁一直默默地跟着看那些视频。这时见我不停地揉太阳穴，他也纳闷道："黄医生，嫂子是不是看见陈千法，以为见鬼了，所以想拍下来？你不是说陈千法应该是来你家了吗？"

"陈千法……"我嘀咕道，"他来了也应该是在梦里啊。毕竟他本人正在医院里躺着呢……"

说到这儿，我如同醍醐灌顶一般。

"对！陈千法！如果是陈千法在搞鬼，一切就解释得通了！"我道，"对！我老婆应该就是看见陈千法了！"

"哦？"梁棉惊喜道，"我也成推理达人了？"

我道："你忘了吗？之前我分析过的，陈千法为什么可以盲人视物？"

"因为他的梦境和现实是一模一样，重叠着的？"梁棉试探着问道，"而在梦里陈千法是可以看见东西的。"

"对！所以我老婆应该也是一样！"我想了想道，"没错，只有这种可能性了。"

"你的意思是嫂子也在梦游？"梁棉惊愕道。

"嗯！但是她并不知道自己是在做梦，因为这个梦境和现实毫无差别，她肯定以为自己是醒着的。家里的所有东西她都能真实地触碰到，因为她在做梦的同时其实也在梦游。在梦里摸到的东西，现实之中其实也是摸到了。

"所以换作任何一个常人肯定都发现不了。"

"唯一不同的地方，正是因为在梦里，所以她可以看见陈千法，一个突然出现在自己家里的陌生人。"我想象着当时的情形道，"我老婆当时肯定是吓坏了，他们之间可能还有过交流和对话，陈千法说不定会编造一些神神道道的理由，她为了确认这一点，才拍下了这些东西。"

"哦！我明白了，也正是这些视频佐证，"梁棉道，"所以嫂子确信这很危险。"

我点点头道："的确很危险。一个只有你能看见的人，倘若威胁你如果有任何风吹草动都会拿你的女儿开刀，我想你也不敢轻举妄动。"

"难怪嫂子连警察上门都装作若无其事。"梁棉道，"那现在你女儿是什么状态？从那个电话里看，陈千法已经能借她的嘴说话了？"

"很难说，我女儿毕竟太小，大脑没办法支撑太复杂的梦境。你记得那个盛城吗？陈千法可能是用了相似的手段。我们不能再耽搁了。梦里见！"

〔13·入梦之后的调查〕

我本以为这心里装着事，入睡会很困难，结果没承想，可能是这一夜舟车劳顿、心力交瘁，身体早就疲乏到了极点，完全是靠着一口气在撑着。所以我几乎在躺倒的一瞬间就进入了梦境。

人立刻站在了熟悉的空地长椅旁。

"黄医生！你没事吧？"庞叮的声音同时从耳畔传来。

我定了定神，看见她正一脸关切地望着我。

"我在梦里都脸色很差吗？"我道，"看来老婆警告我要注意身体是没错的。"

"不是。"庞叮道，"是这里……"

庞叮指着天空道:"你的梦变得有点不一样了,所以我一直在担心。"

我这才注意到,我们头顶的这片天空,原本就是一片虚无的灰黄色,可此时竟然笼罩了一团巨大黑雾。黑雾距离地面很近,给人一种很强的压迫感。不远处的那栋楼,半截已经被吞入了那黑雾之中。

"这怎么回事?"我诧异道,"这是在映射着我目前的情绪状态吗?"

"不知道。"庞叮仰头望着,"但我感觉它距离地面越来越近了,像是要把这里吃掉了。"

"顾不上这么多了。"我道,"我老婆女儿都有危险。"说着我就尽量言简意赅地把这次入梦前所经历的事情给庞叮讲了一遍。

庞叮听后大惊失色,立刻拽着我就往公交车站奔去。

"我都没见过小侄女呢!陈千法搞鬼的话,解决了他,小侄女应该就会没事了!"庞叮边跑边怒道,"正义的'梦中侠'要行侠仗义去了!不对,这样说太幼稚了,敢在太岁头上玩托马斯全旋!啊!不对,黄医生,我可以叫你的女儿是小侄女吗?"

庞叮跑得飞快,搞得我有些上气不接下气,只能"嗯嗯啊啊"地胡乱答应着。

"真好呀!那我也就有家人了!"庞叮感叹着,突然话锋一转,再次骂道,"陈千法是吧,看我打掉你的头,变成陈十法!不行,我得当个好姐姐,不能讲脏话。反正我要找他拼命啦!"

两个人说话间就到了公交车站,梁棉已经停好了。我们跳上车去,车立刻就飞速向前驶去。

没一会儿车就钻进了一团雾,等到我能再次看清窗外的情景,第一眼就看见了我们家的那栋楼。

一切果然都如同我推理的那样,这里应该就是我老婆的梦境。陈千法一定也在这里。

公交车在楼旁停了下来，等到我和庞叮下了车，公交车就打起了双闪，我知道这是梁棉在提醒我们要小心。

　　我冲他点了点头，转身就领着庞叮进了楼。这算是真正字面意义上的熟门熟路了，这种感觉说起来很奇妙。

　　入梦这么多次了，我还是第一次有这种体验。

　　一个在现实世界里你无比熟悉的环境，在梦境中同样不差分毫地被展现了出来。

　　电梯里某个按键的一角掉漆了，某个邻居家贴的春联上不小心晕开的墨迹，角落里摇晃的被废弃的蛛网，消防栓玻璃盖上哪个孩子贴上去的卡通贴纸……那些在平日里你几乎不会怎么注意的微小的细节，都没有被遗漏。

　　正因为你对周围的一切都了如指掌，反而更有了一种缥缈恍惚的感觉。而这种不真实感，却恰恰是因为一切都太过于真实了。

　　我不禁想起那个古老的典故，庄周梦蝶。都说人生如梦，那到底我们是一直在现实里做着梦，还是在梦里梦见了现实呢？

　　这么一路惊叹着，我们已经来到了我家门前。刚才有些走神，这会儿我又紧张起来。

　　即便知道陈千法在这里，但保不齐他又搞了什么牛鬼蛇神的圈套，让人不由得把心提了起来。

　　庞叮搓着手道："没想到第一次来做客就是来打砸不抢的，幸好是在梦里呀，不用束手束脚。"

　　我道："你尽情发挥吧，争取下手狠点。"之后我深吸了一口气，用指纹开了锁，跟着顺势一拽，两个人就冲进了屋里。

　　本来我都计划好了，借着突然袭击这股劲，争取直接给陈千法来一个抱摔，解解我心头之恨。

结果我第一时间扫了一圈，竟然没找到他的人影。

只看见老婆正蜷缩在沙发上，听见有人进来，抬头一脸惊愕地看着我们。

"老婆别怕！我们是来救你们的！家里突然出现的那个人呢？"我边说边在其他房间里搜寻了一遍，却发现除了女儿在床上熟睡着，整个房子里就没有多余的人了。

"没事，你先缓缓神。"我退回到客厅，蹲在老婆身旁道，"现在你们是安全的。是我不好，我总是不靠谱地迟到。"

"我就知道你能看懂我手机里拍的，看来我适合当导演。"半晌，老婆才开口，明明带着鼻音却又用故作轻松的语气道，"他不见了，他好像知道你们会来。"

"你就是庞叮吧？"老婆看向庞叮道，"你长得真好看呀，跟我女儿一样好看。"

庞叮不好意思地使劲摆手："都靠黄医生的衬托，哈哈哈。"

我道："老婆，可能我说的话有些难以理解，但是你现在是在做梦，我们也是在你的梦里。来的那个人叫陈千法，他其实也是进入了你的梦。所以他不是什么超自然的存在，明白吗？"

"我明白。"老婆点头道，"因为他告诉我了。"

"你是知道你在梦游的？"我道，"那陈千法去哪里了？"

"我又不傻，我能发觉这一切不正常。但……但这又太不正常了啊！"老婆委屈道，"一开始我以为我见鬼了，后来我都快觉得自己其实就已经是鬼了！"

"都会过去的。"我安抚道。

"对，对，对！嫂子，我们会揪出陈十法！做掉他帮你报仇！"庞叮附和道。

"能找到他吗？他离开前讲过，说他就要赖在这里，而且谁也找不到他。"老婆回忆道，"他还形容了一下，说要变成一根刺，随时随地让人永远痛苦，扒皮切肉也没有用。"

"嗯……对。"老婆继续道，"他还带着什么东西，黑漆漆的一团，我看不清楚。我护着女儿，可还是挡不住他，他把那团黑丢到了女儿身上，之后他就不见了，女儿就一直在睡觉……我好没用啊。我不敢动，因为他说只要这个梦醒过来，女儿就会没了。我只能盼着你回来，就这么盼着，一直盼着……"

老婆语速越来越快，一直强撑的情绪终于坍塌了，把脸贴在我胸口哭了起来。

我只能不停地轻抚她的背，示意庞叮去查看一下我的女儿。

没一会儿庞叮回来，撇着嘴对我摇头："小侄女叫不醒呀！"

又是一团黑？我思索着，看样子应该就是我们在病房里见到的那种。正因沾染了那团黑，女儿才会昏睡不醒。

唯一的解决之法，还是要找到陈千法才行，这就是他给我的另一种报复。

可他躲去了哪里呢？

能让他如此嚣张地撂下话来，说他无迹可寻，想必他躲藏的地方一定非常隐蔽。可再隐蔽，应该也超不出老婆梦境的范围。这栋楼就这么大，我即便每家每户地毯式地搜索，早晚还是能把他揪出来的，无非就是要多耗费些工夫而已。

那么这样的话，他藏匿的地方必然不是这栋楼里这么简单了。

难不成在跟我玩灯下黑？在这儿假扮我老婆跟我演戏呢？

不对。先不说以我对老婆的了解只要一个对视我几乎就能认出来是不是她本人。更何况就算陈千法真的演技出神入化，能骗过我，那也只能是一时的。

他一定也知道，在找到他之前我是绝对不会善罢甘休的，所以早晚还是会露出破绽，被我识破的。

那他究竟用了什么法子呢？想到这儿，我忽然回忆起之前在去陈千法梦境时做的那个梦中梦。

瞬间就被点醒了。

我道："我知道他去哪儿了！"

说着我就奔去了女儿的卧室。女儿依旧缩在被子里，只露出一个小脑瓜，我忍不住碰了碰她的脸，女儿对此毫无反应。

"庞叮。"我对身后的庞叮道，"梦里也可以做梦的对吧？"

"当然能啊。"庞叮道。

"之前那团黑让我们进入了集体梦境。"我道，"如果陈千法拥有那团黑的一部分，是不是可以通过它当媒介，进入到特定的梦境呢？"

"啊？"庞叮惊讶道，"黄医生，你是说陈千法躲进了小侄女的梦里？"

"对！我的推论是这样。女儿一直在沉睡的话，陈千法就能一直藏在里面。而想要女儿醒过来，就要找到他。这对他来说就是一个完美的死循环。你有什么办法能让我在梦里再入梦吗？"我问道。

"办法……"庞叮嘀咕道，"这里是嫂子的梦，你和小侄女在嫂子的梦里。我虽然也在这里，但其实本质上我是在你的梦里的。所以……我算是一个……算是一个并不既定的存在？"

"天哪！那岂不是跟那浑蛋陈十法一样了？这样的话……"庞叮思考着，就把手搭在了女儿的额头上。

"把手给我，黄医生。"庞叮递出另一只手来，"我似乎可以当媒介。哎呀！我和梁棉一样在梦里有超能力啦！"

我握住庞叮的手，心里正盘算着庞叮所说的话。

的确，如果将庞叮作为我梦境的一部分来看的话，那么她其实就像是我梦的触角，说不定可以触及连通到梦境里同样存在着的更深层的梦境。

这么想着，我就盘算着要如何在梦里入睡。

因为事实上在梦里我是从未感觉到过所谓的困意的。即便在那个集体梦境中被困了不知道多久，也从未有过想睡觉的念头。

谁知都没等我来得及细想，我整个人瞬间就像是被卷进了什么东西里一样。我的身体和思维都被扭转着，可我却又感觉不到痛苦。

这种感受我无法形容，或者说可能是人类从未真正切身体会过的。我想这大概就是所谓的醒着的同时并且入梦的感受。而下一个瞬间，我就发现自己已经和庞叮手握着手站在我家的楼门前了。

"我去。"我忍不住爆了句粗口，"我们成功了？"

庞叮仰头看着楼栋半晌，突然干呕起来。

"黄医生，我好像晕梦了。"庞叮道，"不过没关系，我能忍住，我要吐到陈十法身上！"

"哎呀，不行，想想就好恶心。"庞叮拽着我冲进楼里道。

两个人重新回到了我家门前。

之前本来就飘忽的不真实感，这下变得已经神乎了。我俩摆好架势，等到我打开门，再次鱼贯而入。

〔14 · 无处可寻〕

这次因为笃定了会找到陈千法，我把吃奶的劲儿都使出来了。可是等到我俩冲进屋里，却还是没见到陈千法半个人影，只有老婆绝望地在沙发上蜷缩着。我差点因为惯性撞到茶几上。

看见我们俩进来，老婆一下就哭了出来道："我就知道你会回来救我们的。"

我道："老婆！我是来救你的，你也不用理解我说的话。你就告诉我欺负你的人在哪儿呢？"

"他……他不见了。"老婆带着哭腔道，"女儿一直醒不过来，我不是个好妈妈，我还逼女儿吃她不喜欢的水果，不对，我已经拼尽全力保护女儿了，虽然我失败了，但我还是个好妈妈，对吗？"

老婆的话有些语无伦次，我过了一会儿才反应过来。

这个老婆是女儿梦中的，所以并不是她本人，而是女儿在梦境中创造出来的。但我依然忍不住抱住了她，不停地告诉她没事了。

庞叮在房子里搜寻了一圈，一开始她还觉得陈千法是躲在某个房间里，所以在开门的时候弄得动静特别大，在给自己壮声势。

但她找了两个房间都一无所获，就有些泄气。最后开卫生间门的时候，她似乎已经不抱希望了。结果还真就是一无所获，陈千法还是不见踪影。

"黄医生，他又能躲哪儿去啊？"庞叮垂头丧气地回来道，"这已经是梦中梦了呀！"

我似乎明白了些什么，于是看着女儿的房间问道："我女儿还是在睡觉对吗？"

"嗯！也是叫不醒。我都把她拎起来啦！"庞叮解释道，"放心，很轻的。"

"这下糟了！"我忍不住道。

"怎么糟了？"庞叮有些不解，突然像是想到了什么，又惊愕道，"你是说，陈千法在这里又躲进了小侄女的梦里！梦中梦中梦？！不行，不行。"庞叮过来拽我，"咱们再去。"

"没用的。"我道，"我之前想得太简单了。陈千法那么自信，果然这里就是个闭环，再进入我女儿的梦，那个梦的场景和现在也是一样的。每个梦里的我女儿都是在熟睡着，所以就会有永无休止的梦中梦。一重套着一重，是没有尽头的。"

"那所以呢？总要想个办法吧！"庞叮愤愤道。

我只能机械地摇着头，脑子里却没有半点思路。之前堆积的不安，此刻一下子全在心里翻搅起来。

我来回在房间里踱步，试图让自己保持冷静思考。

陈千法再诡计多端，那也只是一介凡人，他设的这个局不可能天衣无缝，一定会有疏漏的地方。

我只能在心里如此安慰自己。

就这么不知道走了多久，起初庞叮还像只猫似的，用视线来回跟着我晃荡。后来她也累了，干脆和老婆一样蜷缩在沙发上。

我看着她们俩，老婆也是一直在悄悄地抹眼泪。整个房子里的气氛都压抑得不行。现实里的老婆应该会比这个梦境中创造出来的坚韧多了吧。

我忍不住地想着。

忽然我脑子里闪过了什么。

梦境创造出来的……

对啊！我怎么把这点忽略了！

之前因为推断出老婆是在梦游，所以下意识地认定女儿的状态也是一致的。

我当时以为老婆和女儿都是在梦游，并且都做了可以和现实世界实时同步的梦境。两个人的梦境就是用这种方式交织在了一起。

可如果事实不是这样呢？

陈千法既然有本事让老婆在梦里同步看见现实世界里的东西，那是否也可以说明，他也可以选择让老婆看不见什么呢？或者说，他可以控制让老婆看见什么。

所以，其实入梦以来我所见的，包括老婆一直在家中所见的那个女儿并不是真正的女儿，而是老婆梦中创造出来的！

我和梁棉最初上门的时候，看见女儿在床上睡觉，那时候是现实世界里，所以床上的女儿是真实的。

而之后我们入梦了，因为有了先入为主的印象，自然而然地就认定了躺在床上的女儿也是真实的。

可如果在我和梁棉返回车里准备入梦的这段时间里，现实世界里的女儿离开了呢？或者说，她依然就在这个家里，只不过老婆的梦中看不到她，所以我们入梦后自然也找不到她。

这样一来，其实我们进入的所谓的梦中梦，无非就是老婆梦见的女儿的梦而已，说到底还是在老婆的梦里转圈子。

那就算是挖地三尺，把梦挖穿，也肯定是抓不住陈千法的，因为陈千法这个浑蛋，压根儿就不在这个梦里了。他应该是躲进了真正女儿的梦里！

我想到了我在陈千法病房里时，电话里女儿那句诡异的话——"你怎么还不来救我们"。后来我问起老婆的时候，老婆说是我听错了。

我本以为那是老婆怕惊动了陈千法，故意搪塞我，没接话茬儿。

现在看来，老婆可能是真的没有听见那些话。因为老婆的梦境并不是和现实世界完全同步的，而是经过陈千法修改的。

说不定老婆所见的就是女儿乖乖地跟我道了晚安，放下电话睡了觉。

陈千法究竟哪里来的这种神通？

想到这儿，我停下了脚步，转头对庞叮道："庞叮，你现在有办法让我醒过来吗？我们被误导了，这里不是我女儿的梦。"

说着我就将我刚才的分析讲了一遍。

"啊！陈十法怎么这么多坏心眼啊！难怪他瞎！"庞叮恍然大悟道，"要醒过来的话，应该之前的方法还可以用吧。"庞叮从沙发背跳下来，做了几个拉伸，问道，"黄医生，那你准备好了吗？"

我闭上眼睛道："来吧。"

之后就感觉庞叮的胳膊勒了上来。

"黄医生，这里不是你的梦，所以你要是真的觉得快死了，你得告诉我呀，实在不行咱们坐车回去。"庞叮叮嘱道。

我想说都濒死了，还能求救吗，可发现已经说不出话来了。庞叮的手劲极大，我几乎瞬间就透不过气来。随着一阵阵的耳鸣，眼前就开始发黑。

我最后一个印象是听见沙发上的老婆哭喊着要庞叮住手。我心里一酸，梦里的老婆都这么护着我，跟着就失去了意识。

等到我重新睁开眼，人已经回到了现实。

我猛地坐起身来，本能地大口喘着气。可忽略了自己是在车里，动作太大，一下子头就撞到了车内顶上。

人本来就有些晕晕乎乎的，这下更是晕头转向了。

外面天已经大亮了，小区里已经能看见一些行人了。

梁棉睡得还很熟，我没有叫醒他。毕竟这反复地入睡和醒来，的确是个辛苦活。之后说不定还要在梦里需要他帮忙，继续让他保持着睡眠，也就免得折腾了。

我把自己的外套给梁棉盖上，摇摇晃晃地下了车，我扶着车，晒了一会儿太阳，才算彻底回过神来，之后就再次回了我家。

重新开门进去时，老婆正如我刚才梦中一般地来回焦急踱步，看见我一把就冲过来抱住了我，不停喃喃道："你们刚才都突然不见了，我以为你也没了……"

我道："这次我知道去哪里找陈千法了。你跟我来。"

我牵着老婆去了女儿的卧室。

可能是每个父母在看自己孩子的时候都天然带有滤镜，熟睡中的女儿特别可爱，几缕头发自然地搭在脸颊上，就像是艺术品上的点缀似的。

如果不是事态危急，我愿意这么呆呆地看上一整天。

我将女儿盖的被子掀开，一眼就看见女儿的身上正包裹着一团黑雾。黑雾似乎还在蔓延，已经到了女儿胸口的位置。

虽然已经有了预感，可真正看到这一幕，我还是一阵一阵地揪心。

我问老婆："你能看到这团黑吗？"

"黑？"老婆呆呆地摇头，"什么黑？"

果然如我所料，我在心里道。可当下也不想多给老婆徒增担忧，于是我道："没事。你放心吧，接下来交给我。我可能会睡过去，你不用管我，不会有事的。"

说着我就小心地把手伸向了那团黑雾。

"那……那我去给你准备一床被子。"老婆转身的时候，我手已经碰到了黑雾，同时眼前就是一黑，如同再次失去了视力一般。

我知道自己应该是成功了，于是就四下打量着。果然一个转身后我就看见了一片微弱的亮光。

我走过去，在接近亮光的同时，四周也跟着亮了起来。之后我就赫然发现自己站在了自己梦中的那片空地上。

|第六章|

解梦

〔01 · 做个了结〕

我有些意外，这应该是我女儿的梦境才对，怎么反而回到了我的梦里？

我诧异地到处看着，就看见不远处的长椅上，陈千法正端坐着，仰头看着头顶上黑压压的雾。

此时那黑雾已经比我上一次见到时下降了很多，几乎已经到了抬手一蹦就能触碰到的位置了。

这次因为距离近了，我能看出来这黑雾和我女儿身上包裹着的是一样的，而且如果细看的话，感觉这黑雾其实就是病房里见到的那团黑，只不过因为浓度不够，还没到可以完全阻隔一切光线的地步。

倘若假以时日，不停汇集，我想这里也会变成彻底的黑暗。

陈千法不知道是在失神，还是在琢磨着什么，丝毫没有注意到我的存在。

这正是个千载难逢的好机会，于是我小心地摸了过去，特意绕到了他的背后，盘算着争取一次性来个致命打击。

可我刚接近那长椅，突然就听陈千法缓缓道："你找来的时间比我预想得要早。"

我顿时定住了，摆出了随时开打的姿势。

"你不应该动我家人的。这是我的底线，我讲过了。你会瞎，不是我的原因，不过已经不重要了，我不管你被什么给蛊惑了，我都要干掉你。"我冷冷道，"已经不是误会的问题了。这次换我来报复了。"

"可以，当然可以。"陈千法扭过头来道，"我还挺喜欢这个地方的。不过说实话，来之前，我本以为这里会更特别一点儿。"

"毕竟这里是那个梦的起源啊。"陈千法环视着道，"还行吧，倒是也能接受。"

"什么梦的起源？这里不就是我的梦吗？"我边说边悄悄更靠近了一些。

"你就没想过，为什么你会梦见这里？或者说，为什么你可以进出别人的梦境？"陈千法站起身来，终于面向我说道。

"我只知道，把你干掉，我们一家子才会安生。"我道。

"干掉我。我都说可以了。"陈千法话音未落，人突然就一步冲了过来。他速度快到完全超出了我的意料。

我都没来得及做出反应，就觉得胸口一阵剧痛，下一秒钟我已经躺在了地上。

我挣扎着要爬起来，陈千法不紧不慢、一步一步地走过来道："是，之前我是错怪你们了。你知道吗？我的确是失衡、扭曲，或者说你们可以干脆认为我心理变态。都对，都没错。我也不在乎你们是不是理解我。失明的时间越长，其实……其实我看见的东西反而越多。我也是现在才明白这个道理的。因为你有巨量的时间来审视自己的内心，对吧？"

我咳嗽了一声，却呕出口血来。我人终于站起身来。

"嗯，是。你说得都对。"我讥讽道，"你对自己的评价倒是挺中肯的。不过你得清楚，一个变态狂知道自己是变态狂，比心理变态这件事本身要严重得多。唉……可惜你没早点挂我的号，本来还是有救的。"

我说着，铆足了劲抬手就一拳打了过去。

陈千法不仅没躲，反而迎着我一记勾拳，直接打在了我的手肘上。

这下我不仅击空了，整个人还被这一拳带得扭了个过儿。等到想回身的工夫，陈千法又是一拳直接打在了我下肋上。

这下疼得我差点没背过气去，仰手再想还击，却发现被打的这条胳膊已经抬不起来了。

我只能脚上一发力，用肩膀撞了过去。

这次陈千法一个侧身，我几乎擦着他扑了个空，整个人撞到了长椅上。

"我话还没说完呢。"陈千法不屑地笑道，"你知道这里不是你的梦吧？你想死在这里吗？"

"啊，是啊，那又怎样？"我咬着牙不甘示弱道。

"但我现在不一样了。他告诉了我真相，或者说，是真相告诉了我。"陈千法继续道。

"谁告诉你了？你魔怔了吧。"我说着，突然反应过来道，"你这不还是被人当猴耍吗？你指的是那个黑影？我跟你说，不管那个黑影是什么玩意，他想陷害我已经不是一次两次了，干掉你之后，我会去找他的。你帮我带个话。哦，你可能没机会带话了。"我调整了一下姿势，垫了一步，用另一只手肘挥了过去。

谁知这次依旧被挡了下来，陈千法用手直接顺势抓住了我的肩膀，用力一甩，我就又飞了出去。

人在地上滚了几圈才停了下来，这下似乎撞到了我的脑袋。我只觉得天旋地转，想再站起来却连平衡都保持不住了。

试了几次，我还是一屁股跌到了地上。

我心说这硬碰硬根本毫无胜算啊。怎么在我女儿的梦里，别人反而这么厉害。她怎么不向着老爸啊！我暗自祈祷着，闺女你就不崇拜爸爸吗？哪怕是梦见爸爸变成超人什么的也行啊。

正这么想着，陈千法已经走了过来。他一把拽住了我的脖领子，竟然把我整个人举了起来。我的头皮几乎要蹭到黑雾了。

陈千法用另一手从腰间掏出一把刀来，举起道："跟你说了，看来你也是理解不了了。放心吧，我已经没有折磨你的兴趣了，我会利利索索的。"

我拼命挣脱着，未料自己的两个手都掰不动他一根手指头。整个身体的重量都靠衣服吊着，勒得我两腋生疼。我也总算体验到了很多电影里才会出现的桥段，倘若我是主角，通常这时候都会出现转机，可以让我逃出生天。

可此刻，我只感受到了死亡的逼近。

不仅没有援助，连个能顺手抓到的用来回击的物件都没有。

我捶了陈千法的脑袋两拳，他岿然不动，只是挤了下嘴角。

看架势我再打多少次都是徒劳。

我真要死在这里了吗？脑海里闪过这个念头，我仿佛已经看见了老婆趴在我身上痛哭的画面。

向远处看去，那栋楼已经快要没入黑雾之中了。

我这趟旅途，是从那栋楼开始的，如今兜了一圈，没想到同样的场地又变成了终点。

冥冥之中，这一切都是注定的吗？

也许是求生的本能驱使，我大脑飞速运转着，突然灵机一动，只得连忙叫道："你等一下。要死也行，你告诉我那个黑影到底是谁？为什么千方百计地想要搞我？"

"是谁？"陈千法忽然笑道，"你竟然用'谁'来称呼它？好，我可以告诉你。它谁也不是。"陈千法看着我的眼睛道，"它是梦本身。而你，就是这世间万物，创造过万千梦境的生命里，做过背离梦本身的梦的人。"

陈千法的话有些绕，我琢磨了一下才能稍微理解。可当下也没工夫多思量，我一直盯着长椅的位置。

跟着，我眼睛一亮，确认自己等到了帮手。

就听陈千法道："好了。扎太阳穴的位置，没什么痛苦的。"

我道："嗯，对。打太阳穴的位置，你可以亲自感受一下到底痛不痛苦。"

陈千法被我这话弄得有些纳闷儿，眉头皱了一下，这才注意到我目光看的方向。可没等他转过头去，就被人一脚踢飞了手里的刀子，接着又是一脚踢中了太阳穴。

这第二脚势大力沉，我只感觉眼前一晃，一阵风带过。陈千法直接被踢得几乎飞了出去。

我也借机挣脱开来，就听见一阵公交车的鸣笛声，像是助威一般。

庞叮一个闪身就已经挡在了我身前，冲着陈千法道："哎呀！好像踢偏了一点儿。你脸怎么肿了？到底痛不痛苦呀！啊？"庞叮惊讶道，"你就是陈十法啊！果然我在楼里见过你！"

陈千法一脸难以置信地看着庞叮，又看看我，从地上勉强站起来，嘴硬道："不痛。梦里是没有痛感的。"

"哦！这样啊！！"庞叮趁陈千法还没站稳，立刻追过去又是一脚，直击陈千法要害。

这次他的表情彻底扭曲了，疼得眼睛都瞪圆了。

我道："现在这里是我的梦了。我劝你搞明白一下到底谁是地头蛇。"

"啊？我是蛇吗？"庞叮回头道，"不行，黄医生，我要当地头狗。狗可爱。"

"你当什么都行，那边地头公交车都没说话呢。"说着我就低头看了一眼，此时我的胸口上已经包裹了一团黑雾。

刚才趁陈千法分神的工夫，我从正好近在眼前的黑雾里抓了一团摁在身上。陈千法在那时就已经因为触碰到我身上的黑雾，而进入我的梦境里了，就跟我进入我女儿的梦的方式一样，这也算是陈千法给我的灵感。

〔02·决战〕

我站直了身子，虽然浑身上下哪儿哪儿都疼得不行，可我还是立刻冲了上去。

庞叮已经和陈千法你来我往地交上了手。刚才被打了个猝不及防，这时陈千法已经调整好了状态。他一连躲过了庞叮的几拳，猫下腰来用手肘狠狠地撞在庞叮的肚子上。

庞叮"哎呀"一声，陈千法抬手就又追了一拳。这一拳稳准狠，正击在庞叮的下巴上。我打眼一看，庞叮嘴角的血立即就下来了。

庞叮骂了一句脏话，顾不上擦血，垫了一步，借力飞起一脚。

我在旁一直插不上手帮忙，这时见状也跟着一个飞扑，倒在地上趁机抱住了陈千法的双腿。

他本来正要后撤躲闪，压根儿没注意到我，顾此失彼，身体反而被弄得失去了平衡。

庞叮那一脚就牢牢地钉在了陈千法的胸口上。

庞叮这是下了死手，陈千法被冲击得向后一仰，整个人就来了个后脑勺着地。

我丝毫不敢松懈，翻身将整个人的重量都压在了陈千法的腿上。

"庞叮！弄他！"我叫道。

庞叮赶忙冲过来，一个滑铲，顺势就用胳膊肘勒住了陈千法的脖子。

陈千法知道大事不妙，疯狂挣扎着。我和他的力量相差实在太过于悬殊，整个人被他的两条腿带得跟坐过山车一样，他的膝盖和小腿骨不停地撞在我胸口上。

我之前这里本来就挨过一拳，这下疼得我只觉得五脏六腑都如同被刀绞一般。可我仍咬着牙死命抱着，恨不得连后槽牙上的劲都使了出来。

所幸陈千法两手光顾着掰开庞叮的胳膊，无暇管我。

陈千法见如此挣脱无望，便整个人如鳄鱼一般扭动起来，试图翻过身去。庞叮见状，腿上发力锁住陈千法的两个肩膀。

可毕竟已经僵持了一段时间，庞叮体力有些不支了，加上陈千法困兽犹斗，使尽了搏命之力。

所以我和庞叮两个人还是力不从心，我本来一个胳膊就有些不听使唤，这下更是彻底抱不住了，陈千法趁机抽出腿来，一脚就踹在了我面门上。

我仿佛跟迎面撞了一颗陨石似的，人摔出去足有一米远。鼻子一麻，眼睛霎时间就模糊得什么也看不清了。

我只能凭借视线里依稀的轮廓视物，想再过去帮忙，却发现自己东倒西歪地完全站不起来，于是我干脆手脚并用地爬了过去。

就听庞叮喊道："黄医生！我快没力啦！"

我想说我这就来，却觉得嗓子眼一咸，吐出一口血来。

我伸手向前胡乱抓着，想要薅住陈千法的腿。可无奈一来看不清楚，二来陈千法一直在动。

我甚至连和他们的距离都没办法精准判断，所以几次都掏了个空，只能听见庞叮发力时的"咿咿呀呀"声，像是已经坚持到了极限。

就在这时，突然庞叮喊道："黄医生，快后退！快！"

我以为是陈千法挣脱开来，庞叮让我逃跑，刚想拒绝，就又听见不远处的一阵急促的鸣笛声。

我顿时意识到了什么，赶忙连滚带爬地后撤了很远，朦朦胧胧地看见公交车伴随着轰鸣的发动机声冲了过来。

接着是尖锐的急刹车声，然后就是陈千法更尖锐的惨叫声！

又过了一会儿，一切就都安静了下来。

我这时总算差不多恢复了视力，一眼就看见公交车停在我眼前，挡住了庞叮和陈千法。

我踉跄地绕过去，看见庞叮瘫软地躺在地上，正喘着粗气。

她一旁的陈千法已经毫无意识了，头耷拉着，像是脖子已经断了。而他的下半身，都被轧在了公交车的车轮下面，多半已经血肉模糊了。我没敢细看。

"下次……"庞叮有气无力道，"下次……下次再有这种情况，你能不能直接给他撞死啊……"

公交车"嘀"了一声，也不知道是答应，还是拒绝，此刻我已经累到完全没心思分辨了。

我也就地躺了下来，整个人都虚脱了一般，侧头看去，正好能看见陈千法的脸。

我道："这是干掉他了吗？我家里人是不是也能从梦里醒过来了？"

庞叮叹了口气道："要是没干掉，我也干不掉了。黄医生，咱们只能投降了。"

我不禁点头，却看见陈千法的身上忽然飘出了一团黑雾，很快黑雾汇集到一起，竟然变成了一个黑色的影子。

果然还没完？！

我撑起身体，就见那黑影停留了片刻，陡然上升，钻进了头顶的那更大片的黑雾之中。接着，压在我们头顶上的整片黑雾，就霎时间消散得无影无踪了。

猛然再次看见所谓的天空，我还有点不适应。

"啊……好像天亮了……"庞叮喃喃自语道，"但我要赖床，谁也别叫我。"

"哦！不对！"庞叮忽然想起来什么道，"黄医生，刚才陈千法还有遗言呢。"

"他说什么了？还嘴硬吗？"我问道。

"他说，它快要醒了。"

我寻思了一下，在梦里说自己要醒了，这是婉转地表达离开这个世界了？好像品一下，还有那么点诗意。转念一想，我又觉得不对，怎么感觉这句话并不是陈千法在指他自己啊。

我在那个集体梦境中也曾听老婆说过相同的话。

难不成这一切都是跟那个所谓的梦的本身有什么关系？可要醒过来的又是谁呢？醒过来了又能怎么样呢？

梦的本身？梦的本身又算是个什么样的存在？就是那黑影吗？

陈千法说我是做了什么违背梦的本身的梦。这就是我被卷进整件事的原因？那这个梦特指的就是这栋楼和楼里的那些人吗？

可这个梦是从庞叮那里开始的，她又在整件事里扮演什么角色呢？

如庞叮所说，我的确也是在那栋楼里的人之一，可为什么这几次下来，其他在楼里的人，哪怕是被误导也好，被蛊惑欺骗也罢，都和那黑影有过勉强算是正常形式的接触。怎么我就跟个眼中钉似的，总是身处险境呢？我们几个人之间究竟是怎样的一种关系呢？

虽然满脑袋问号，可一时间我也没法做出太多思考，毕竟头昏脑涨的。

我干脆也就放空了，闭上了眼睛。

谁知眼睛这么一闭，我就感觉自己像是从梦中醒了过来。再睁开眼，果然就发现自己躺在女儿卧室的地板上，身上还盖着一床被子。

我坐起身来，浑身的痛感让我忍不住"啊"了一声，就听女儿兴奋的声音从床上传来："爸爸醒了！"

我这才注意到老婆和女儿都坐在床边，两人一脸喜色地看着我。

用个不恰当的比喻，这场面就好像守灵的母女突然发现棺材里的人活过来了似的。

女儿一跃就扑到了我身上，这弄得我又是一阵龇牙咧嘴，但我还是紧紧抱住了女儿，站了起来。

这种失而复得的感觉，差点弄得我热泪盈眶，勉强才算是忍住了。

老婆也凑了过来，一家人相拥着。

女儿道："爸爸，我做了一个特别长的怪梦，梦见我被关在一个房间里。"

我道："都是梦，梦都是假的！不用怕！"说着我看向老婆，老婆含着眼泪，过了一会儿才看着我道："对呀，梦已经醒了。没事了！"

我明白老婆这句话不仅是说给女儿听的，就用唇语道："谢谢。"

老婆就笑道："我又没做什么，是你辛苦啦！"

"不不不。"我道，"接下来你有事情要忙。"

"海参、香菜、汤。"我一字一顿道。

〔03·尾声不止〕

一家人就这么静静坐在一起抱了很久，如同大难不死重获新生之后的重逢。

我也是缓了很长时间才觉得身体舒服了一些。

我给女儿请了假，让她今天不用去上学了，女儿兴奋地尖叫了半天，而后我告诉她，今天会让梁棉叔叔来家里吃饭，女儿简直就有些手舞足蹈了。

之后的事情就像很多故事所谓的圆满结局那样：老婆忙活着做了一大桌子菜，特意煲了汤，我去把梁棉叫醒，一家人好好庆祝了一番。

不过可能是梦里压过陈千法这件事给梁棉留下了点心理阴影，这顿饭梁棉几乎没怎么吃肉，但整个人还是很开心。

饭后他去给女儿做绘画指导的时候，我接到了郭医生打来的电话。

郭医生告诉我陈千法已经醒了，但又变成了个盲人，而且整个人像是失忆了似的，对于很多事情都不记得了。

之前我答应过要给郭医生讲明白这整件事的原委，于是我就约好了一个时间要再去拜访，不仅是兑现承诺，也是去表达感谢，况且我还有行李放在那边的酒店里。

梁棉当天是在我家睡的，事实上我们全家都希望他能多住些日子。尤其是我女儿，看架势简直已经把我打入"冷宫"了。

饭后我刷碗的时候，老婆神神秘秘地把我叫到了一旁。

她从抽屉里小心翼翼地拿出了一个玻璃罐子。这个罐子本来是准备给女儿用来装纸鹤的，只不过女儿折了几个后发现不好玩，就一直放着了。

我看见玻璃罐倒是吓了一跳。因为此时罐子里装着一小团黑雾。

老婆告诉我，这黑雾在飞离女儿身体之前，被她用罐子罩住了，想着有可能有用，就留了下来，问我要怎么处理。

说实话，我的第一反应是觉得这个东西实在有些危险。

可转念一想，目前很多疑问都没有明朗，这说不定还会是个什么线索。而且我也见识过这黑雾的威力，可以将人拖入梦中，以后没准也可以当成个特殊工具。毕竟如果要经常临时入梦的话，总不能一直靠安眠药，毕竟药物对身体也是个不小的负担。

于是我就小心地把罐子锁了起来，以备不时之需。

当晚睡觉的时候，我大致给老婆讲了一下我这段时间的经历。也许是她自己亲身入过梦了，所以理解起来倒是没有太困难，也没有表现得过于惊奇。

我本想多讲一些，可身体实在不适，没多久我就睡着了。

入梦之后我去找了庞叮，把现实世界里的事情和陈千法在梦中说的那些不明不白的话与庞叮探讨一下。

庞叮也没得出任何结论，但总结起来，我们两个人都认为事情并没有结束。现在仅仅是片刻的宁静罢了。

想要找到真相，让庞叮真正醒过来，或是彻底免于这些未知的威胁，之后可能还有很多调查要做。

不过庞叮通过见到陈千法这件事，结合之前的那些经历，她倒是有些怀疑，自己可能并不是所谓的未来的杀手。

而是她自己会处理掉这些跟所谓的梦的本身有瓜葛的危险人物。

简而言之，用庞叮的话来讲，就是一个正面角色。

庞叮为此高兴得大呼小叫，一连给自己想了好多个类似什么侠之类的名字。

我在一旁看得也是一直在笑。

经过这段时间的相处，庞叮这个小姑娘对我来说已经和家人没什么区别了。这可能是我作为一个医生，得到的最好的来自患者的感谢。

醒来的第二天我带着全家去医院里探望了现实里的庞叮。这也是老婆主动要求的，在听我讲了庞叮的种种之后，老婆就更喜欢这个小姑娘了。

更令人惊喜的是，老婆当晚可以正常做梦了。虽然梦见的都是工作上的琐事，处理繁杂的报表之类，但好歹也比之前那种没有梦的虚无感好多了。

到医院之后，女儿一见庞叮也觉得很亲切，不停地偷亲庞叮的脸蛋。

老婆和梁棉则好好地把病房重新布置了一下，老婆表示自己隔三岔五就会来照顾一下。

虽然我早就请了护工，可老婆说毕竟还是家里人做事更用心。听见老婆说"家里人"这几个字，不知道为什么，我特别感动。

之后的生活仿佛真正回归了正轨，在我和郭医生会面回来的第二天，我就重新出诊了。

虽然没隔几日，我却仿佛离开了诊室很久了似的。当天病人尤其多。我照旧选择了加一会儿班，想把所有的号全部看完。

就在我面诊最后一个病人的时候，进来的是一个中年女人。我按照惯例问她怎么了，哪里情绪不对，却听她道："我是专程来找你的。黄医生，我一直在做一个怪梦。"

我顿时紧张起来："你梦见什么了？"

"我梦见我不是我自己。"女人缓缓道，"在我的每个梦里，我都是别人。"

"是有人推荐你来找我的吗？"我联想到这有可能和那黑影有关，继续追问道。

"不是。因为我梦见了我是你。"女人端详着我的脸道。

（未完待续）